KB241965

『 읽기와 흔들기 』

『 읽기와 흔들기 』

『 읽기와 흔들기 』

오세란 지음

어린이책을

읽는

어른을 위하여

읽기와 흔들기

창비

흔들릴수록 단단해진다

어릴 때 동화를 많이 읽었다. 먼 나라 동화를 읽으면서는 다른 세상을 상상했고, 책을 읽다 눈을 들면 내 방이 낯설게 느껴졌다. 한편 우리 동화는 나에게 리얼리즘의 맛을 알려 주었다. 특히 이원수의 『민들레의 노래』(웅진출판 1984; 개정판 『민들레의 노래 1~2』, 사계절 2001)는 내가 사는 자리와 이야기 세계를 교차해서 볼 수 있어 읽고 또 읽었다. 내 경험에 비추어 보면 동화 읽는 아이는 외롭지만 혼자 놀 줄 아는 아이다.

작가는 어린이 독자가 이해하기 쉽게 이야기 마을을 설계한다. 독자는 매력적인 인물과 함께 걷다가 어느덧 종착역에서 사랑, 용기, 정의 같은 추상명사가 담긴 보물 상자를 선물받는다. 그 길에서 자애로운 어른, 어리석은 악당, 씩씩하게 자라는 어린이를 만난다. 살면서 마주하기 힘들거나 반대로 어딘가에 있을 법한 이들을 골고루 만나 그들의 마음을 짐작하게 된다. 우리는 문학을 통해 세상을 읽는다.

하지만 이야기를 거듭 읽을수록 그동안 믿던 세계가 흔들리기도 한다. 어릴 때 읽은 핀란드 작가 사카리아스 토펠리우스 Zacharia Topelius 의 『별의 눈동자』(일신각 1984; 개정판 『별의 눈』, 보림 2009)를 잊지 못한다. 이 작품은 북유럽의 황량한 땅, 라플란드에서 핀란드인 부부가 눈밭에 있던 아이를 거두는 이야기다. 아이를 가엾게 여기며 키우던 엘리자베스는 아이가 남달리 빛나는 눈동자로 주위에서 일어나는 사건의 진실과 자신의 추함을 꿰뚫어 보자 이를 견디지 못해 괴로워한다. 결국 아이를 지하실에 가두고 일곱 겹의 천으로 눈을 가리며 끝내 추운 눈밭에 다시 버리는 끔찍한 선택을 한다. 어릴 적의 나는 라플란드와 핀란드의 역사나 동화에 담긴 기독교 사상을 이해하지는 못했다. 그러나 자신이 품었던 선의가 흔들리는 어른의 민낯을 보자, 인간을 선인과 악인으로만 분류하던 나의 작은 세계도 흔들리기 시작했다.

작가는 눈밭에서 사라진 '별의 눈동자'가 이야기를 읽은 독자일 수도 있다는 알쏭달쏭한 문장으로 끝을 맺는다. 나는 진지하게 내가 별의 눈동자는 아닐까 고민했다. 가려진 눈으로도 진실을 보는 아이의 힘에 매력을 느끼며, 진실을 발설하는 사람의 자리는 추운 땅, 즉 경계의 바깥이라는 사실에도 눈을 떴다. 이야기는 대부분 하나의 주제로 세상을 정리하지만 동시에 바로 그 이야기를 통해 세상의 규칙과 관념에 질문을 던지며 독자가 길을 잃고 헤매게 만든다. 문학으로 세상을 '읽는 것'은 중요하다. 하지만 '흔들리는 시간'은 더욱 중요하다.

이 책의 서평들은 한 권으로 묶을 의도로 쓴 것은 아니다. 책 한 권에 마음을 준 오롯한 시간이 좋아서 종종 강의에서도 서평을 쓴 작품 이야기를 나누었는데, 정리된 글로 읽고 싶어 하는 이들이 많았다. 원고를 모아 소박한 모양으로 만들어 주위에 나눌 계획이었는데 일이 커졌다. 소탈한 마음으로 만든 책이니, 부담 없이 펼쳐 주셨으면 좋겠다.

1부에는 최근 아동문학에서 고민해야 할 주제를 짚어 새로 쓴 글을 실었다. 아동문학을 잘 읽고 쓰기 위해서는 어린이가 누구인지, 어른과 어떻게 같고 다른지, 그들이 세계와 어떤 방식으로 연결되어 있는지 들여다봐야 한다. 나아가 어린이를 배려하는 차원을 넘어 공동체의 온전한 시민으로 존중하고 환대해야 함을 이야기하고 싶었다. 아동문학의 핵심 장르지만 의외로 의미 있는 평가에 인색한 의인동화를 흥미롭게 읽는 법도 실었다.

2부에서 4부는 동화와 동시를 비롯한 다양한 장르의 서평을 담았다. 나의 서평 쓰는 시간을 잠시 공유하면, 꾸준히 새 책 출간 동향을 살피며 도서를 고른다. 글 쓰는 동안 날카로운 비평의 말은 접어 둔다. 작품을 비판하기 위해서는 어느 정도의 분량과 맥락이 필요하지만 서평은 그런 의도로 쓰는 글이 아니다. 책을 선택한 것 자체가 의미 있는 평가다. 서평에는 독자와 나누고 싶은 이야기, 가령 어린이와 사는 세상에 관한 대화가 담겨 있다. 최근 서평 쓰기에 관심 있는 이들을 만나 책을 선택하는 방법이나 글의 형식, 내용, 분량 등을 조언했지만 항상 미진함이 남았는데, 이 책을 통해 서평 쓰기의 감각을 전할 수 있기를 바란다.

책을 엮고 나니 여러 상황 때문에 내려놓았던 책들이 떠오른다. 다양한 비인간이 등장하는 의인동화, 집 밖을 탐험하며 한 뼘씩 성장하는 저학년 동화, 다양한 문제와 마주하는 고학년 동화, SF와 판타지, 새로운 시선으로 세상을 발견하는 동시, 서사를 직관적 이미지로 담아낸 그림책과 그래픽노블까지. 모두가 나의 일용할 양식이기에 나는 어린이책을 읽으면 배가 부르다. 이번에 담지 못한 채 마음에 간직한 책 이야기는 어린이책을 아끼는 이들을 직접 만나는 자리에서 풀 수 있으리라 기대하며 아쉬움을 접는다.

책이 나오기까지 애쓴 분들이 많다. 원고를 연재했던 『기획회의』와 「(사)행복한아침독서」 편집자님들, 원고를 모아 책으로 엮는 과정을 함께한 창비 어린이출판부에게 감사를 전한다. 어린이책을 쓰는 작가들과 감상을 함께 나눈 독자들 덕분에 이 책이 나올 수 있었다. 그들이 내가 서평을 쓸 수 있는 원천이다. 무엇보다도 어린이 독자가 책을 읽으며 마음껏 흔들리는 경험을 누리길 바란다. 그들이 흔들리며 살아도 괜찮도록, 또 이야기를 흔드는 작가와 이야기를 읽으며 흔들리는 독자 사이에 다리가 되어, 단단하게 땅을 다지며 살겠다.

차례

(3부) 각자 사정이 있다

(4부) 그리고 쓰고 말하는 대로

1부

어린이의 시선으로 본 진실

어린이는 믿을 수 있는 화자다

친구들은 내게 어른스럽게 굴라고 말했다

그러나 어른스러운 어른이라는 말은 사랑스러운 사랑이라는

말만큼 이상하다*

— 고선경 「땅콩다운 땅콩」 부분

고선경의 시가 말하듯 '어른스러운 어른'이라는 말은 이상
하다. 위 대목은 사랑이 발산하는 다채로운 빛의 프리즘을 '사
랑'이라는 하나의 어휘에 가둘 수 없듯이 '어른'도 어른다운

* 고선경 『샤워젤과 소다수』, 문학동네 2023, 57면.

어른이라는 그물에 포획될 수 없으며 자유롭고 가변적인 정체성을 가지고 있다는 의미가 아닐까? '어른스러운 어른'이 어른을 일정한 틀에 가두려는 시도라면 '어린이다운 어린이'도 마찬가지다.

아동문학은 '어린이다운 어린이'라는 프레임에 도전해 왔다. 어린이와 어른을 엄격히 구별하거나 어린이를 어른의 소유로 여기는 관념에 맞서 어린이의 소수자성과 당사자성을 주목해야 한다는 담론도 적지 않게 나왔다. 어린이가 살고 있는 세계를 따뜻하게 품고 성찰한 『어린이라는 세계』(김소영 지음, 사계절 2020), 동심이라는 애매모호한 추상 명사에서 벗어나 아동문학 속 다양한 어린이의 목소리를 조명한 『구체적인 어린이』(김유진 지음, 민음사 2024), 어린이책과 현실을 연결하며 어린이를 존중하는 법에 관해 논하는 『어린이는 멀리 간다』(김지은 지음, 창비 2025)등이 가시적 성과라 하겠다.

위의 책들에서 문제를 제기한 것처럼, 우리가 어린이와 어른이라는 도식적 구도 자체를 의심한 적이 있었던가? 어린이를 일반화하지 않아야 한다면서도 여전히 어린이를 하나의 동일 집단으로 보고 있지는 않은가? 어린이를 새롭게 보려는 담론에조차 어른의 시선이 개입되지 않는가? 어린이의 인권, 소수자성, 어린이를 '배려'해야 한다는 담론을 강조한 결과 어린이가 대상화되고 있지 않은가? 의젓한 어린이, 귀여운 어린이, 기특한 어린이 등 다양한 꾸밈말로 어린이의 특별함을 강조하는 순간, 우리는 어린이를 타자화하는 그물에 걸린다. 이 모든 질문은 동화를 읽고 쓰는 우리가 기존에 형성된 어른의 시선에서 벗어나기 어려워 발생하는 집단적 무의식을 정면으로 마주하게 한다.

어른과 어린이는 같은 하늘 아래 산다. 다만 자신이 서 있는 자리에 따라 저마다의 시선으로 세상을 본다. 이제 어린이와 어른이 사는 세상이 동일하다는 전제 아래 어린이는 이 세상을 어떻게 인식하는지 섬세하게 접근할 때다. 이것을 위해 '문학'은 무엇인지, '어린이'는 누구인지, 이리저리 얽힌 실타래를 풀어 보고자 한다.

2023년 우리나라에 번역되어 호응을 얻은 소설 『맡겨진 소녀』(클레어 키건 지음, 다산책방 2023)는 동화는 아니지만 어린이가 주변을 어떻게 인식해 가는지 찬찬하고 세밀하게 드러낸 작품이다. 이야기는 아일랜드의 이느 시골 마을에 사는 어린 소녀가 엄마의 출산으로 여름 방학 동안 친척인 킨셀라 부부의 집에 맡겨진 짧은 기간을 다룬다. 갑자기 낯선 곳에 도착한 아이는 어린이의 시선으로 부부를 관찰한다.

독자가 보기에 아이는 집 안에 흐르는 어색한 시간을 어떻게 견뎌야 할지 잘 알지 못하는 것 같다. 아이는 킨셀라 부부의 모습을 보고 지금까지 자신의 부모가 자신을 대하던 모습을 돌아본다. 가난한 가정에서 태어나 여러 형제와 자매 사이에서 제대로 된 돌봄을 받지 못했던 아이는 무심하고 거칠던 아빠와 달리 자신을 인격적으로 대우해 주고 친절하게 돌봐 주는 킨셀라 부부의 자상함에 놀란다. 그리고 자신의 영혼이 지금까지 형편없는 그릇에 담겨 있었음을 부부의 호의를 통해 비로소 깨닫는다.

그러다 작품의 중반 이후, 아이는 마을에 사는 한 아주머니로부터 킨셀라 부부에게 일어났던 비극적인 사건에 대해 듣게 된다. 아이는 자신이 묵고 있는 방과 입고 있는 옷이 부부의 죽은 아들의 것임을 알게 되고, 부부 사이에 흐르던 미묘한 분위기의 정체를 인지한다. 아이는 이 느낌을 명료한 어휘나 문장으로 표현하지 않기에 어떤 상황인지 정확히 알지 못하는 듯 보인다. 이 소설을 원작으로 만든 영화 「말없는 소녀」(2022)는 어린이가 말하지 않는 모습을 제목으로 강조했다.

요컨대 이 작품은 말수가 적은 어린이의 시선을 빌려 독자와의 소통 전략으로 활용한다. 문학과 예술은 하나의 명료한 단어로 이야기를 요약하거나 알려 주는 장르가 아니며, 도리어 하나의 단어로 표현할 수 없는 다양한 감정을 인물과 이야기 사이에 풀어놓는다. 문학이나 예술의 가치는 단일한 어휘로 상황을 정리하려는 횡포로부터 우리의 감정을 구출하여 이야기 속에 부려 놓고, 감상자에게 그것을 헤아리도록 돕는 것에 있다. 작품의 마지막, 다시 자신의 집에 도착한 아이는 킨셀라 부부가 타고 떠나는 자동차를 향해 달린다. 이 장면에서 독자는 아이의 뛰는 심장 소리를 헤아리며 아이의 마음을 공유한다.

이 상황을 주인공 어린이의 처지에서 살펴보자. 아이는 말이 없으나 그것이 아이가 사건을 보지 못했다는 의미는 아니다. 때로 소설에서 어린이의 시선을 활용하여 이야기를 전달할 때 '믿을 수 없는 화자'라는 기법을 사용하지만 『맡겨진 소녀』의 어린이는 '믿을 수 없는 화자'는 아니다. 다만 제한된 경험을 가진 어린이의 시선을 빌려 독자가 적극적으로 이야기에 빠져들게 만든다.

소설 이론에 등장하는 '믿을 수 없는 화자'라는 말은 성인의 생각을 중심으로 만들어진 것이다. 어린이는 믿을 수 없는, 즉 신빙성 없는 화자가 아니다. 도리어 표현은 하지 않아도 가장 진실에 가까운 몸짓을 하는 예민한 화자다. 어린이는 믿음직한 화자다. 앞서 말한 것처럼 문학은 사건을 한마디로 명료화하지 않고 그저 다양한 사건을 풀어놓으며 독자에게 진실을 전달하려 시도한다. 『맡겨진 소녀』의 어린이도 작은 마을의 이방인으로 부부의 마음을 짐작하고 어른들을 판단하며 경험을 내면화한다.

그런데 소녀는 왜 말하지 않았을까? 미셸 푸코Paul-Michel Foucault는 담론을 '무엇을 말할 수 있는가'와 '어떻게 말해야 하는가'를 규정하는 체계라고 말한다. 담론은 중립적인 것이 아니라 권력이 개입되어 사회 구성원의 사고와 행동을 형성하고 제한하는 역할을 하는 것이다. 우리 사회에서 어린이와 어른 사이의 권력 역시 보이지 않게 작동하며, 두 존재 사이의 관계에 영향을 준다. 어린이와 어른 간의 언어 권력 또한 당연히 동등하지도, 민주적이지도 않다.

『맡겨진 소녀』에서 킨셀라 부부의 비밀을 누설한 이웃 여성은 아이의 눈에도 마음 씀씀이가 부족한 사람으로 비친다. 킨셀라 부부의 속사정을 아이의 입을 빌려 듣고자 하는 호기심과 타인의 슬픔을 직설적으로 언급하는 어른의 성품을 한마디로 표현한다면 '천박함'이다. 아이는 아직 '천박함'이라는 단어를 모를 수 있고, 그것을 정확하게 표현하지 못할 수도 있다. 하지만 이야기의 흐름에서 무언가를 느끼는 아이의 시선은 분명하게 포착된다.

　동화는 어린이들이 사는 세상에서, 어린이의 눈높이로 어린이가 겪는 경험과 상황을 통해 어린이의 마음을 드러내어 전달하는 장르다. 동화 역시 명료한 단어가 아니라 작품 속 어린이가 무엇을, 어떻게 느끼는지를 어린이의 눈높이에서 헤아리도록 이야기에 풀어놓는다. 그러나 때로 어린이는 아무것도 모르는 존재가 아님에도 일부러 못 본 척, 모르는 척 연기를 할 때도 있다. 그들은 눈앞에 펼쳐진 상황이 자신과 무관한 듯 보지 못한 척하거나 때로는 자신을 속이기도 한다. 그러한 시간이 누적된 채 청소년기를 거치고 성인이 된 아이는 '어른 아이'로 내면화된 어린 시절의 상처를 안고 산다. 이는 푸코가 판옵티콘(Panopticon)을 예로 들며 제시한 개념인 '규율 권력', 즉 감시와 자기 통제를 통해 사람들을 효율적으로 통제하는 방식이 작동하기 때문이다. 즉 어린이는 어른의 직접 개입이 없어도 자신의 마음과 생각을 통제하는 자기 검열을 내면화한다. 가정, 학교, 사회 제도에서 권력자, 통제자, 해결자는 어른이다. 근내 사회는 어린이를 보호한다는 명목으로 어린이들이 겪는 사건, 나아가 느껴야 하는 감정까지 통제한다. 어린이는 태어날 때부터 가정 내에서 벌어지는 다양한 상황에 노출되지만 그들에게 상황을 해결할 열쇠는 주어지지 않는다.

따라서 어린이가 어린 시절을 통과하는 최선의 방식은 모른 척하는 것이다.

이러한 어른과 어린이 사이의 권력의 위계는 어른들이 어린이가 겪는 마음의 파고를 외면하거나 간과하는 결과로 이어진다. 대부분의 어른은 어린이가 세상을 아직 모른다고 생각한다. 부모와 아이가 종종 나누는 대화를 떠올려 보자. "네가 뭘 알아?" "내가 왜 몰라?" 부모는 세상을 살아온 자신의 경험에 비추어 아이의 생각을 판단한다. 그러나 어린이는 자신의 시야에서 상황을 보며 문제를 인식한다.

동화는 말할 수 없는 어린이의 내면을 보여 주는 장르다. 우리 동화들은 어린이의 마음의 소리를 헤아려 그것을 이야기에 풀어내려 노력해 왔다. 유은실의 연작동화 『나도 편식할 거야』(사계절 2011)에 실린 「편식은 어려워」는 초등 1학년 정이의 1인칭 시점으로 가족 사이에서 일어난 비교적 단순한 사건을 그린다. 정이는 엄마가 편식을 하지 않는 자신보다 편식을 하는 오빠를 위해 음식에 더 신경 쓴다고 느낀다. 정이는 엄마가 오빠를 위해 만든 장조림을 먹고 싶어 편식을 시도하지만 그것이 자신에게 불가능한 일임을 알고 '나는 장조림을…… 못 먹을 거야. 내일도 못…… 먹을 거야. 만날 만날…… 아무거나 먹을 거야.'(15면)라고 말하며 울음을 터뜨린다. 이 갈등은 정이의 마음을 눈치챈 엄마가 저녁 식사 때 정이만을 위한 장조림을 만들어 주며 해소된다. 정이의 눈높이에서는 장조림이 곧 엄마의 사랑을 가늠하는 중요한 잣대다.

하지만 정이가 엄마에게 바란 것은 엄마의 관심만이 아닐 것이다. 어쩌면 정이는 엄마의 모습에서 불공평과 부당함을 느낀 것이 아닐까? 정이는 이에 대해 논리적으로 따지거나 자신의 감정을 명료하게 표현하기는 어렵지만, 상황이 뭔가 잘못되어 간다는 것을 느껴 우는 것으로 마음을 표현한다. 정이의 우는 행위는 부당함을 느낀 자신의 감정을 드러내는 적극적인 의사 표현이며 진실이 담긴 몸짓이다. 우리는 어린이가 울 때 그치라고 말할 게 아니라 우는 행위의 이면을 살펴야 한다. 어떤 어린이들은 왜 우는지 말하지 않는다. 말하면 야단을 맞거나 거부당할 것이 두렵기 때문이다. 그러나 어린이는 자신이 소속된 가장 작은 사회, 가정에서부터 가족 간에 벌어지는 갈등을 분명하게 인지한다.

상편동화 『기소영의 친구들』(정은주 지음, 사계절 2022)은 갑작스러운 사고로 세상을 떠난 친구를 애도하는 이야기를 담았다. 이 작품은 한 친구의 죽음을 둘러싼 급우들의 충격과 슬픔, 그리고 연대를 통해 그것을 극복하고 성장하는 서사로 읽혀 왔다. 그 보편적 해석 안에서 기소영의 친구들이 모두 큰 충격을 받은 당사자라는 점에 집중해 보자. 전날까지 즐겁게 놀고 나란히 등하교하던 친구의 갑작스러운 죽음은 남은 이들에게는 생명의 실존과 부재를 목격한 사건이다. 이야기는 친구에 대한 그리움을 담아 애도하는 수순으로 이어진다. 하지만 사실상 그 애도란 갑작스럽게 닥친 부재의 트라우마를 자신들끼리 서로 기대어 겪어 내는 것이다. 작품 속 학교 교사들은 아이들의 장례식 참여를 막거나 서둘러 기소영의 죽음을 지우려 시도한다. 어른들이 어린이들의 트라우마를 얼마나 간과하고 있는지 알 수 있는 대목이다. 어른들은 어린이들이 이러한 상황에 무감하리라고 생각하지만, 그러한 어른들의 생각이야말로 무감한 것이다.

아스트리드 린드그렌의 단편동화 「메리트 공주님」(『난 뭐든지 할 수 있어』, 창비 2015)을 보면 메리트의 사고사 이후 학급 어린이들과 어른들이 모두 모여 장례식을 치르는 장면이 나온다. 어린이들은 장례식에서 메리트를 추모하는 노래를 부르며 슬픔을 서로 나눈다. 그 덕분에 장례식을 마친 뒤 갓 태어난 아기 새의 둥지를 보며 슬픔을 잊을 수 있었던 것이다. 장례식은 죽은 자를 추모하는 시간이지만 실제로는 산 자를 다시 살수 있도록 돕는다. 어린이들이 온전히 슬퍼할 수 있도록 해야 하는 이유다.

어제까지 함께 놀던 친구가 갑자기 영원히 사라지는 경험은 '애도'라는 한 단어로 요약될 수 없다. 다시 말하지만 문학은 인간의 감정을 특정한 어휘의 감옥에 가두는 것이 아니라 어휘로부터 자유롭게 풀려나 다양한 감정을 느낄 수 있도록 돕는 것이다. 독자는 작가가 풀어낸 이야기를 읽으며 문장의 행간에 자신의 마음을 포갠다. 그것이 문학이 만들어 내는 맥락과 행간의 문해력이다.

김다노의 동화 『최악의 최애』(다산어린이 2024)에 등장하는 이야기는 단순히 '어린이들의 귀여운 연애 사건'으로만 정리할 수 없다. 사랑에는 매우 다양한 감정이 따른다. 나아가 연애라는 단어에는 사회에서 기성 세대가 만들어 놓은 젠더 문제, '남자'와 '여자'는 어떠해야 한다는 규범과 고정관념이 혼재되어 있다. 그리고 십 대 어린이들은 그러한 관념에 점차 노출되어 가는 과정에 있다. 『최악의 최애』는 어린이들의 사랑과 연애 역시 어른의 그것과 마찬가지로 우리 사회의 젠더 의식 안에서 움직이는 사건임을 보여 준다.

어린이들의 세계나 내면은 투명한 진공 상태나 평화로운 풀밭이 아니다. 여성의 몸이 일종의 전쟁터였던 것처럼, 어린이의 몸과 내면 또한 전쟁터다. 그들은 때 묻지 않은 순진한 존재가 아니라 욕망과 절망, 도전과 상실, 희망과 좌절, 질투와 용서를 경험하고 느끼는 존재다.

브렌던 웬젤Brendan Wenzel은 그림책 『모두의 고양이』(비룡소 2025)에서 다양한 동물의 시선에서 각각 다르게 보이는 고양이의 모습을 담아내며 그 모두가 진실을 담고 있다고 말한다. 이 그림책에는 "아이는 어떤 고양이를 보았을까요. 여우는 어떤 고양이를 보았을까요."와 같은 문장이 계속 이어지는데, 제일 첫 대목에 어린이를 배치한 뒤 여우, 강아지 등의 동물을 순차적으로 나열한다. 이들의 공통점은 무엇일까? 지금까지 일반문학에서 그들의 말을 '믿을 수 없는' 내레이션, '믿을 수 없는' 화자로 들려줬다는 점이다. 이 그림책의 문장을 빌려 글을 마무리하자면 '아이가 본 고양이'와 '어른이 본 고양이'는 모두 각각의 진실을 담고 있다. 그리고 동화는 아이의 시선으로 본 진실을 이야기한다.

어린이 시민의 등장과 커먼즈의 상상력

2025년 5월 2일 '어린이 차별 철폐의 날'을 맞아 아동청소년인권위원회를 비롯한 여러 아동청소년운동단체들은 '노 키즈 존(No Kids Zone)은 차별'이라며 기자회견문을 발표했다. 이들은 "합리적 이유 없이 자의적인 기준으로 어린이를 공공장소에서 배제하는 것은 어린이가 동등한 시민이 아니라는 것과 다름없다."라고 비판하며 노 키즈 존 반대 캠페인을 시작한다고 밝혔다. 이 문장에서 주목할 대목은 그간 공공장소의 어린이 입장 제한을 어린이의 인권 문제로 봐 온 것과 달리 여기서는 어린이의 시민권을 강조하고 있다는 점이다.

어린이의 인권과 시민권은 언뜻 유사해 보이지만 어린이

의 권리에 관해 각기 다른 시각으로 접근한다. '인권'은 약자나 소수자 등 우리 사회에서 보호해야 할 대상에 대한 배려나 존중을 강조한다. 반면 '시민권'은 사회 구성원 누구나 동등한 권리를 가진다는 원칙에 기초한다. 사회에서 여성을 '보호받아야 할 약자'가 아닌 '평등한 존재'로 인식하게 된 과정을 떠올리면 이해가 쉽다. 시민은 사회에서 권리와 의무를 지니고 책임을 다하며, 의견을 표출하고 정치에 참여하는 존재다. 흥미로운 점은 어린이의 '보호받을 권리'와 사회 구성원으로서의 '시민권'이 상반된 개념이 아니라는 것이다. 어린이는 시민이기에, 보호받을 권리도 지닌다.

어느 시대에나 그 시대를 대표하는 시대정신이 있었고, 아동과 아동문학에서도 마찬가지다. 우리나라에서 '어린이'에 대한 주목은 1922년 5월 어린이날을 맞아 "어린이도 인간이다"라고 외친 선언에서 시작되었다. 당시 어린이 인권 향상 촉구는 어린이가 인간이며, 동시에 어른에 의해 보호받아야 할 존재임을 인지하는 계기가 되었다. 이때 어린이는 천사와 같다는 '동심여선(童心如仙)', '어린이 찬미' 등의 담론도 함께 등장하였는데, 이는 어린이 보호를 위해 일단 어른과 어린이를 별개의 존재로 세우려는 의도였을 것이다. 어른과 어린이를 구별하여야 어린이 세대를 온전히 호명할 수 있기 때문이다.

어린이가 어떠한 존재인지를 동화에 담으려는 구체적 노력은 1930년대 작품에 집중적으로 나타난다. 현덕의 동화집『너하고 안 놀아』(창비 2001)를 비롯해 이태준과 박태원의 동화, 김복진, 윤석중의 동시에는 공통적으로 '놀이하는 어린이'들의 모습이 나타나 있다. 이것은 근대사회에서 어른과 구별된 어린이의 일상과 시간에 주목한 결과이다. 이태준은 동화「엄마 마중」에서는 어린이를 보호해야 하는 어른의 모습을,「몰라쟁이 엄마」에서는 양육자와 어린이의 새로운 관계를 보여준다. 어른과 어린이를 분리하여, 어른에게 어린이를 보호하는 역할을 맡기며 어린이라는 존재를 자리매김한 것이다.

시대를 지나 이오덕의 '일하는 아이들'이 나타난다. 어린이 글 모음집『일하는 아이들』(이오덕 엮음, 청년사 1978; 개정판 양철북 2008)은 어린이를 어른과 철저히 구별하며 순진무구한 존재로 배치한 허구적 관념을 파헤치며 시대의 질곡을 함께 걸어가는 주체적 어린이를 조명한다. 어린이를 어른과 다른 진공의 세계에 사는 백지 같은 존재가 아닌 자본과 계급이 뚜렷한 현실에서 실천하는 존재로 복원시킨 것이다. 1960년에 발표된 손창섭의 아동소설『싸우는 아이』(우리교육 2001)에도 당시 어린이의 삶이 잘 나타나 있다. 주인공 창수는 어려운 가정환경에서 부당한 어른들과 싸우며 자신의 삶을 주체적으로 꾸린다.

1990년대 후반부터 등장한 새로운 모습의 어린이를 봐도 어린이가 사회와 동떨어진 존재가 아니라는 걸 알 수 있다. 이제 어린이는 어른과 같은 삶의 현장에서 일하는 존재는 아니지만 미래를 위해 오늘의 시간을 저당 잡힌 존재로 표상된다. 심화된 자본주의 사회에서 양육자들의 계급 상승 욕구를 대신 짊어진 아이들은 미래의 경제적 안정을 위해 성적에 매달려야 한다. 학교는 놀이의 공간이 아니라 경쟁 공간이 되고, 이러한 폭력적인 상황은 당연히 어린이에게 탈출하고자 하는 욕망을 불러일으킨다. 그 결과 다양한 갈등, 학교 적응 문제 등의 고민을 담은 동화가 나왔고, 현재까지 이어지고 있다.

가장 최근 어린이를 규정한 담론은 무엇일까? 그것은 소수자로의 어린이다. 그것은 근대사회가 주목했던, 어린이를 보호하고 배려해야 한다는 생각을 탈근대적 시각으로 구체화한 것이다. 중심 권력으로의 어른, 그 중심에서 주변화된 어린이의 상황을 소수자로 호명하였고 그들의 처지에서 세상을 보려는 노력은 자신의 문제를 당사자의 시각으로 보는 '당사자성'으로 이어졌다. 일찍이 가야트리 스피박Gayatri Chakravorty Spivak이 주장한 '하위주체는 말할 수 있는가?'라는 질문에 '이제 당사자는 스스로 말할 수 있다.'라는 응답이 소수자성과 당사자성의 핵심이다.

2024년 윤석열 대통령의 계엄 선포에 이어진 탄핵 정국에서 촛불 집회에 참여한 이들은 집회 풍경이 이전과 달라졌음을 실감했을 것이다. 지난 십여 년간 국민의 관심이 광장에 닿지 않는 동안 그곳에는 퀴어, 페미니스트, 장애인, 노동자, 청소년 등 다양한 소수자이자 당사자 들이 모여 집회를 열었다. 2024년 겨울 뜻밖의 사건으로 광장을 다시 찾은 시민들은 그간 광장을 지키고 있던 이들을 발견했다. 이제 광장에 모인 시민들의 정체성은 매우 다양해졌고, 이번 집회에서 주목을 받은 '자유발언'은 단순한 자기소개가 아니라 서로를 깊이 이해하기 위해 마련된 소중한 시간이었다.

그리고 광장에 청소년과 함께 어린이가 도착했다. 이때 '도착'은 실제 모인 어린이의 숫자나 범위가 아니라 어린이들의 참여 방식을 뜻한다. 어른들이 집회에 참여한 어린이나 청소년들을 '기특하다'고 칭찬한다면 그것은 광장의 주인인 어른이 나이 어린 이들을 손님으로 여기는 태도가 아닐까? 내란 종식이라는 과업을 공유한 시민으로 참여한 집회에서 '나이'를 구분하는 것은 또 다른 차별을 낳는 것이다. 소수자성과 당사자성을 거쳐 이제 우리 사회는 '광장에 도착한 어린이', 곧 '시민으로의 어린이'를 주목해야 한다.

시민으로의 어린이, 즉 광장의 공유는 자연스럽게 우리에게 성큼 다가온 '커먼즈'(commons)라는 단어를 떠올리게 한다. 커먼즈는 '공유지'로도 번역되며 개인의 소유가 아닌, 공동체 구성원이 함께 이용하며 관리하는 공간이나 자원, 지식 등을 의미한다. 커먼즈의 핵심은 사용자들 스스로 규칙을 만들고 협력하는 능동적인 활동성이다. 문학 또한 실제 공간은 아니지만 텍스트를 통해 다양한 담론을 사회 구성원에게 제시하고 공유한다는 점에서 커먼즈로 기능한다.* 동화 속 세상을 커먼즈의 시각에서 접근하면 시민으로의 어린이가 어떻게 나타나는지 확인할 수 있다.

아동문학에서 어린이가 시민으로 광장을 공유하는 모습이 가장 자연스럽게 그려지는 주제는 '기후위기'다. 기후 문제는 지구에 거주하는 모든 생명체가 당사자이며, 미래의 시간까지 포함하면 어린이야말로 이 문제의 가장 핵심 당사자이자 주체이다. 또한 어른들이 생각할 때 자연을 보호하자는 가벼운 접근이라면 어린이와 나눌 수 있는 부담 없는 주제일 것이다.

그러나 기후위기는 결코 그렇게 가벼운 담론이 아니다. 『왜왜왜 동아리』(진형민 지음, 창비 2024)는 기후위기라는 주제에 진

* 황정아 「문학성과 커먼즈」, 『창작과 비평』 2018년 여름호 15~30면을 참조했음을 밝힌다.

지하게 접근한 작품이다. 이 작품은 바닷가 마을에 사는 초등학교 5학년 주인공이 친구들과 '왜왜왜 동아리'를 결성해 동네에서 일어난 사건들을 파헤치던 중 어른들이 경제적 이익을 위해 선택하는 일들이 결국 기후위기를 초래한다는 사실을 깨닫고 행동에 나서는 이야기다. 산불로 실종된 친구의 반려견 찾기에서 시작하여 금요일마다 등교하지 않고 피켓을 들고 시청으로 가는 청소년의 이야기, 자본에 무게를 두고 환경을 파괴하는 어른들을 비판하는 집회까지, 이 작품은 기후위기가 어린이 시민의 처지에서 공유되고 주체화되는 과정을 보여 준다. 특히 기후위기가 단순히 자연보호나 개인의 실천 문제를 넘어 국가의 정책이나 자본 문제임을 짚고, 생각이 아닌 기후정의 행동으로 나아간 점이 돋보이는 작품이다.

한편 시민으로의 어린이가 이렇게 무거운 사회 문제로만 조명되는 것은 아니다. 어린이들이 사는 일상 공간에서도 시민으로의 어린이를 찾아볼 수 있다. 어린이들의 삶의 반경은 대부분 가정, 학교, 학원, 마을이다. 활동 범위가 좁아 보여도 어린이들에게 이들 공간은 결코 작은 장소가 아니다. 어린이들은 자신이 사는 삶터에서 다양한 상황과 충돌하고 관계를 맺는다. 그 공간은 민주적이지 않으며 각종 권력과 소외와 배제가 발생한다.

『오늘부터 배프! 베프!』(지안 지음, 문학동네 2021)는 취약계층 어린이에게 제공되는 아동급식카드를 둘러싸고 벌어지는 이야기다. 아직 카드의 정확한 용도를 잘 모르지만 선의를 믿고 카드를 사용하려는 어린이와 복잡한 제도의 헛점을 대비시켜 섬세하게 그렸다. 이 카드는 저소득층 어린이 시민을 위해 만들어졌지만 그 취지와 사용법은 사회에서 논쟁거리가 되고, 어린이는 시민으로의 권리를 누리는 대신 마음의 상처를 받는다. 주인공인 서진은 친구 유림과 함께 먹으려고 카드로 음식을 사지만 유림의 엄마는 그 음식을 딸에게 먹지 못하게 한다. 유림이 음식을 먹으면 서진에게 피해가 된다는 것이다. 이 장면은 언뜻 주인공을 배려하는 것처럼 보이지만 가난한 어린이를 특별하게 만들어 타자화하는 우리 사회를 재현한다.

『박하네 분짜』(유영소 지음, 문학동네 2023)에 실린 몇몇 단편은 다양한 국적을 가진 부모들이 한국 사회에 정착하여 시민이 된 뒤 그들의 자녀에게 일어나는 갈등을 그린다. 「내가 기억할게」는 연우가 새아빠와 함께 할아버지의 장례식장에 갔다가 얼굴도 모르는 친아빠를 떠올리는 장면에서 시작한다. 연우 엄마는 새터민으로 남편을 잃고 연우를 데리고 남한의 청년과 결혼했다. 연우의 삶은 새터민 출신의 엄마, 남한의 새아빠,

새아빠의 가족, 그중에서도 연우에게 깊은 인상을 남긴 할아버지, 사진으로만 남은 친아빠, 엄마와 함께 남한으로 온 이모 등 다양한 어른들의 관계로 이루어져 있다. 할아버지와 연우가 대화를 나누는 장면이 인상적이다. 할아버지는 자신의 아들이 어려운 환경에 놓인 연우 엄마와 결혼한 사실에 대해 염려하는 듯 보이지만 그 마음을 연우에게 직설적으로 노출하지 않고 연우를 보듬으려 노력한다. 할아버지가 연우를 위해 애쓰면서도 동시에 갈등하고 있다는 걸 독자는 짐작하게 된다.

『박하네 분짜』에 실린 또 다른 작품 「빨강머리 하이디」는 이혼 후 새 가정을 이룬 아빠와 해외로 간 엄마 때문에 이모의 집에 머물게 된 지수의 이야기다. 이 작품에는 마음에 상처를 받은 주인공 지수와 보호 종료를 앞둔 청소년 '곰'이 나온다. 작은 마을에서 책방을 운영하는 이모와 살게 된 지수는 마음껏 삐뚤어지고 싶지만 이모와 이모가 살고 있는 작은 마을의 이웃으로부터 돌봄과 위로를 받는다. 책방에서 알바를 하는 '곰' 역시 따뜻한 이웃 덕분에 미래가 희망적이다. 『박하네 분짜』를 읽으면 어린이와 청소년의 삶에 얼마나 다양한 교차성이 존재하는지 확인하게 된다.

『밤티마을 마리네 집』(이금이 지음, 밤티 2024)의 마리도 네팔인 부모를 둔 한국에서 자란 아이다. 마리는 쿠마리라는 네팔

여신의 이름에서 유래한 이름을 가졌지만 한국에서 여신처럼 귀한 대접을 받지 못한다. 마리가 받은 상처는 어른의 생각보다 훨씬 깊을 수 있다. 다행스럽게도 작가는 마리의 상처를 방치하지 않는다. 마리는 밤티마을로 이사를 하여 이웃으로부터 환대를 받는다. 마리는 이웃을 더 큰 가족으로 삼아 연대하는 법을 배운다. 여기서 '밤티마을'은 일종의 커먼즈를 지향하는 상징적 공간이다.

『4×4의 세계』(조우리 지음, 창비 2025)의 공간적 배경은 공공시설인 병원이다. 이 작품에서 주인공 제갈호는 어린이 환자로 돌봄을 받아야 하는 처지다. 그는 주눅 들지 않고 부모의 지원, 할아버지의 간병, 간호사와 의사와 재활치료사의 적절한 의료 서비스를 받는다. 이는 온당한 돌봄을 누리는 어린이의 권리를 반영한다. 병원에 비치된 어린이용 책장도 병원이라는 시설에서 어린이 환자를 대하는 조금은 달라진 풍경을 연출한다. 한편 이 작품은 병실의 이웃 침대에 있는 어린이 환자가 돌봄을 제대로 받지 못하는 모습도 보여 주며 주인공이 돌봄을 누리는 모습과 대비시킨다. 간병인이 어린이 환자를 무례하게 대하며 언어폭력을 행사하는 장면은 어린이가 가진 약자성을 이용하여 전형적인 나이 차별을 행사하는 어른의 모습을 고발하는 것이다.

위에서 언급한 동화들은 어린이들이 다양한 삶의 교차로에 놓여 있다는 것과 어떤 어른을 만나느냐에 따라 삶의 행복과 불행이 결정된다는 점을 공통적으로 보여 준다. 선한 인격의 어른을 만나면 아이들의 미래가 달라진다. 어른이 해야 할 역할이 필요하다면 어린이를 대하는 태도부터 고민해야 한다. 또한 착한 어른이 모여 착한 삶을 지향하는 이웃과 마을의 모습은 언뜻 개인주의나 자본주의가 심화되기 전 공동체가 가졌던 미덕과 닮아 있기도 하다.

그러나 선한 품성을 가진 어른과 이웃을 만나야 어린이의 행복이 보장된다면, 그것은 전근대사회에 흐르던 미덕이자 우연에 기댄 결과가 된다. 근대국가에서 어린이들이 불행해지지 않으려면 사회의 제도적 접근이 필요하다. 이때의 제도 즉 기존에 생각하던 '어린이를 위한 권리'는 아동기본법이나 차별금지법, 학생인권조례 같은 입법이나 급식 문제 등의 복지 문제다. 여기까지가 현재의 목표였다.

이제 한 발 나아가 어른과 어린이가 모두 시민이라는 개념을 기초로 하는 커먼즈의 원리가 필요하다. 커먼즈는 서로를 돌보는 공유를 전제로 한 개념이다. 인간은 서로 기대어 함께 살아가는 존재이기에 돌봄을 개인적 선행에 기댈 수는 없다.

사회가 지향해야 할 가치이자 공동의 행복을 위한 규칙으로 받아들여져야 한다. 모든 시민은 돌봄을 받을 권리와 타인을 돌볼 책임이 있고, 어린이는 일생 중에 돌봄을 받을 권리를 가진 시기에 있다. 시민으로의 권리와 공동체에서 돌봄을 받는 상황은 모순된 것이 아니라 연결되어 있는 것이다. 만약에 공공장소에서 어린이들이 지나치게 행동한다면 입장을 제한할 것이 아니라 어린이의 신체적 발달에 맞게 장소를 설계하거나 어린이들에게 공공 예절을 가르치는 등 공존의 규칙을 만들어야 할 것이다.

우리는 흔히 『4×4의 세계』의 주인공 제갈호처럼 장기입원 중인 어린이를 안쓰러워하며, 아이가 빨리 퇴원하여 학교에 가서 많은 것을 배우기를 바란다. 그러나 사실 병원만큼 다양한 경험과 감정을 체험하는 공간이 어디 있겠는가. 제갈호에게 병원은 삶의 전부다. 병원은 탈출하고 싶은 좁은 공간이면서 동시에 그가 마주한 온 우주다. 어린이든 어른이든 우리가 사는 곳은 그곳이 어디든 구체적인 삶의 공간이며 다양한 갈등이 벌어지는 전쟁터다. 어린이는 이 공간에서 손님이 아닌 주체로 성장해야 한다.

동화는 어린이가 삶의 치열한 공간에서 어떻게 살고 있는지

반영한다. 우리는 동화를 읽으며 어려운 상황에 놓인 주인공
이 배려심을 가진 어른을 만나 행복해지면 마음을 놓는다. 또
그것이 이루어지지 않을 때 안타까움을 안고 책장을 덮는다.
이제부터는 동화에서 어린이가 우리 사회의 시민으로 함께하
고 있는지도 눈여겨보자.

의인동화 사용 설명서

의인동화는 아동문학이라는 플레이그라운드(playground)에서 맹활약을 하는 플레이어(player)다. 흥미롭게도 한국인이 가장 사랑한 동화는 대부분 의인동화였다. 권정생의 『강아지똥』(길벗어린이 1996), 『오소리네 집 꽃밭』(길벗어린이 1997), 『또야 너구리가 기운 바지를 입었어요』(우리교육 2000), 『황소 아저씨』(길벗어린이 2001)를 비롯해 황선미의 『마당을 나온 암탉』(사계절 2000), 루리의 『긴긴밤』(문학동네 2021), 홍민정의 '고양이 해결사 깜냥' 시리즈(창비 2020~), 이현의 '푸른 사자 와니니' 시리즈(창비 2015~)까지 한국 아동문학사에서 독자에게 깊은 사랑을 받은 이야기는 대부분 의인동화였다.

의인동화의 상위 범주라 할 수 있는 아동 판타지는 아동문학의 반짝이는 보석이다. 아동 판타지는 합리적 개인의 탄생에서 출발한 근대소설이나 근대 판타지와는 다른 양상을 보였다. 소설의 모양을 뼈대로 삼았으나 옛이야기의 풍부한 판타지를 계승하여 형상에 질감을 부여한 것이다. 다시 말해 아동 판타지는 근대소설의 문법에서 파생된 판타지 소설과 출발 지점이 다르다. 그럼에도 지금까지 아동 판타지의 비평을 소설 이론에 기댄 부분이 적지 않았다. 때로 의인동화를 본격 판타지가 아닌 유사 판타지로 분류하기도 하는데 이러한 구분 역시 판타지 소설의 문법을 바탕으로 한 것이다.

본격 판타지라는 단어는 대개 J. R. R. 톨킨John Ronald Reuel Tolkien이나 츠베탕 토도로프Tzvetan Todorov의 이론을 기초로 삼는다. 톨킨은 판타지를 하이 판타지(High Fantasy)와 로 판타지(Low Fantasy)로 구분한다. 하이 판타지는 현실 세계와 독립적인 2차 세계에서 벌어지는 이야기로, 주로 영웅적 인물과 사건이 등장하여 선악의 대립 같은 원형적 주제를 형상화한다. 현실과 유사성이 적은 2차 세계를 구현할수록 문학적 상상력이 뛰어나다고 여겨진다. 이와 대비하여 로 판타지는 현실 세계 또는 현실에 가까운 시공간에 초자연적인 요소가 등장하거나, 현실 세계와 판타지 세계의 경계가 모호한 특징을 가진다. 이러한 시공간 창조만을 기준으로 아동 판타지를 바라보면 아동 판타지에 많은, 어린이가 사는 자리에서 판타지가 일어나는 1차 세계형 판타지는 색다른 시공간을 설계하는 상상력이 부족하다고 평가받을 수도 있다. 그러나 최근 대부분의 OTT 판타지 드라마가 1차 세계에서 일어나는 것만 보더라도 판타지의 시공간은 완결성을 평가하는 기준으로 볼 수 없다.

한편 현대인에게 판타지는 자신이 신봉하던 합리성의 법칙과는 다른 법칙이 있는 시공간을 인정할 때 비로소 열리는 문이다. 따라서 판타지는 현실 세계와는 독자적인 나름의 규칙을 창조해야 한다. 즉 과학이나 논리로 설명되지 않지만 특별한 인과성이 부여되는 '내적 리얼리티'를 가지고 있어야 한다. 토도로프에 따르면 이성을 가진 인간이라면 1차 세계와 2차 세계의 경계에서 초자연적인 사건을 만났을 때 '망설임'이라는 애매한 지각이 있어야 한다. 그러나 옛이야기를 계승한 1차 세계형 판타지나 의인동화 속 인물, 그리고 이를 읽는 독자는 망설임 없이 판타지의 세계로 뛰어든다.

아동 판타지 중에서도 독자들에게 가장 친근한 장르인 의인동화는 그 뿌리와 구성을 이해하면 더욱 즐겁게 읽을 수 있다. 의인동화는 옛이야기 중 동물이나 사물에 인간의 특성을 부여해 교훈을 전달하던 우화에 뿌리를 둔다. 의인화를 통해 적절한 교훈을 전달하거나 인간을 풍자하던 우화는 근대 초입 가장 적절한 어린이용 텍스트였다. 어린이가 교육의 대상으로 자리매김된 시기였다. 간결한 구조와 명확한 교훈이 어린이를 위한 이야기의 전범으로 여겨진 것이다. 동물이 가진 한 가지 특징을 두드러지게 표현하여 의인화하면 이야기 속 메시지는 한층 쉽게 전달된다. 시대에 따라 동화에 담긴 교육적 메시지의 함량은 다르지만 이은정의 『목기린 씨, 타세요!』(창비 2014) 같은 동화를 보면 의인동화의 인물 캐릭터는 메시지를 전달하려는 목적과 동기화되어 있음을 알 수 있다.

저학년용 동화에 의인동화가 많은 이유가 있다. 성인 독자가 보기에는 의인동화 속 인물들이 단순한 성격을 가진 플랫 캐릭터(flat character)지만, 이러한 단순성은 동화에 낯선 어린이 독자에게 이야기를 쉽게 이해하도록 돕는 역할을 하기 때문이다. '고양이 해결사 깜냥' 시리즈의 다소 까칠하면서도 어린이들과 잘 어울리는 주인공 깜냥은 어느 자리에 데려다 놓아도 독자의 기대에 맞게 행동하므로 어린이 독자가 여러 권의 시리즈를 즐길 수 있는 포석을 깔아 준다.

또한 의인동화는 종종 공간적 배경을 동물들이 사는 하나의 마을로 디자인하는 데 이것은 어린이 독자가 서사, 사건, 메시지를 쉽게 이해하는 데 도움을 준다. 의인동화 속 마을은 하나의 세계로 현실과 유사하지만 훨씬 단순하게 축소된 시공간이다. 그곳에서 벌어지는 소동은 현실의 갈등을 떠올리게 하지만 쉽게 해결될 수 있도록 단순하게 설계된다. 『목기린 씨, 타세요!』는 현실이라면 사회구성원 간 갈등이나 의견 차이가 심화될 문제를 단순화하여 전달한다.

고학년 의인동화에서 동물 주인공이 사는 자연을 그린다면 대개 인간이 사는 치열한 약육강식의 세계에 대한 은유다. 춥거나 덥고, 먹이를 구하기 힘들거나 적이 주인공의 목숨을 호시탐탐 노리는 공간을 통과하며 인물들은 역경을 극복한다. 어린이 독자는 의인동화 속 인물의 삶을 통해 인생을 성찰할 수 있다. 『마당을 나온 암탉』이나 『긴긴밤』, 『푸른 사자 와니니』는 모두 동물을 주인공으로 삼아 어린이 독자에게 전달하기에는 어려운 삶의 진실을 전달한다. 동물 주인공의 생존을 중심으로 한 자연 생태계의 속성에 빗대어 삶을 바라볼 수 있도록 공간을 설정한 것이다. 『푸른 사자 와니니』에서 하이에나의 공격을 막아 내며 성장하는 와니니의 모습이나 『긴긴밤』의 펭귄 부부에게 나타났던 퀴어적 속성까지, 생태계에 존재하는 자연의 법칙에 삶의 진리를 투영한 것을 알 수 있다.

의인동화 중에는 동물만 등장하는 이야기도 있지만 인간과 동물이 함께 등장하는 이야기도 적지 않다. 이때 인간은 동물의 이웃으로 함께 어울려 산다. '고양이 해결사 깜냥' 시리즈가 대표적인 예이다. 이 작품에서 깜냥은 어린이들의 친구다. 또 박용숙의 동화 『내일 만나』(웅진주니어 2023)에서 전학생 소희는 새로운 친구를 만날 걱정에 전학 갈 학교를 미리 찾아가 본다. 소희는 그곳에 사는 고양이와 달팽이와 생쥐를 만나면서 새로운 학교와 새 친구들에게 대한 기대를 가지게 된다. 이 작품에서 학교는 어린이들과 동물이 함께 사는 공간이다.

때로 동식물이 아닌 물건이 의인화되기도 한다. 인간이 사용하는 물건을 의인화할 경우, 예전에는 이영경의 그림책 『아씨방 일곱 동무』(비룡소 1998)처럼 물건을 인간을 위해 쓰이는 도구로 인식한 이야기가 의인동화가 가진 목적을 잘 반영했다. 아씨방에서 사는 바늘, 실, 골무, 다리미, 인두, 자, 가위는 자신들이 아씨의 바느질을 돕기 위해 얼마나 중요한 역할을 가지고 있는지 다투다가 서로 협동해야 일이 해결된다는 걸 깨닫는다. 그러나 길상효의 동화 『깊은 밤 필통 안에서』(비룡소 2021)와 같은 작품을 보면 물건들은 저마다 자기의 일을 정체성으로 내세우되 자신을 도구로 인식하기보다 인간과 관계를 맺는 존재로 규정한다. 이는 최근 포스트휴머니즘과 함께 제기되는 신유물론의 철학이기도 하다. 신유물론 페미니즘 연구자 캐런 바라드Karen Barad는 세계가 물질과 의미의 얽힘, 그리고 관계성으로 생성된다고 보는 '행위적 실재론'을 주장했는데, 물건을 의인화하면 이러한 물질과 인간의 새로운 관계를 쉽게 이해할 수 있다. 의인동화 『깊은 밤 필통 안에서』를 쓴 길상효 작가가 SF 작가라는 점을 떠올리면 그의 물질과 인간에 관한 관점을 짐작할 수 있다.

SF 동화이자 의인동화인 박선화의 『로봇 택시 기사 무디』(마루비 2025)도 이와 유사한 문제의식을 가지고 있다. 이 작품에는 인간, 동물, 로봇이 모두 등장하며 동물이 의인화되어 있다. 인간과 동물이 살던 마을에 로봇이 찾아오며 이야기는 시작된다. 로봇은 AI 시스템이 휴머노이드가 되어 인간의 말을 사용하고 인간의 형상을 했다는 점에서는 의인화되어 있지만, 이때 의인화는 인물들 간 소통을 위한 설정이다. 로봇 무디는 로봇의 정체성을 가진 채 인간과 동물 사이에서 새로운 존재로 자리매김한다. 이 동화는 AI의 도입으로 변화하고 있는 우리 사회를 반영하듯 새로운 주민으로 작은 마을에 합류한 로봇을 통해 인간이 새로운 존재와 어떻게 관계 맺어 나가는지 보여 준다. 이렇듯 최근 의인동화에 등장하는 인물이나 공간은 현실 세계를 반영하며 변화하고 있다.

또한 인간과 동물이 어울려 사는 의인동화에는 애니미즘의 철학이 담겨 있다. 의인동화는 자연 속 동식물이나 무생물에 영혼이 깃들어 있다고 여기는 애니미즘적 사유를 구체적인 서사로 직조하여 '의인화'의 형식으로 서사에 부려 놓는다. 따라서 의인화된 동물의 정체성을 거슬러 올라가면 그 동물이 속해 있는 자연을 찾을 수 있다. 우화에서 동물은 인간의 모습을 따라 하는 존재였지만 오늘날 다양한 서사에서 인간은 동물의 목소리를 귀 기울여 듣고 있다. 이처럼 인간과 동물이 맺는 관계는 시대를 지나며 변하고 있다.

여기서 의인동화가 가진 생태문학적 의미를 생각해 볼 수 있다. 동물, 식물, 사물 등이 인간처럼 말하고 행동하며 감정을 드러낼 때 어린이들은 자연과 주변 세계를 친숙하게 느끼고 감정에 이입한다. 조오의 그림책 『점과 선과 새』(창비 2024)는 예전과 달라진 새들의 터전에 주목한 이야기다. 현대 도시인들이 주거지와 필요 시설을 점점 높게 건설한 결과 오랫동안 하늘을 자신의 영역으로 인지하던 새들은 인간이 만든 인공 구조물에 부딪히는 상황이 발생한다. 『점과 선과 새』에서 까마귀와 참새는 도시에 사는 친구들이다. 어느 날 까마귀는 투명한 유리창에 부딪쳐 쓰러진 참새를 집으로 데려와 정성껏 보살핀다. 까마귀가 고민 끝에 '버드 세이버'를 그리는 장면을 통해 우리는 이 작품이 인간과 새의 공생 방식을 고민한 작품임을 알게 된다.

안미란의 동화 『그냥 씨의 동물 직업 상담소』(창비 2023)도 현대 도시에서 살아가는 다양한 동물들을 의인화한 작품이다. 가령 숲이 줄어 서식지를 잃고 도시로 와서 살게 된 황조롱이와 비둘기 가족의 이야기에서 우리는 인간의 삶과 어떤 식으로든 연결될 수밖에 없는 동물 생태계의 문제를 발견할 수 있다. 이처럼 애니미즘의 철학을 가진 의인동화는 현대사회의 생태 문제를 짚을 수 있는 속성을 가지고 있다. 자연과는 멀어진 일상에 놓인 어린이라면 이러한 동화를 읽으며 자연스럽게 동식물의 생태와 환경을 돌아볼 수 있다. 특히 의인화된 존재들이 주체적으로 말하고 행동하는 이야기를 통해 독자들은 이들을 함께 살아가는 존재로 인식할 것이다.

의인동화는 표면적으로는 동물에게 인간의 감정과 언어를 투영하므로 인간 중심의 서사가 될 위험이 존재한다. 그러나 인간과 동물이 조심스럽게 소통하며 인간 이외의 존재를 '이해 가능한 생명'으로 여기고 그들의 입장을 상상하게 만들어 준다면 인간중심주의를 넘어설 가능성도 동시에 존재한다. 의인동화가 등장인물인 비인간에게 주체성을 부여해 줄 때 어린이들은 인간과 다른 생명의 평등한 관계를 상상할 수 있다.

앞으로도 의인동화를 비롯한 아동 판타지는 포스트휴머니티의 세계에서 지구와 행성을 생각하는 생태학적 상상력, 그리고 로봇으로 대표되는 비인간과의 공존을 꿈꿀 수 있게 할 것이다.

2부

자신을 돌보는 마음

우리 곁을 지키는 아주 특별한 친구들

길상효 동화『깊은 밤 필통 안에서』

『깊은 밤 필통 안에서』(비룡소 2021)는 제10회 비룡소 문학상 수상작으로 초등학교 저학년 이상의 어린이 독자가 읽는 '난 책읽기가 좋아' 시리즈로 출간되었다. 이후 독자들의 호응에 힘입어 하나의 연작으로 발전해, 2025년 현재 4권까지 이어지며 꾸준히 호평을 받고 있다.* 어린이들의 학용품인 연필을 의인화하여 어린이와 생활하는 모습을 그려서인지 도구의 처지에서 인간과 도구의 관계를 이야기한 그림책『아씨방 일곱 동무』(이영경 지음, 비룡소 1998)가 떠오르기도 한다. 그러나 조선 시대

---

* 『까만 연필의 정체』(2022),『병아리 붓은 억울해』(2023),『달빛문구의 비밀』(2024) 순으로 출간되었다.

수필 「규중칠우쟁론기(閨中七友爭論記)」를 원작으로 삼은 『아씨방 일곱 동무』가 그렇듯, 도구를 의인화한 대부분의 이야기들은 물건들이 자신의 쓰임새를 서로 자랑하고 다투다 화해하는 내용을 담고 있다. 그러한 작품들이 도구를 그야말로 '도구화'하여 어린이에게 교육적 메시지를 전달한다면, 『깊은 밤 필통 안에서』는 연필들이 살아가는 모습 자체에 무게 중심을 둔다.

또한 「규중칠우쟁론기」가 옛 여성들의 일상이었던 바느질 이야기를 다루었기에 모든 도구가 여성으로 의인화되어 있는 반면, 『깊은 밤 필통 안에서』의 연필과 지우개는 성별이 특정되지 않는다. 여전히 어린이용 학용품이 사용자의 성별을 의식하여 출시되는 현실에서 이 동화는 다양한 모양의 연필과 지우개에 개성을 부여할 뿐 성별을 드러내지 않는다. 사소한 것 같지만 결코 사소하지 않은 부분이다.

이 책에는 세 편의 연작동화가 담겨 있다. 첫 번째 동화에서는 연필들의 대화를 통해 독자들이 담이라는 주인공의 면면을 상상할 수 있다는 점이 흥미롭다. 담이는 매일 늦잠을 자서 헐레벌떡 학교로 뛰어가고, 학교 공부를 어려워하지만 노는 것은 좋아하는 명랑하고 쾌활한 어린이다. 담이에 대한 모든 정보는 연필들의 수다를 통해서만 얻을 수 있다.

"동시도 너무 어려워. 뭘 자꾸 빗대어 쓰라는 건지 모르겠어."

"수학도 받아 올림 있는 곱셈 너무 어려워."

"우리말만 잘하면 되지, 영어는 왜 배워?"

"그림이라도 쉽든가."

이야기를 나누다 보니 연필들이 학교에서 하는 거라고는 어렵고 싫은 일뿐이었어요. (12면)

분명 연필들의 하소연을 들었을 뿐인데 신기하게도 독자들의 머릿속에 담이의 모습이 떠오르기 시작한다. 어느 날 담이가 친구에게 빌려주었던 딸기 연필이 필통으로 돌아와서는 담이의 친구는 모든 공부를 척척 해낸다며 담이와 비교한다. 연필도, 독자도 담이가 안쓰럽다. 그러다 이 동화의 마지막 부분, 담이가 전학 온 친구와 친해지고 싶어 여러 연필을 사용하여 글씨 연습을 하며 편지를 쓰는 장면에서 독자들은 자신의 경험을 떠올리며 살며시 웃음 짓게 된다. '편지 쓰기 연필'로 선택되어 편지를 쓰고 필통으로 돌아온 무지개 연필이 말한다. "아직도 가슴이 두근거리는 것 같아."(27면)이 말을 읽는 순간 연필의 마음과 담이의 마음, 독자의 마음은 하나가 된다.

두 번째 동화는 어린이 독자들에게 함께하는 것의 의미를 전달한다. 필통 밖으로 한꺼번에 불려 나간 연필 두 자루가 컴퍼스를 사용하여 함께 동그라미를 만든다. 두 연필 친구는 협동하여 동그라미를 그리며 흥분하는데, 어쩌면 이 흥분은 처음으로 컴퍼스를 사용한 담이의 손에서 시작된 것 아닐까? 이 대목을 읽으면 초등학교 교실에서 뭐든지 처음 배우기 시작하는 어린이들의 빨갛게 달아오른 진지한 얼굴이 보이는 듯하다.

초등학교 교실에서 어린이들은 종종 어떤 물건을 난생 처음 만난다. 어린이들은 컴퍼스, 말굽자석, 돋보기, 오일파스텔 같은 문구 용품을 처음 만났을 때 얼른 쓰고 싶은 두근거림과 과연 잘 쓸 수 있을지 걱정하는 마음이 동시에 들 것이다. 도구 만드는 인간을 뜻하는 '호모 하빌리스'라는 말이 있듯 도구의 가치는 도구를 사용하는 사람의 노동이나 활동과 직결된다. 연필 두 개가 협동해야 컴퍼스로 동그라미를 그릴 수 있는 것처럼 인간과 도구가 함께 할 때 멋진 무언가를 만들 수 있다.

마지막 이야기는 연필의 영원한 동반자인 지우개가 주인공이다. 둥글둥글한 모양새로 싱긋 웃는 모습이 매력적인 담이의 지우개는 어느 날 담이의 친구 가영의 지우개와 바뀌어 버린다. 겉모습은 비슷하지만 성격이 까칠한 가영의 지우개는 연필들이 문제집을 풀다 틀릴 때면 "너희는 도대체 잘하는 게 뭐니?"(69면) 하고 윽박지르거나, "다른 집 연필들은 지금 4학년, 5학년, 6학년 과정을 하고 있다."(70면)라고 다그치며 가영과 담이를 비교한다.

그러던 중 담이는 가영이 유일하게 틀렸던 동시 문제를 풀게 된다. '겨울 바다는'으로 시작하는 문장의 뒷부분을 채우는 문제다. "겨울 바다는 쓸쓸하다."라는 정답 대신 "겨울 바다는 신난다."라는 오답을 썼던 가영, 그리고 "겨울 바다는 정말 신난다."라는 일기를 쓴 담이를 보면서 우리는 세상을 바라보는 어린이들의 정직한 눈을 발견하게 된다. 스스로 생각하는 법을 잊은 채 세상의 눈치만 보며 살아가는 어른에 비하면 어린이들의 오답이야말로 자신의 속내를 솔직하고 당당하게 표현하는 정답이 아닌가!

『깊은 밤 필통 안에서』는 인간이 하고 싶은 말을 물건의 목소리만 빌려 대신 말하게 하지 않고, 사물이 어떤 생각을 할까를 작가가 깊이 고민했음이 분명하다. 그러기 위해 도구의 쓰임새도, 도구를 사용하는 인간도 세심하게 관찰했을 것이다. 결국 도구는 도구를 사용하는 인간을 어떤 식으로든 비추어 준다. 여러분도 연필들이 보내는 응원의 함성이 듣고 싶다면 이 동화를 읽어 보기를 권한다. 우리가 사용하는 도구야말로 말없이 우리 곁을 지키는 아주 특별한 친구들이 아닐까?

때로는 단순함이 해결의 열쇠다

지안 동화 『오늘부터 배프! 베프!』

해마다 출간되는 동화를 살펴보면 반복적으로 등장하는 에피소드가 있다. 장애, 가난, 다문화 같은 소재나 할머니 또는 개, 고양이 같은 동물 캐릭터가 자주 등장한다. 우리나라 동화의 출발선을 보면 한국 동화의 아버지라고 할 방정환의 「만년 샤쓰」(1927; 『만년 샤쓰』, 보물창고 2011)에서부터 가난한 이들과 약자를 보듬는 따뜻한 시선이 느껴진다. 일제 강점기에 시작된 한국 아동문학이 피식민지 백성이었던 조선 어린이를 안타깝게 여겼던 마음, 그리고 가난의 문제와 독립의 방향을 함께 이야기하던 문학인들의 성향에서 비롯된 것일 수도 있다. 어쨌든 한국 아동문학에서 일찍부터 약자를 주목해 온 점은 참으로 고마운 일이다.

그런데 약자나 소수자 이야기는 결코 쓰기 쉽지 않다. 특히 최근에는 가난이나 장애 등을 그릴 때 '당사자성'을 중요시한다. 어려움을 겪는 사람의 처지에서 사건을 보자는 것이다. 가난을 그리는 좋지 않은 방식은 가난을 대상화하고 계몽적인 귀결점에 이르는 것이다. '장애 포르노그래피' '가난 포르노그래피'라는 용어가 있는데, 이는 약자를 불행한 사람으로만 대상화하는 시선에 대한 불편함이 반영된 말이다. 물론 '가난해도 우리끼리만 행복하면 된다'는 식으로 현실을 외면하는 '정신 승리'도 바람직한 자세는 아니다. 가난을 소재로 하되 문학적 완결성을 갖춘 동화를 만나는 것이 쉽지 않은 이유다.

제22회 문학동네어린이문학상 대상 수상작인 『오늘부터 배프! 베프!』(문학동네 2021)가 다루는 소재 역시 앞서 언급한 것들에서 크게 벗어나지 않는다. 그런데 이 작품은 가난을 대상화하지 않으면서도 그것을 어떻게 헤쳐 갈지 진지하게 짚어 냈으며 동시에 재미도 빠뜨리지 않았다. 이 동화의 성공 비결을 살펴보자.

첫 번째는 어린이의 눈높이에서 생각했다는 점이다. 어느 날 주인공 서진에게 카드가 생긴다. 서진은 평소 자신에게 떡볶이를 자주 사 준 '베프' 유림에게 떡볶이를 사 주고 싶어 함께 분식집으로 신나게 달려가 떡볶이를 먹지만, 막상 결제하려니 분식집 아주머니가 이 카드로는 결제할 수 없다고 말한다. 이 카드는 '급식 카드'로, 취약 계층 어린이에게 식사를 제공하기 위해 발급되는 카드이다. 그런데 서진의 생각보다 카드 사용법이 꽤 까다롭다. 정해진 식당에서만 사용 가능하며, 편의점에서도 삼각김밥이나 컵라면은 살 수 있지만 과자나 초콜릿은 살 수 없고 한 번에 결제할 수 있는 가격도 정해져 있다. 이는 어떤 기준에서 정해진 걸까. 동화는 급식 카드를 만든 어른들의 세심하지 못함을 어린이의 눈높이에서 꼬집는다. 서진은 가게에 '급식 카드 됩니다.'라는 표시를 붙여 둘 것이 아니라 '급식 카드 안 됩니다.'라는 표시를 붙여야 하는 것 아니냐고 반문한다. 급식 카드 가맹점은 정해져 있지만 어린이들이 먹고 싶은 음식은 그보다 훨씬 다양하다. 작품은 행정이나 사회의 제도가 실제 어린이를 중심에 둔 것인지 아니면 어른들의 생각대로 만들어 낸 편의적인 발상인지 되묻는다.

둘째, 이 동화는 누군가의 도움을 받으며 사는 어린이를 대하는 어른들의 시선을 날카롭게 비판한다. 가령 주인공의 베프는 유림인데, 유림의 엄마는 매우 친절하고 배려심이 깊다. 서진이가 내지 못한 떡볶이 값을 대신 내 주기도 하고, 유림에게 서진의 급식 카드를 사용해서 밥을 뺏어 먹지 말라고 당부하기도 한다. 또한 유림의 엄마와 서진의 엄마는 "아유, 매일 얻어먹어서 어떡해요?"라든지 "이 신세를 어떻게 갚아요?"라는 대화를 나누기도 한다. 언뜻 예의와 배려를 갖춘 말로 들리지만 이런 말이 여러 번 오가면 결국 서로의 관계를 규정하게 된다. 한쪽이 일방적으로 배려하고 다른 쪽은 일방적으로 도움을 받는 관계로 고착되는 것은 과연 바람직한 것일까? 작품은 정작 어린이들은 가지고 있지 않은 가난에 대한 관념을 고착화하는 어른들의 태도를 설득력 있게 보여 준다.

이 동화가 진지한 주제만을 담고 있는 것은 아니다. 누구나 좋아하는 '맛있는 음식을 함께 나누는 이야기'가 감칠맛 나게 그려져 있다. 그것이 이 동화의 세 번째 성공 비결이자 작중의 갈등 해결법이다. 서진은 유림과 친하지만 학교에서는 '급식 짝꿍'인 김소리와 급식을 먹으며 김소리도 급식 카드로 밥을 먹는 친구임을 알게 된다. 서진은 김소리가 1학년 때부터 급식 카드를 사용했던 '급식 카드 척척박사'임을 알게 된 뒤 둘이 함께 편의점에서 삼각 김밥과 컵라면을 사 먹는 '배프', 즉 '배고플 때 만나는 친구'가 된다. 둘이 밥을 먹는 벤치에 김소리가 자신의 동생이라며 '김소망'이라고 이름 붙여 준 길고양이가 나타나고 서진은 고양이와도 배프가 된다.

한편 서진은 점점 멀어지는 듯했던 배프 유림과도 다시 친해진다.

　　"유림아, 여기에도 떡볶이 있어. 딸기우유도 먹자."
　　편의점 문을 여는데 유림이가 내 손을 놓았다.
　　"안 돼, 엄마한테 혼나. 너 밥 뺏어 먹었다고."
　　콧구멍에서 뜨거운 바람이 나오려고 했다.
　　"너 나한테 떡볶이 왜 사 줬어? 네가 나한테 떡볶이 사 줄 때 나도 네 밥 뺏어 먹은 거야?"
　　유림이가 놀란 눈으로 보더니, 아니라고 고개를 저었다. (82면)

　　서진과 유림이 나누는 대화는 씩씩하게 자신들의 세계를 만들어 나가는 듯하여 믿음직스럽다. 어린이들은 서로 맛있는 음식을 함께 먹고 싶을 뿐이다. 용돈을 받으면 한턱 쏘기도 하고 돈이 없으면 얻어먹기도 하며 따뜻한 우정을 키워 나간다. 어린이들의 담백한 마음이 어른들의 지나친 배려나 복잡한 제도보다 낫지 않은가? 배고플 때 만나서 맛있는 음식을 나누는 '배프'가 곧 '베프'가 되고, 반대로 '베프'도 '배프'가 되는, 어울려 살아가는 어린이의 세계는 언제나 옳다.

'내가 제일 잘나가'는 고양이

홍민정 동화 『고양이 해결사 깜냥 1~4』

'고양이 해결사 깜냥' 시리즈(창비 2020~)의 서평을 쓰기 위해 오래 기다려야 했다. 과장이 아니다. 2020년 3월 출간된 이 동화의 첫 권을 읽고, 이 동화는 분명 시리즈로 잘 이어질 거라고 생각했다. 깜찍한 캐릭터와 좋은 플롯이 있으면 이야기가 스스로 이야기를 만들어 가기에 시리즈가 이어질 수밖에 없다. 한편 후속작이 반드시 1편만큼의 재미를 보장하지는 않으며 실망을 주는 경우도 적지 않기에, 시리즈물은 대체로 작품이 완결될 때까지 기다렸다가 평가하게 된다. 또한 최근 동화 시리즈는 작가뿐 아니라 독자도 함께 작품을 만들어 간다. 독자의 적극적인 호응과 피드백이 시리즈를 이어 가는 데 큰 역할을 한다. 따라서 완결된 작품은 아니지만 지금쯤 중간점검을 해 보는 것도 좋겠다.

이 시리즈는 후속편에 거는 독자들의 기대를 무난히 만족시키며 안정적인 인기를 이어 오고 있다. 이 동화가 시리즈물로 성공한 비결은 무엇일까? 무엇보다도 주인공 깜냥의 매력이 가장 크다. 최근 고양이는 그야말로 최고의 인기 캐릭터로, 주연과 조연을 가리지 않고 동화에 등장하여 저마다의 매력을 뽐낸다. 한마디로 이제 고양이의 등장 자체는 전혀 참신하지도, 새롭지도 않다. 그렇다면 이 작품의 주인공 깜냥만의 개성은 무엇일까?

우선 깜냥은 도도한 고양이다. 실제 고양이의 시크한 매력을 그대로 갖춘 깜냥은 본래 길고양이지만 사람들이 주는 먹이에 만족하는 일방적인 수혜자 역할을 거부한다. 가령 깜냥의 대표적인 말투인 "원래는 안 하지만……."은 두 가지 상황에 쓰인다. "혹시 조수가 필요하면 말씀하세요. 원래 일 같은 건 안 하지만 신세를 지고 싶지는 않거든요."(4권 14면)라고 사람에게 부탁하는 처지에서도 도도하게 자존심을 지킬 때. 그리고 반대로 "좋아요. 원래 일 같은 건 안 하지만 눈썰매장에서 겨울을 보내는 것도 나쁘지 않을 것 같네요. 겨울은 신나고 즐겁게 보내야 하니까요."(4권 75면)라며 친절하게 사람들의 부탁을 들어줄 때도 이 말을 통해 대화의 주도권을 가져간다. 자존심을 지키면서도 인간과 교감을 나누는 깜냥의 말투와 성격이 주인공의 당돌한 개성을 연출한다.

또 깜냥은 사람과 대화하는 고양이다. 이 말에 대해 동화에서 동물은 모두 말을 하지 않느냐고 반문할 수 있다. 그러나 자세히 보면 작품마다 차이가 있다. '고양이 해결사 깜냥'은 의인동화 장르로, 이 장르에는 대체로 사람이 등장할 필요가 없다. 또 다른 의인동화 시리즈인 이반디의 『꼬마 너구리 요요 1, 2』(창비 2018~21)와 비교하면 이해하기 쉽다. 꼬마 너구리 요요는 흰곰 포실이와 놀며 늑대 아저씨나 아기 생쥐, 엄마 생쥐를 만난다. 요요와 다른 동물들이 사는 마을은 그 자체로 완결된 동물들만의 세계다. 반면 깜냥은 동물들만의 세계에 머물지 않고 어린이들이 사는 세계로 찾아가 사람들과 대화를 나누며 서로 영향을 주고받는다. 고양이가 인간과 가까워진 세태를 예리하게 포착하여 작품에 반영한 것이다.

셋째, 깜냥은 열심히 일하는 고양이다. 아파트 경비원을 돕고, 피자 가게에서 일하며 태권도장 관장의 조수가 되거나 눈썰매장에 머물기도 한다. 어린이들이 좋아하는 편의점이나 캠핑장도 깜냥의 일터로 빠질 수 없다. 이야기 초반 깜냥은 아파트 경비원, 피자 가게 주인, 태권도장 관장에게 귀찮은 존재로 여겨지지만 은근슬쩍 그들의 공간에 자리를 차지하고 일을 돕기 시작한다. 깜냥은 점차 어려운 일을 척척 해내는데, 그런 씩씩한 모습이 어린이 독자에게 즐거움과 대리 만족감을 선사한다. 깜냥의 사전에 실패란 없다. 일하는 듯 노는 듯 모든 일을 야무지게 해내는 깜냥을 보며 어린이들은 피자를 굽거나 태권도를 배워 보고 싶고, 눈썰매장에 가고 싶어진다. 어떠한 삶의 현장에 데려다 놓아도 깜냥은 어린이들과 그 공간을 함께 경험할 수 있다. 가령 소방수가 된 깜냥, 유튜버가 된 깜냥도 충분히 상상할 수 있는 것이다. 캐릭터와 플롯에서 이미 시리즈가 이어질 수 있는 조건을 갖춘 셈이다.

마지막으로 깜냥은 포토제닉(photogenic)한 고양이다. 즉 '사진이 잘 받는다'는 뜻이다. 저학년 동화에서는 특히 삽화의 역할이 크다. 최근 몇 년간 한국 그림책이 놀랄 만한 성취를 보여 주고 있는데, 동화의 삽화는 대부분 그림책 작업을 병행하는 화가들의 결과물이기에 그림책의 활약이 동화 삽화의 완결성으로 이어진다. 김재희 화가의 그림은 깜냥의 귀여운 이미지를 잘 살리면서 각각의 서사에 어울리는 아기자기한 표현으로 텍스트를 더욱 효과적으로 전달한다. 태권도복이나 방한복을 입은 깜냥을 보는 시각적 즐거움도 크다.

고전적인 아동문학 시리즈와 비교할 때 요즘의 동화 시리즈는 조금 다르다. 예전 시리즈는 이야기가 진행될수록 인물도 함께 성장했다면, 현재의 동화 시리즈는 일관된 성격의 캐릭터가 등장해 유사한 이야기를 반복한다.

홍민정 작가는 강아지를 주인공으로 내세운 '낭만 강아지 봉봉' 시리즈(다산어린이 2022~)도 출간했다. 이 동화 역시 시리즈이지만 강아지 봉봉의 모험 서사가 중심이라 '고양이 해결사 깜냥'과는 다른 플롯으로 전개된다. 그에 비하면 '깜냥' 시리즈는 대중문화적 재미를 결합한 일종의 단편 애니메이션 시리즈처럼 보인다. '차이'보다는 '반복'을 강조하는 시리즈의 경향에 대해서는 앞으로 좀 더 이야기할 필요가 있다.

결론적으로 '고양이 해결사 깜냥'의 인기 비결에는 캐릭터의 매력과 함께 절묘한 균형 감각도 한몫하지 않았나 싶다. 고양이와 인간 사이, 일과 놀이 사이, 글과 그림 사이 그리고 문학과 대중문화 사이에서 적절하게 제자리를 찾은 이 작품은 최근 늘어난 시리즈 동화의 양상을 들여다볼 수 있는 유용한 텍스트로 자리매김할 것 같다.

어린이처럼만 살자!

김미애 동화『여덟 살에서 살아남기』

해마다 3월, 꽃 피는 봄이 되면 마음에 새로운 기대, 설렘과 함께 걱정까지 밀려드는 사람들이 있다. 바로 초등학교에 입학하는 여덟 살 어린이와 그 양육자들이다. 요즘 어린이들은 대부분 어린이집이나 유치원에 다니며 일찌감치 사회생활을 시작하지만, 초등학교 입학은 왜인지 느낌이 다르다.

그래서 동화 중에는 예비 초등학생을 위한 책이 적지 않다. 『여덟 살에서 살아남기』(바람의아이들 2022)도 그런 동화 중 하나다. 어른의 눈으로 볼 때 이 동화는 친구 사귀기나 양보하기 같은 관계 맺기, 교실 생활에 적응하는 법 등을 조언해 주는 책이다. 그렇지만 그건 어른의 시각일 뿐, 어린이의 시선으로 보면 이 책에는 여덟 살의 고민을 속 시원하게 풀어 주는 이야기가 가득하다. 책을 읽다 보면 주인공인 원준, 영웅, 민서, 성준, 치우처럼 첫 학교생활을 용기 있게 해낼 수 있으리라는 마음이 싹튼다. 좋은 동화의 역할은 어떻게 살라고 교훈을 주는 것이 아니라 어린이들의 속내를 어루만져 주고 응원해 주는 것이 아닐까?

「특공대 5호」에서 입학을 앞두고 새로운 동네로 이사 온 원준은 새 친구를 사귀어야 한다. 함박눈이 내리는 날, 원준은 동네 놀이터에서 네 명의 어린이들이 두 명씩 짝을 지어 눈싸움을 하는 모습을 보고는 눈사람을 하나 만들어 제 짝으로 삼은 후 눈싸움에 합류한다. 어느덧 네 명의 어린이와 친해진 원준이 '동물 특공대' 놀이를 제안하며 자기는 언제나처럼 멋진 하마가 되겠다고 하는데, 호랑이를 하겠다던 친구가 갑자기 자신이 하마를 하면 안 되냐고 묻는다. 원준이 망설이다 친구에게 하마를 양보하는 대목이 이 동화에서 제일 멋진 부분이다. 원준이 하마를 양보하고 호랑이를 택한 것은 친구에게 양보해야겠다는 마음을 먹어서가 아니다. 생각해 보니 호랑이가 되는 것도 신날 것 같아서다. '동물 특공대'라는 역할놀이를 통해 하마도 되고 호랑이도 되어 즐겁게 놀며 어린이들은 자아를 확장해 나간다.

「빠르게 기다리기」에서 영웅은 종례를 마치자마자 부리나케 학교를 나선다. 우연히 만난 ‘티라노사우루스’를 다시 만나야 하기 때문이다. 정확히 말하자면 ‘티라노사우루스 옷’을 입은 성재를 만나서 놀고 싶은 거다. 몇 번의 기다림 끝에 성재를 만나서 같이 놀자고 제안하지만 어쩐 일인지 성재는 “안 돼”라고 대답한다. 어린이의 세상에서 놀자는데 제안에 “안 돼.”라는 대답처럼 슬픈 게 있을까? 영웅은 밥을 안 먹었을 때처럼 온몸에 힘이 빠지고 눈물이 날 것 같은데, 바로 그때 성재가 “오늘은 못 놀아. 그래도 놀이터까지 같이 갈래?”(39면)라고 묻는다. 성재는 영웅이 싫어서가 아니라 놀지 못할 사정이 있었던 거다. 괜한 오해를 할 필요는 없다. 오늘은 놀이터까지만 가고 내일 놀면 된다. 영웅, 성재 그리고 영웅과 놀고 싶었던 민혁까지 어깨동무하고 함께 놀이터로 향하는 모습에서 여덟 살들만의 담백한 친구 관계가 엿보인다.

「나는?」의 주인공 민서는 ‘해와 바람과 나그네 이야기’라는 목소리 연극 수업에서 주인공인 ‘바람’ 역할을 맡고 싶다. 그런데 바람 역을 맡고 싶은 아이들의 수가 자꾸 늘어난다. 민서는 고민 끝에 네 번째 바람이 되는데, 친구 택이마저 바람 역을 하고 싶다고 해서 바람은 총 다섯 명이 되어 버린다. 어린이들은 각자의 집에서는 모두 주인공이지만 학교에서는 서로 양보하며 지내야 한다는 것을 자연스럽게 깨닫는다. 민서가 바람 중에서 제일 멋진 바람이 되고 싶어 열심히 바람 역할을 연습하는 결말은 학교라는 공동체가 경쟁뿐 아니라 양보와 응원 같은 타인을 위하는 행동도 함께 배우는 곳임을 잘 보여 준다.

「끝났어요」는 성준이 공개 수업에서 겪는 일을 다룬다. 공개 수업 전에 분명히 '꼬리 따기 놀이'를 열심히 연습했지만, 연습과 실제는 다르다. 아이들의 엄마 아빠와 할머니 할아버지가 교실을 가득 채운 가운데 성준은 치우에게 넘겨받은 '솜사탕은 달콤해'라는 문장에 이어 '달콤한 것은 ○○'이라는 문장을 완성해야 한다. 성준은 달콤한 것에 무엇이 있을까 곰곰이 생각하는데 성급한 어른들이 말을 보태기 시작한다. 어른들의 소리에 점점 더 혼란스러워져 눈물이 나려고 할 때, 멀리서 엄마의 모습이 보인다. 성준은 엄마의 응원에 힘입어 멋지게 문장을 완성한다. "달콤하면 엄마"라고. 어린이에게는 어린이만의 속도가 있고, 어른은 어린이가 자신의 속도로 자라기를 기다려 주어야 한다는 사실을 새삼 깨닫게 된다.

마지막 단편 「도망쳐」에는 달리기는 잘하지만 뜀틀은 못하는 치우가 등장한다. 선생님과 친구들은 치우가 모든 운동을 잘할 거라 짐작하지만, 치우는 뜀틀이 무섭다. 체육 시간에 뜀틀을 할 거라는 선생님의 말에 치우는 갑자기 배가 아파 체육 수업에 참여하지 못하고 보건실에 머문다. 그곳에서 우연히 보건 선생님에게 자신의 '뜀틀병'을 고백하게 되고, 다정한 보건 선생님은 체육 시간이 지나면 뜀틀병이 나을 거라는 치우의 말에 고개를 끄덕여 준다. 사실 보건 선생님은 거미를 보면 도망을 치는 어른이다. 치우는 선생님의 고백을 들으며 어른들도 무서워하는 것이 있다는 것을 알게 되고, 겁나는 것으로부터 숨지 않기로, 겁날 땐 겁난다고 당당하게 말하기로 결심한다. 겁나는 대상을 숨기는 것과 겁나는 것이 무엇이든 솔직하게 인정하고 타인에게 밝히는 것은 아주 다른 삶의 태도다. 자신과 타인에게 솔직할 때 비로소 우리는 한걸음 성장한다.

다섯 어린이의 이야기를 읽으며 오래전의 베스트셀러 『내가 정말 알아야 할 모든 것은 유치원에서 배웠다』(로버트 풀검 지음, 삼진기획 2004; 개정판 알에이치코리아 2018)가 떠올랐다. 우리는 어떻게 살아야 할지 몰라서가 아니라 알면서도 이런저런 눈치를 보느라 실천하지 못하는 것은 아닐까? 어쩌면 어린이가 사는 세상은 어른의 세상보다 훨씬 건강하고 솔직한 곳이 아닐까? 우리 모두 여덟 살 아이처럼만 산다면 세상은 훨씬 담백하고 아름다워질 것이다.

어린이와 어른이 모두 행복한 세상

박미경 동화 『떴다! 배달룡 선생님』

아동문학 속 어른 인물에는 3대 악역이 있다. 악역 1위는 누구나 짐작하듯, 엄마다. 박연철의 그림책 『망태 할아버지가 온다』(시공주니어 2007)에서 엄마는 아이를 잘 키우기 위해 '늦게 자지 마라.' '군것질 하지 마라.' 등 이런저런 잔소리를 하지만 아이의 눈에는 엄마야말로 잠도 늦게 자고 밥도 먹고 싶을 때 먹는 어른으로 보인다.

악역 2위는 담임 선생님이다. 황선미의 동화 『나쁜 어린이표』(웅진주니어 1999; 개정판 시공주니어 2024)에서처럼 어린이는 종종 선생님 때문에 속상한 일을 겪는다. 동화를 읽은 엄마들과 선생님들이 편파적인 이야기라고 억울해해도 소용없다. 아동문학은 어린이를 편들어 주는 장르이기에 엄마나 선생님이 악역으로 등장할 가능성이 높을 수밖에 없다.

물론 선생님을 악역이 아닌 흥미로운 인물로 그린 동화도 없지는 않다. 대표적으로 송언의 동화를 들 수 있다. 실제 교직 생활을 오래 한 송언 작가는 자신의 페르소나로 엉뚱한 담임 선생님을 자주 내세우는데, 선생님과 개구쟁이 어린이와의 '티키타카'가 교실을 유머러스하고 흥겨운 분위기로 만든다.

그렇다면 악역 3위는 누굴까? '아빠'라고 생각하는 이들이 많지 않을까 싶지만, 아니다. 기존 동화에서 아빠는 등장하지 않을 때도 많은 존재감 없는 배역이었고, 최근에야 비로소 새로운 악역 혹은 악역인 엄마 앞에서 아이를 슬쩍 편들어 주는 소소한 배역을 맡고 있다. 3위는 다름 아닌 교장 선생님이다. 교장 선생님은 어린이뿐 아니라 학교 안의 여러 선생님에게도 미움을 한 몸에 받는 악의 화신과 같은 조연이다.

한국 사람들이 미국의 초등학교에 가면 깜짝 놀라는 일이 있다고 한다. 미국의 교장 선생님은 한국의 학교장처럼 학교에서 가장 깊숙한 구중궁궐과 같은 곳, 그 앞을 지날 때는 발걸음도 조심해야 할 것 같은 교장실에 머무는 권력자가 아니다. 미국의 교장은 어린이들이 등교할 때 현관에서 아이들의 이름을 불러 주며 인사를 나눈다. 핼러윈 데이(Halloween

day)처럼 어린이들이 특별한 의상을 입는 날이면 교장 선생님
도 특별한 옷을 입고 어린이들과 함께 축제를 즐긴다.

그런데 한국 교장 선생님에 대한 고정 관념을 깨뜨려 주는
매력적인 동화가 있다. 바로 제26회 창비 '좋은 어린이책' 원
고 공모 대상 수상작 『떴다! 배달룡 선생님』(창비 2022)이다. 유
머러스한 인물들이 좌충우돌하는 이야기를 담은 명랑동화로,
이야기 자체로도 재미있지만 아이를 대하는 어른의 올바른 가
치와 새로운 의사소통법까지 녹아 있는 작품이다. 이야기는
초등학생 때부터 학교의 '짱'이 되고 싶었던 배달룡이 드디어
학교의 최고 대장, 교장 선생님이 되어 학교에 부임하는 장면
에서 시작한다. 그가 부임한 후 학교의 분위기는 완전히 달라
진다. 어린이들은 물론 학교 인근의 동네 사람들까지 행복해
지고, 누구보다도 배달룡 선생님 자신이 행복해진다. 그 비결
은 무엇일까. 배달룡 선생님의 행복 노하우를 배워 보자.

일단 배달룡 선생님은 노는 것을 좋아한다. 어린이들이 하
는 놀이에 빠지는 법이 없는데, 어린이와 놀아 주기 위해 노는
것이 아니라 정말 노는 것을 즐긴다. 교장실 위층의 1학년 1반
에서 어린이들이 딱지치기를 할 때마다 교장실 천장이 요란하
게 울리자 배달룡 선생님은 교실을 찾아가 야단을 치는 게 아
니라 어린이들과 딱지치기로 대결을 벌여 딱지를 모두 따 버

리는 작전을 펼친다. 눈이 내린 날에는 동네 어른들과 힘을 합해 운동장에 눈썰매장을 만들고는 어린이들과 눈썰매를 타기도 한다. 배달룡 선생님은 어린이들만큼 잘 놀고, 어린이들과 함께 잘 논다.

두 번째로 배달룡 선생님은 학생들의 이름을 기막히게 기억한다. 수진, 동민, 시우, 아영을 다 기억한다. 학교에서 어린이나 청소년을 이름이 아닌 번호로 부르던 시절이 있었다. 사람을 번호로 부르는 것은 그 사람의 개성과 인격을 지워 버리는 일이다. 존 버닝햄John Burningham의 그림책『지각대장 존』(비룡소 1999)에서 선생님은 주인공 존을 '존 패트릭 노먼 맥헤너시'라는 풀네임으로 부르는데, 긴 이름만큼이나 선생님과 어린이 사이의 거리가 멀어진다. 배달룡 선생님이 어린이들의 이름을 기억하고 다정하게 부르는 건 한 사람 한 사람을 소중히 여긴다는 뜻이다. "제 이름을 어떻게 아세요?"라고 어린이들이 신기해할 때 그는 "난 교장이잖니. 500명은 거뜬히 외울 수 있는데 우리 학교에는 학생이 251명밖에 없어서 아쉽단다."(48면)라고 대답한다. 우리는 누군가가 우리의 이름을 기억해 줄 때 그에게 우리가 의미 있는 존재임을 느끼고 마음이 따뜻해지는 것 아닐까?

마지막으로 배달룡 선생님은 어린이들의 해결사로 활약한

다. 동민에게 영어 숙제를 맡긴 시우를 섣불리 야단치거나 가르치지 않고 어린이의 입장에서 생각하려 한다. 동민이 전학 가기 싫다고 울면서 도움을 청했을 때 배달룡 선생님은 동민의 문제를 속 시원하게 해결해 주지 못해 안타까워하다 마침내 답을 찾아낸다. 또 배달룡 선생님은 어린이의 영원한 보호자이기도 하다. 수진이 식탁에 그린 그림 때문에 떡볶이 가게 사장님이 학교에 항의 전화를 하자 배달룡 선생님은 넥타이가 뒤로 돌아가도록 열심히 뛰어온다. 그리고 수진이의 편에 서서 사건을 해결하려고 노력한다.

이 동화는 학교에서 가장 서열이 높아 보이는 '교장 선생님'을 어린이들이 원하는 어른의 모습으로 그려 냈다. 많은 문학이나 영화에서 교장 선생님은 대체로 희화화될 뿐이었다. 월요일 아침 조회 때마다 운동장에서 교장 선생님의 알맹이 없는 훈화를 듣던 세대에게 어쩌면 이 동화 속 교장 선생님은 상상조차 할 수 없는 존재일 것이다. 하지만 시대와 어린이들이 달라졌으니 이제 이런 교장 선생님이 나올 때가 된 것도 같다. 아니, 벌써 어딘가에 많이 계실지도 모른다. 배달룡 선생님, 어디 계신가요?

어린이의 기쁨과 슬픔

유은실 동화 『나는 따로 할 거야』

작가는 얼마나 많은 사람의 마음을 품고 사는 걸까? 작가가 작품에 다양한 인물을 녹여 새롭게 창조하는 솜씨는 언제 보아도 놀랍다. 청소년소설 『순례 주택』(비룡소 2021)으로 독자들에게 깊은 여운을 선사한 유은실 작가를 보면 더욱 그렇다. 그의 내면에는 아주 어린아이부터 노인까지 다양한 세대가 모여 사는 것 같다. 작품 속 어린이 곁에 있는 할머니나 할아버지에게는 삶에서 묻어 나오는 유머와 지혜가 느껴지는데, 작가는 마치 노인들의 마음에 들어갔다 나온 것처럼 장면들을 그려낸다.

한편 그의 작품에는 예민한 청소년이나 이제 막 세상을 알아 가는 어린이도 자주 등장한다. 2022년 완결된 '정이 이야기' 시리즈(사계절)를 읽으면 그것을 확인할 수 있다. 저학년 독자를 겨냥한 이 동화집은 2011년에 첫 권 『나도 편식할 거야』와 2013년 두 번째 권 『나도 예민할 거야』가 출간된 후 9년 만인 2022년에 다섯 번째 책 『나는 따로 할 거야』가 출간되며 완결되었다. 한 권에 두 편 혹은 세 편의 이야기가 들어 있는 동화집으로, 초등학교 1학년 정이와 3학년 오빠 혁이, 우체국에서 근무하는 엄마와 조기 퇴직 후 시골에서 농사를 짓는 아빠까지 네 인물을 중심으로 전개된다.

낮은 연령을 위한 동화는 대체로 어린이와 친근한 동물에 어린이를 대입한 의인동화나 우리가 사는 현실에서 판타지 사건이 일어나는 '1차 세계형 판타지'가 많으며 전지적 시점을 주로 활용한다. 그런데 이 시리즈는 그러한 일반적인 저학년 동화에서 벗어난 생활동화이며 더구나 일인칭 시점이다. 그렇다면 이 동화의 의도는 무엇일까?

유은실 문학에서 유머와 아이러니는 꽤 중요한 키워드인데, 이는 '정이 이야기' 시리즈에서도 잘 드러난다. 『나도 편식할 거야』의 단편 「편식은 어려워」는 "된장찌개는 맛있다. 밥에다 비벼 먹으면 최고다."(7면)로 시작한다. 정이는 된장찌개도, 닭 발도, 보약까지도 잘 먹는 어린이다. 동화에 편식하는 아이는 자주 그려지지만 잘 먹는 아이가 주인공인 경우는 많지 않다. 잘 먹는 것은 갈등 상황을 일으키지 않는 평범한 일상이기 때문이다. 그러나 작가는 이 상황에서 아이러니를 발견한다. 정이의 엄마는 정이가 아무거나 잘 먹기 때문에 도리어 편식하는 오빠의 반찬에만 신경을 쓴다.

『나도 예민할 거야』 역시 마찬가지다. 오빠는 예민해서 방을 혼자 독점하며 침대를 쓸 기회까지 얻는데 아무 데서나 잘 자는 정이는 거실 바닥에서 잘 수도 있는 사건이 발생한다.(「예민은 힘들어」) 결국 정이는 "나는…… 침대에서…… 못 잘 거야. 맨날 맨날…… 순할 거야. 맨날 맨날 아무 데서나 잘 거야."(23면)라며 울음을 터뜨린다. 그러니까 이 동화는 일인칭 시점으로 어린이의 속내와 욕망을 아이의 처지에서 가감 없이 전달하는 것이다. 자신의 욕구에 충실하고, 어른들의 무심한 양육 태도에 소외받는 정이의 억울한 심정이 잘 드러난다.

이러한 정이가 시리즈의 세 번째 편 『나는 기억할 거야』(2022)에서부터 살짝 달라진다. 단편 「첫사랑은 쓰디써」에서 정이는 오빠와 끝말잇기를 하다가 첫사랑이었던 오하를 떠올린다. 그러던 어느 날 우연히 오하를 만나는데, 안타깝게도 오하는 정이를 기억하지 못한다. 정이는 첫사랑의 쓰디쓴 맛을 느끼게 된다. 정이는 오하를 잊을 것인지 기억할 것인지 고민하지만 결국에는 오하를 기억하기로 결정한다. 사랑에는 기쁨과 슬픔이 동시에 담길 수 있다는 모순을 어렴풋이 깨달은 것이다.

『나는 망설일 거야』(2022) 역시 마찬가지다. 「초등학생은 망설여」에서 정이는 조금 큰 어린이가 되기 위한 비결로 오빠가 해 준 말을 떠올린다. 그것은 "말하기 전에 생각한다. 생각나는 대로 말하는 건 유치원 때 끝난다. 초등학생은 망설여야 된다."(40면)라는 것이다. 그래서 정이는 작가와의 만남에 참석했을 때 내내 졸렸지만 작가에게 강연이 지루했다고 이야기하지 않고 망설인다.

엄마가 나를 데리고 작가에게 갔다.
"이름이 뭐예요?"
"나한테 할 말 없어요?"
'할까 말까.'
나는 망설였다. 초등학생이니까. 초등학생은 망설이니까.
"강의를 녹음하세요. 잠 오는 약으로 파세요.
어른들을 한꺼번에 재웠잖아요?"
속으로만 말했다. 안 하는 게 나을 것 같았다. (56~57면)

자세히 보면 정이의 행동은 '망설이는 것'을 흉내 내는 것에 가깝다. 하지만 이런 일을 통해 '망설이는 것'의 의미를 인지하며 정이는 사람 사이의 미묘한 소통이 뜻하는 바를 배우게 된다.

시리즈의 마지막 편 『나는 따로 할 거야』에서는 1년 동안 부쩍 자란 정이의 모습을 볼 수 있다. 단편 「단골은 쓸쓸해」에서 '단골'은 바로 각종 병원의 단골인 예민한 오빠를 뜻한다. 어느 날 정이는 갑자기 귀가 아프다. 이때 항상 잘 아프고 예민하여 이비인후과 단골인 오빠가 정이의 보호자로 따라가기로 한다. 오빠는 아픈 동생에게 동지 의식을 느끼지만 결국 통증의 원인은 정이의 귓속에 있던 커다란 귀지 때문이었고, 약도 주사도 필요 없이 쉽게 낫는다. 오빠는 이 상황에 왠지 쓸쓸함을 느끼고 정이는 오빠의 그러한 마음을 읽어 낸다. 정이의 엄마는 그 이야기를 듣고 고개를 끄덕이며 "우리 정이, 많이 컸구나." "쓸쓸한 걸 아니까. 엄마보다 더 잘 아니까."(28면)라며 다독여 준다.

어린이의 마음은 결코 단순하지 않다. 욕심과 질투, 기쁨과 슬픔, 망설임과 쓸쓸함을 가득 품고, 마음속 다양한 색깔을 구별하는 것이 성장의 과정이다. 그러한 모습을 눈에 보이듯이, 손에 잡힐 듯이 그려 내기는 쉽지 않은데 '정이 이야기' 시리즈에는 작가 특유의 유머와 함께 이 모든 순간이 섬세하게 담겨 있다. '정이 이야기' 시리즈는 막을 내렸지만 정이 덕분에 독자들은 수많은 어린이의 마음을 더 잘 읽을 수 있게 되었다.

옛이야기의 매력을 전유한 동화

김유 동화 『백점 백곰』

2023년은 방정환 선생이 만든 잡지 「어린이」가 창간된 지 100주년이 되는 해였다. 100년 전 방정환은 「어린이」 창간을 앞두고 1923년 2월 14일 동경에서 서울에 있는 조정호에게 다음과 같은 편지를 써서 보냈다. "어린이는 결코 부모의 물건이 되려고 생겨 나오는 것도 아니고 어느 기성 사회의 주문품이 되려고 낳는 것도 아닙니다. 그네는 훌륭한 한 사람으로 태어나오는 것이고 저는 저대로 독특한 사람이 되어 갈 것입니다. (중략) 그래서 자유롭고 재미로운 중에 저희끼리 기운껏 활활 뛰면서 훨씬훨씬 자라 가게 해야 합니다."*

100년이 지난 지금 읽어도 놀라울 정도로 진보적인 이 편지에는 아동문학과 어린이 독자를 향한 열린 시선이 담겨 있다.
「어린이」 잡지를 만들고 동화를 개척한 방정환에게 있어 동화
가 지녀야 할 최고의 미덕은 무엇이었을까? 그것은 다름 아닌
'재미'다. 재미란 어린이 독자에게는 어쩌면 동화의 '거의 모
든 것'일 수도 있다.

김유의 『백점 백곰』(책읽는곰 2023)은 어린이들의 많은 사
랑을 받은 『겁보 만보』(책읽는곰 2015)와 『무적 말숙』(책읽는곰
2021)을 잇는 김유 작가의 연작동화다. 『백점 백곰』외 두 편은
매력적인 어린이 주인공들이 등장하여 옛이야기의 형식인 한
고개, 두 고개, 세 고개를 넘어가며 문제를 해결하는 공통의
서사를 가졌다. 또한 각 권의 주인공인 만보와 말숙, 그리고
'백곰'이라는 별명을 가진 백고미는 같은 반 친구들이기도 하
다. 그럼에도 이 주인공들은 각각 다른 작품에서는 조연으로
멀찍이 물러나기에 동일한 인물이 계속 주인공으로 등장하는
일반적인 시리즈물과는 다르다.

이 이야기는 어른 독자에게는 조금 혼란스럽고 뒤죽박죽이
며 다소 교훈적으로 읽히기도 한다. 하지만 어린이 독자를 위

* 방정환 「소년의 지도에 관하여 — 잡지 『어린이』 창간에 제하여 경성 조정호
  형께」, 『정본 방정환 전집 5: 산문 3 『별건곤』 2·기타·부록』, 한국방정환재단
  엮음, 창비 2019.

한 재미의 요소를 두루 갖추었다. 첫 번째는 무엇보다도 인물의 매력이다. 아빠가 꾼 태몽에 곰이 등장한 뒤 태어난 백고미는 편식쟁이이지만 체격이 좋고 공부를 잘하는 완벽주의자 캐릭터로, 뒤로 가면 단군 신화 속 웅녀와 연결되기도 한다. 모든 대화를 '아이고'로 시작하는 아이고 아줌마, '기여'로 시작하는 기여 할머니, 가는귀가 먹어 모든 말에 '뭐여?'라고 묻는 뭐여 할아버지의 능청스러움 또한 재미를 더한다. 재미있는 이야기에는 반드시 매력적인 캐릭터가 등장하고, 때로는 별명이 그 인물을 한마디로 요약하며 구체화한다.

두 번째 재미는 옛이야기식 구성이다. 옛이야기는 그림책과 동화의 플롯 및 내용에 많은 영향을 끼친다. 특히 옛이야기에서 주인공을 길을 떠나 고개를 넘을 때마다 사건을 만나는 구성은 매우 전형적이다. 고미 역시 자신의 문제를 해결하기 위해 과제를 안고 떠난 후 고개를 넘으며 다양한 사건과 인물을 만난다.

그중 고미가 두 번째 고개를 넘으며 만난 호랑이는 바로 단군 신화에 나오는 호랑이다. 고미는 첫 번째 고개에서 만난 할머니에게 받은 쑥떡을 호랑이에게 건네고, 호랑이는 다시 한번 사람이 되는 일에 도전하며 지나간 실패를 떠올린다. 그런 호랑이에게 고미는 다음과 같이 말한다.

"호랭아, 실패혀도 괜찮구먼. 니가 최선을 다혔으면 되는 겨. 그리고 호랭이니께 호랭이 모습 그대로도 멋지구먼."

그렇게 말하고 나니 고미도 걱정이 사라지는 것 같았어.

"그럼 내가 계속 호랭이여도 우리 친구할 수 있을까? 나는 네가 내 친구 백곰처럼 좋거든."

"기여, 우린 인저 친구가 되었구먼."

고미는 호랑이와 마주 보고 환하게 웃었어. (57면)

고미는 호랑이의 기운을 이어받아 세 번째 고개에서 자기 자신의 또 다른 모습을 만나고 모든 고민을 해결하게 된다. '백점사전'까지 지참하고 100점을 받으려는 욕심을 채우기 위해 떠났던 여행은 '백점사전'을 내려놓고 '문제 없는 문제집'을 안고 돌아오는 것으로 마무리된다.

이 작품의 색다른 재미는 위의 예문에서 확인할 수 있듯 인물들이 구수한 사투리를 구사하는 모습이다. 요즘 어린이인 고미가 능청스럽게 사투리로 말하는 장면은 조금 낯설 수도 그럼에도 작가는 고미를 비롯한 모든 인물이 충청도 사투리를 사용하게 만들었다. 덕분에 동화면서도 옛이야기 같고, 현재면서도 과거 같은 이야기가 탄생하였다. 만약 어린이 독자가 사투리를 눈으로만 읽기 힘들다면 곁의 어른이 같이 소리 내어 읽으며 사투리의 매력을 느껴 보면 어떨까?

마지막으로 이 동화 역시 전편들과 마찬가지로 최미란 화가의 삽화로 더욱 재미있어졌다. 『겁보 만보』부터 이어진 표지 분위기와 제목의 서체, 그 글자에 매달린 듯 보이는 인물들, 만화처럼 말풍선이 달린 삽화들, 개성 있는 캐릭터들이 어린이 독자로 하여금 책장을 술술 넘기게 한다.

옛이야기의 형식과 내용을 전유한 동화는 꽤 오래 인기를 끌었으나 최근에는 찾아보기 어렵다. 그러나 해학을 담은 옛이야기식 구성은 저학년 독자가 이야기를 즐겁게 읽으며 서사의 구성을 자연스럽게 익힐 수 있어 '책 읽기의 재미'와 '플롯 익히기'라는 두 마리 토끼를 잡는 비결이 되기도 한다.

서두에 소개한 편지에서 방정환은 잡지 「어린이」에는 "수신 강화 같은 교훈담이나 수양담"을 넣지 않을 것이며 "동화, 동요, 소년 소설"만으로도 훌륭하다고 썼다. 이 말은 100년 뒤인 지금도 새겨들을 만하다. 어린이책에는 아직도 억지 교훈이 너무 많다. 문학의 즐거움을 알려 주는 동화가 많이 나와 어린이들이 문학을 평생의 친구로 삼을 수 있기를 바란다.

동물 친구들이 소개해 준 새 친구들

박용숙 동화 『내일 만나』

어릴 때 전학을 자주 다녔다. 초등학교 때만 세 번 전학을 했는데 한번은 서울에서 대구로 전학을 가서 낯선 경상도 사투리를 알아듣지 못해 힘들었던 기억이 난다. 당시 서울에서 지방으로 간 전학생들은 '서울내기'라는 놀림을 받기도 했다. 몇 년이 지나 서울로 돌아왔을 때는 반대로 학급에서 유일하게 대구 사투리를 쓰는 아이가 되어 있었다. 어쨌든 어린이에게 전학으로 인한 스트레스는 생각보다 매우 클 터, 동화에 전학에 관한 이야기가 종종 등장하는 이유다.

박용숙의 『내일 만나』(웅진주니어 2023)도 전학생을 다룬 동화다. '내일 만나'는 어린이들이 친구와 헤어질 때 하는 인사다. 이 말에는 오늘 더 놀지 못하는 아쉬움과 내일이 빨리 와서 친구와 놀고 싶다는 기대가 담겨 있다. 이런 인사를 하려면 친한 친구가 있어야 하는데, 전학을 가면 매일 붙어 다니며 인사를 나눌 친구를 새로 사귀어야 한다. 새로운 동네로 이사를 와서 전학을 하게 된 주인공 소희 역시 새 학교에서 만날 친구들에 대한 기대와 걱정이 교차한다. 개학날 낯선 아이들을 만날 부담감에 소희는 개학 전날 학교에 혼자 미리 가 보기로 한다.

학교에 간 소희는 선생님과 아이들 대신 학교 곳곳에 흩어져 있는 다양한 동물들을 만난다. '베지테리안'이라고 자신을 소개하는 고양이, 고양이의 친한 친구인 낭만 토끼, 시끄러운 닭들, 품위 있게 명상을 하는 달팽이, 눈싸움 기술을 연마 중인 왕파리, 수줍은 성격이지만 혼자서 온몸으로 피아노 치기를 즐기는 생쥐까지, 모두 신비로운 친구들이다.

소희가 동물에게 한 가지씩 부탁을 받고 새로 만날 친구들의 이름과 정보를 미리 듣는 구성은 마치 옛이야기를 연상케 한다. 고양이와 토끼는 매일 아침 "한솔 브이"를 외치며 씩씩하게 등교하는 강한솔을 좋아하고, 명상하는 달팽이는 그를 죽음의 위기에서 구해 준 채송화에게 고맙다는 말을 꼭 전하고 싶어 한다. 왕파리는 김우주를 눈싸움 스승으로 모시고 있고, 생쥐는 자신을 닮아 수줍음이 많지만 피아노를 잘 치는 이

지호와 함께 계속 피아노를 칠 수 있기를 바라고 있다. 말하자면 소희는 동물 친구들 덕분에 내일 만날 친구들을 미리 '예습'한 것이다.

나는 이 동화를 읽으며 루이스 캐럴Lewis Carrol의 동화 『이상한 나라의 앨리스』가 떠올랐다. 앨리스가 우연히 바삐 뛰어가는 토끼를 보고 토끼굴로 따라 들어가 이상한 나라로 여행을 떠나듯, 소희 역시 학교 운동장에서 우연히 보라색 나비를 만나고, 손에 나비 가루가 묻은 뒤 동물들과 대화를 나눌 수 있게 된다. 학교 운동장이 판타지 공간으로 새롭게 태어난다.

『이상한 나라의 앨리스』가 떠오른 또 다른 이유는 두 작품에 공통적으로 말놀이가 나오기 때문이다. 영어의 말장난을 뜻하는 '펀'(pun)은 한국어로 옮기기 어려워 참맛을 느끼기 쉽지 않지만, 우리 동화 『내일 만나』 속 말놀이는 찰떡같이 알아듣고 웃을 수 있다.

고양이가 고개를 천천히 끄덕이며 대답했어.

"그럼, 다 알지, 말했잖아, 나처럼 학교에 오래 있으면 모르는 게 없다고. 그런 말 알지? 서당 개 삼 년이면 풍선을 분다는 말."

"풍선? 아닌 것 같은데, 풍, 풍…… 뭐더라?" (19면)

"원수는 징검다리에서 만난다더니, 여기가 바로 징검다리구먼."

소희는 징검다리가 아니라 다른 다리라고 말하려다 입을 다물었어.

사실 다른 다리 이름이 생각나지 않기도 했지만, 분위기가 영 심상치 않았거든. (58면)

위의 대화처럼 '풍월을 읊다'라고 말해야 하는 순간 '풍선을 불다'라고 한다든지, 원수가 '외나무다리'에서 만난다는 말을 '징검다리'에서 만난다고 표현하는 등 한 끗 차이로 어긋나고 미끄러지는 말놀이는 어린이들에게 즐거움을 준다. 특히 말과 글을 배워 나가는 어린이들에게 이런 말놀이는 몸을 신나게 움직이거나 도구를 쓰는 놀이 못지않게 삼삼오오 모여 앉아 웃고 즐길 수 있는 또 하나의 활동이다.

이 동화의 특별한 장점은 문체다. 저학년 동화는 대부분 경어체를 쓰지만 이 동화는 그러지 않았다. 누군가가 옆에서 들려주는 듯한 이야기의 묘미를 살리기 위해서인데, 언뜻 읽으면 옛이야기식 서술인 입말체와 닮아서 어린이들이 듣기에 쉽고 편하다. 특히 저학년 동화는 소리 내어 읽는 경우가 많아 군더더기 없이 간결한 문장과 리듬감 있는 단어들이 어우러질 때 읽는 재미가 살아난다. 이러한 문장은 그냥 탄생하지 않는다. 저자는 분명 문장을 여러 번 소리 내어 읽으며 다듬었을 것이다.

다시 동화 이야기로 돌아와, 손에 묻었던 나비 가루가 사라지자 소희는 아쉽게도 동물들의 말소리를 들을 수 없는 현실 세계로 돌아온다. 검은 고양이는 시침을 뚝 떼고 앉아 있다. 하지만 소희는 고양이와 대화를 나눌 수 있는 방법을 알게 되었으니 동물들과 다시 이야기를 나눌 날이 올 것이다. 그뿐 아니라 소희는 새 학교에 좋은 친구가 많다는 것도 알게 되어 더 이상 그들과 만날 일을 걱정하지 않는다.

다음 날, 소희는 새 학교로 가는 첫 등굣길에서 아이들에게 씩씩하게 먼저 인사를 건넨다. 소희는 "내일 만나!"라고 인사할 수 있는 친구를 꼭 찾을 것이고, 학교에서 만난 동물 친구들에게도 "내일 만나!"라고 인사할 수 있을 것이다.

학교는 다양한 친구들을 만날 수 있는 곳일 수도, 소희가 찾아낸 것처럼 여러 사연이 숨어 있는 장소일 수도 있다. 학교는 공부만 하는 지루한 곳이 아니라 인간, 동물, 식물 등 다양한 존재들이 모이는 놀이터다. 어린이들이 학교에 사는 모든 생명과 우정을 나누며 자라길 바란다.

너도나도 행복할 수 있는 비밀

오시은 동화 『천삼이의 환생 작전』

동화 비평가와 동화작가는 아동문학 종사자라는 공통점이 있지만 당연히 서로 다른 관점도 존재하는데, 그중 하나가 장르에 대한 감각이다. 비평가들은 동화를 읽기 시작할 때 이 동화가 어느 장르에 속하는지, 가령 판타지인지, 옛이야기인지 아니면 리얼리즘 계열인지 파악한 뒤 해당 장르의 규범에 맞춰 책을 읽는 편이다. 그러나 동화작가들은 장르에 대한 감각이 훨씬 유연하여 때로는 장르 법칙을 훌쩍 뛰어넘는 작품을 쓰기도 한다.

비평가의 입장에서 『천삼이의 환생 작전』(창비 2023) 같은 동화를 만나면 잠시 당황스러운데, 다양한 장르가 한 바구니

안에 모여 있어 기준을 찾기 어렵기 때문이다. 삼신 할망이나 옥황상제가 출연하니 옛이야기를 모티프로 한 판타지임이 분명한데, 미래 사회를 예측하고 시뮬레이션하는 발명왕이 등장하여 SF적 분위기를 풍기기도 한다. 여기에 여자아이로 태어날 예정이었으나 삼신 할망의 실수로 남자아이로 점지된 주인공 천삼의 사연은 최근 많이 논의되는 진지한 성 역할 담론을 떠올리게 만든다.

만약 비평가들이 고려하는 경직된 장르 감각을 통해서만 동화에 접근하면 동화 장르는 점점 진부한 '고인 연못'이 될 것이다. 다행히 과감하게 장르의 경계를 넘어 새로운 길을 만드는 작가들 덕분에 참신하고 새로운 이야기가 세상과 만나게 된다. 『천삼이의 환생 작전』처럼 이야기를 풀어내는 솜씨마저 능청스럽고 자연스러운 동화라면 비평가 역시 읽는 동안 당황스러움보다 반가운 마음이 훨씬 커진다.

이 동화는 하늘에 사는 꼬마 영혼 천삼이가 여자아이로 태어나고 싶었지만 삼신 할망의 실수로 남자아이로 태어날 수밖에 없는 난처한 상황에서 시작된다. 천삼은 이미 천 년 전에 스스로를 여자아이라고 인식했음에도 남자아이로 태어나 왕까지 되었던 기억을 잊지 못한다. 그때의 삶이 그다지 행복하지 못했기에 다시 떠올리고 싶지도, 겪고 싶지도 않다. 그러기에 이번 생에는 꼭 여자아이로 태어날 수 있으리라 기대하고 오래도록 기다렸지만 마지막 순간 삼신 할망이 실수를 하고 만 것이다. 천삼은 이대로 물러설 수 없어 세상을 설계하고 관리하는 여러 신들에게 문제를 제기하고 토론을 벌인다. 옥황상제, 삼신 할망, 발명장, 명부장 등의 인물이 천삼과 함께 이 난제를 어떻게 해결할 것인지 머리를 맞댄다.

신들의 이야기에 따르면, 본래 세상이 만들어질 때에는 성별에 따라 세상일을 나누지 않았으나 뭐든지 나누기 좋아하는 인간들이 그들의 습성대로 여자와 남자를 구별하여 역할을 정하기 시작했다. 하지만 다행스럽게도 발명장이 미래 사회를 시뮬레이션해 본 결과, 미래에는 성 역할 규범이 점차 줄어들어 천삼이 어른이 될 즈음에는 사라질 것으로 전망된다. 그때까지만 기다리면 성별과 상관없이 모두 자유롭고 행복하게 살 수 있다는 예측이다.

문제는 천삼이 출생한 뒤부터 어른이 될 때까지의 세상이다. 천삼은 자신이 여자아이인 것을 기억하고 태어나야 원하는 세상을 앞당길 수 있지 않을까 생각하지만, 인간은 태어나서 열 살이 될 때까지는 천상에서의 기억을 모두 잊어야 한다는 출생의 규칙에 봉착한다. 그러나 염라대왕은 이러한 출생의 규칙에서 반전을 찾아낸다.

천삼이가 못 미더운 얼굴로 물었어.

"그럼 내가 어떤 마음을 먹을 수 있게 기억을 해야 하는 거 아니야?"

옥황이 고개를 저었어.

"아니지, 오히려 아무런 편견이 없어야 하지. 여자가 되고 싶다는 마음, 남자가 되고 싶다는 마음, 그렇게 이쪽저쪽으로 나누려는 마음이 없어야 하는 거지. 그래야 아까 본 네 모습이 가능한 거야. 예측 미래의 너는 그런 편견이나, 전생의 기억이 없는 상태니까." (88면)

성에 대한 고정 관념이나 어느 한쪽에 대한 선호 없이 세상에 태어나 자기 자신의 마음과 생각대로 열심히 살 때 결과적으로 모두에게 행복한 세상이 올 거라는 비밀이다.

그러니까 이 이야기는 언뜻 여성 인권 향상에 초점을 맞춘 것처럼 보이지만 결국은 남성과 여성 모두에게 더 큰 자유를 줄 수 있는 비결을 알려 주는 서사다. 어쩌면 이것이 바로 작가가 어린이와 어른 독자에게 전하고 싶은 메시지가 아니었을까?

이 작품을 논할 때 빼놓을 수 없는 장면은 천삼이를 세상에 보내는 삼신 할망의 모습이다. 천삼의 성별을 바꾸는 실수를 저지른 삼신 할망이 천삼에게 사과하는 장면은 지금껏 성 역할 고정 관념을 뿌리 뽑지 못하여 새 세상을 만들지 못한 어른들의 반성처럼 읽힌다. 그러기에 삼신 할망이 천삼이를 세상에 보내며 챙겨 주는 웃음꽃과 용기꽃은 조금 힘들고 어렵더라도 웃음과 용기로 자신의 삶을 야무지게 살아 내라는 뜨거운 응원 같다.

가끔 동화를 잘 읽지 않는 어른들에게 최근 출간되는 동화의 재미있는 줄거리를 들려주면 깜짝 놀라는 경우가 있다. 세상의 보수적 이데올로기에 저항하는 이렇게 놀랍고 위험한 이야기가 동화 속에 있냐고 묻기도 한다. 그렇다. 좋은 동화에는 기존 사회를 전복할 만한 새로운 메시지가 들어 있다. 새롭고 위험한 편지야말로 미래를 살아갈 어린이들에게는 가장 소중한 전언이 될 수 있는 까닭이다. 불완전한 세상이 좋은 방향으로 나아갈 수 있도록 계속 고민해야만 내일을 살아갈 어린이들이 모두 자유롭고 행복할 수 있을 것이다.

가족 더하기 가족은 더 큰 가족

이금이 장편동화 『밤티 마을 마리네 집』

2024년 아동문학계의 가장 큰 이슈는 1984년부터 활동한 아동청소년문학 이금이 작가가 등단 40년 만에 한스 크리스티안 안데르센 상 Hans Christian Andersen Awards 최종 후보에 올랐다는 소식이었다. 세계 최고의 작가들이 수상해 온 이 상의 최종 후보 여섯 명 중 이금이 작가가 있다는 소식은 흥분할 만한 사건이었다. 이는 작가 개인의 기쁨을 넘어 한국문학계의 경사다. 아쉽게도 최종 수상자가 되지는 못했으나 이를 시작으로 우리 동화도 국경을 넘어 세계 독자와 만날 것이다.

때마침 이금이 작가가 신작을 발표했다. 바로 『밤티 마을 마리네 집』(밤티 2024)이다. 이 작품은 1994년 출간된 『밤티 마을 큰돌이네 집』(대교출판; 개정판 밤티 2024)이 나온 지 30년 만에 출간된 후속 동화다. '밤티 마을' 시리즈는 그동안 큰돌이네, 영미네, 봄이네 이야기로 이어져 왔는데 20여 년 만에 네 번째 이야기를 선보인 것이다. 작품에는 앞선 작품 속에서 어린이였던 큰돌이, 영미, 봄이가 모두 성인이 되어 등장하고, 가장 인상 깊은 어른 인물이었던 이들의 새엄마, 일명 '팥쥐 엄마'도 이제 정옥순 씨라는 이름을 부여받고 할머니가 되어 출연한다.

이금이는 새로운 경향에 도전하거나 참신한 장르 감각으로 승부하기보다는 우리 주위에서 만날 법한 친숙한 인물을 등장시켜 감칠맛 나는 생활 이야기를 만들어 온 작가다. 마치 옆에서 들려주는 듯한 자연스러운 스토리텔링이 이금이 작품의 매력 중 하나다. 그러나 그의 동화에 따뜻한 이야기만 담겨 있는 것은 아니다. 가볍게 읽기 시작한 독자도 가정 해체나 성폭력 등이 중심 사건으로 등장하면서부터 진지하게 책장을 넘기게 되고, 밀도 높은 문장에 몰입하게 된다.

『밤티 마을 마리네 집』역시 마찬가지다. 그의 동화는 소수자나 상처받은 인물들의 마음을 세심하게 어루만지는데, 이 작품에도 상처받은 인물들이 등장한다. 첫 번째 인물은 주인공 어린이 고마리와 그의 가족이다. 부모님이 네팔인인 마리는 한국에서 태어나고 자라서 네팔어보다 한국말이 익숙하지만 부모님의 출신 배경 때문에 여전히 이방인 취급을 받는다. 고마리의 이름은 네팔어로 '여신'을 뜻하는 '쿠마리'에서 가져왔지만 한국 사회에서는 이름이 뜻하는 만큼 소중하고 귀한 대접을 받지 못한다. 마리는 학교 친구와 잘 지내다가도 마리네 가족에게 편견을 가진 친구들의 부모들 때문에 종종 상처를 받는다. 어른들의 편견이 어린이들의 관계에 영향을 주고, 마리에게도 상처를 준다.

마리는 엉엉 울면서 말했어요.

"뭐가 나를 위해서야? 내 마음도 있는데 왜 엄마 아빠 마음대로만 해? 큰 학교에 다녀도 나는 친구 없어. 현서 엄마가 생일 파티에 나는 데려오지 말라고 했대. 애들은 내가 한국 사람 아니라고 싫어하고, 네팔 사람들은 나한테 한국 애 다 됐다고 뭐라고 하잖아. 나보고 어쩌라고. 그게 내 잘못이야? 자꾸 이사 다니는 거 정말 싫어. 오래오래 한집에서 살면서 친구도 사귀고 싶고, 친구들 부를 수 있게 내 방도 갖고 싶다고!" (163~64면)

이런 마리네 집 2층에 다소 까칠한 성격의 한 여성이 이사를 온다. '밤티 마을' 시리즈 전편에 나왔던 큰돌이의 동생 영미다. 성인이 된 영미는 나무로 다양한 물건을 만드는 목공 작업을 하는데, 이 작품 속 영미를 이해하려면 30년 전 출간된 『밤티 마을 큰돌이네 집』으로 거슬러 올라가야 한다. 이 작품에는 엄마 없이 아빠와 사는 큰돌이와 영미가 등장한다. 집안이 어려워지면서 엄마가 집을 나가자 영미 또한 다른 집으로 입양을 가게 되고, 영미는 친엄마, 입양 가정의 엄마, 영미 아빠와 재혼한 팥쥐 엄마까지 세 명의 엄마를 두게 된다.

어린 영미가 복잡한 상황에서 겪는 심정을 섬세하게 그려낸 『밤티 마을 큰돌이네 집』은 동화로는 보기 드물게 입양, 가족 해체 및 새로운 가족 만들기의 문제를 정면으로 다루었다. 즉 어린 시절 영미 역시 마리처럼 상처를 안고 자랐다. 이금이 작가는 『밤티 마을 큰돌이네 집』에서 유치원생인 영미를 어려운 상황에 빠뜨렸던 것을 기억하여, 새 작품에서 성인이 되어도 남아 있는 그의 상처를 보듬어 준다.

"어릴 때 키우기 힘들다고 나를 다른 집에 보냈던 거 잊었어?"

물을 주던 마리의 손이 멈칫했어요. 아줌마에게 그런 일이 있었다니요. 엄마가 마리를 키우기 힘들다고 다른 집에 보낸다면 얼마나 무섭고 슬플까요.

"나, 그때 여섯 살이었어. 다시 돌아와서 겨우 적응하고 있는데 이번엔 친엄마한테 가라고 했잖아."

아줌마의 엄마 아빠가 헤어져 살았나 봐요. (41~42면)

어린 시절 상처받은 영미의 마음을 이해해 주며 곁을 지켜 준 사람은 바로 새엄마인 팥쥐 엄마였다. 팥쥐 엄마 역시 자세히 언급되지는 않으나 큰돌이의 새엄마가 되기 전의 삶이 녹록지 않았던 것으로 짐작되는 인물이다. 팥쥐 엄마는 큰돌이 아빠와 결혼하여 가정을 꾸리게 된 것을 감사하게 생각할 정도로 어려운 환경을 살아온 듯하다. 그러나 팥쥐 엄마는 어려웠던 과거를 되새기며 괴로워하는 대신 새 가족을 돌보며 기쁘게 사는 오늘을 선택한다.

이러한 여성의 삶은 사실 최근의 관점에서 보면 양가감정을 불러일으킨다. 오늘날에도 보살핌의 가치는 소중하다. 동시에 그러한 돌봄 노동이 여성에게만 주어졌다고 보고 그 노동을 폄하하거나, 반대로 일방적으로 찬양하는 태도는 지양되어야 한다. 그런 점에서 팥쥐 엄마에 대해 오늘날 독자들이 다시 이야기를 나누어 보아도 좋겠다.

『밤티 마을 마리네 집』에서 마리네 가족은 결국 밤티 마을로 이사하여 팥쥐 엄마네 이웃이 된다. 두 가족 간의 어울림을 통해 더 큰 사랑을 키워 나가자는 의미인 듯하다. 자연스러운

서사, 밀도 높은 심리 묘사, 그리고 깊이 있는 메시지까지 전
달하는 이금이 작가의 작품은 우리 아동문학의 귀한 재산임이
분명하다.

식물을 키우는 마음

김원아 동화 『너와 나의 강낭콩』

봄을 지나 초여름에 접어들면 산과 거리의 나무들이 더욱 짙은 초록으로 물든다. 벚꽃 구경을 나선 것이 엊그제 같은데 금세 수국과 장미의 계절에 접어든다. 계절과 자연의 변화는 일상이지만 동시에 기적이다. 매일 일상의 기적을 체험하려면 반려 식물을 키우는 것도 좋은 방법일 듯하다.

『너와 나의 강낭콩』(창비교육 2024)은 제목이 말해 주듯 어린이들이 강낭콩을 키우는 일상을 담은 동화다. 초등학교 교사이자 동화 작가인 김원아는 배추흰나비 애벌레를 소재로 한 『나는 3학년 2반 7번 애벌레』(창비 2016)로 제20회 창비 '좋은 어린이책' 원고 공모 대상을 받았다. 배추흰나비 애벌레가 대표적인 자연 관찰용 곤충이듯 이 작품에 등장하는 강낭콩 역시 초등학교 교실에서 흔히 볼 수 있는 식물이다. 강낭콩은 어디서든 쑥쑥 잘 자라고 비교적 키우기 쉬워 식물의 한살이를 경험할 수 있기 때문이다.

이야기는 초등학교 4학년인 준영의 교실에서 강낭콩을 키우기 위해 씨앗을 화분에 심으며 시작된다. 준영은 친구 기훈, 지우와 함께 강낭콩을 키운다. 동화는 강낭콩의 한살이와 더불어 세 친구의 관계를 다룬다. 강낭콩이 성장하는 이야기가 한 축이 되고, 어린이들이 살아가는 모습이 다른 한 축을 이룬다. 그렇다고 과학 지식을 전달하기 위해 스토리텔링을 활용한, 이른바 과학동화는 아니다.

먼저 강낭콩을 키우는 이야기부터 살펴보자. 강낭콩을 심으면 싹이 나야 하지만 모든 강낭콩이 싹을 틔우는 것은 아니다. 일정한 조건이 맞아 떨어져야 한다. 준영의 강낭콩도 마찬가지다. 준영은 씨앗을 심고 조바심을 내지만 강낭콩은 쉽게 싹을 보여 주지 않는다. 오랜 기다림 끝에 드디어 싹을 만나는 설렘의 순간이 다가온다. 준영의 친구 지우는 초록색 싹을 보며 말한다. "강낭콩 말이야. 땅속은 어둡잖아. 길도 안 보일 텐데 빛을 찾아 나오는 게 신기해."(17면)

준영이 '콩콩이'라 이름 붙인 강낭콩은 싹을 틔운 뒤 작고 여린 잎이 둘씩 짝을 지어 나오는 모습을 보여 준다. 준영은 지우를 따라 강낭콩을 햇빛이 잘 드는 창틀에 올려 두거나 비 오는 날에는 운동장으로 화분을 옮겨 지우의 강낭콩 '초록이' 와 나란히 비를 맞도록 한다. 다른 친구들도 이 모습을 보고 너도나도 운동장에 화분을 들고 나와, 운동장은 갑자기 '강낭콩 마을'이 된다. 준영의 식물 키우기는 과학 지식뿐 아니라 생명의 소중함을 배우는 기회가 된다. "강낭콩을 위한다고 밖으로 데리고 나오다니, 내가 생각해도 큰 변화다."(43면)라고 생각하는 준영의 모습에서 생명을 소중히 대하는 마음이 느껴진다.

정성을 들인 덕분인지 준영의 강낭콩은 무럭무럭 자란다. 강낭콩이 계속 자라자 더 큰 화분으로 옮겨 심는 분갈이를 하면서 어린이들은 강낭콩이 위로만 자란 것이 아니라 흙 속에 뿌리도 많이 내린 것을 발견한다. 눈에 보이는 모습이 전부가 아님을 알게 된 것이다. 드디어 강낭콩에 꽃이 피자 준영은 언제 어떻게 누가 만들라고 알려 주지도 않았는데 순서대로 제 할 일을 해내는 강낭콩의 모습을 보며 다시 한번 생명의 신비로움을 체험한다.

그러던 어느 날, 줄기가 올라온 준영의 강낭콩 콩콩이와 기훈의 강낭콩 '사나이콩'의 줄기가 서로 꼬이는 사건이 발생한

다. 사이가 좋지 않은 준영과 기훈의 강낭콩이 공교롭게 하나
로 얽힌 것이다. 준영이 두 강낭콩의 줄기를 떼어 놓으려다 기
훈의 강낭콩 꽃을 떨어뜨리는 바람에 둘은 더 크게 싸우게 된
다. 며칠 뒤 기훈의 강낭콩에 진딧물이 생기는 위기가 찾아온
다. 기훈의 꽃을 떨어뜨렸던 준영은 미안한 마음에 기훈의 진
딧물을 핀셋으로 하나씩 제거하며 점점 기훈과 가까워진다.
그 후 교실에 있는 강낭콩들은 하나둘씩 꽃잎을 밀어내며 그
자리에 꼬투리를 맺는다. 준영이 기르는 콩콩이는 오랫동안
꼬투리가 열리지 않아 준영을 노심초사하게 만들지만 결국 모
두의 강낭콩에 꽃과 더불어 꼬투리가 생기고 마침내 꼬투리
안에 씨도 열려 반들반들한 콩을 만들어 낸다.

'씨가 다시 나왔네.'
　신기했다. 잎이 자라고 꽃이 피었다. 꼬투리가 열리고 콩이 나
왔다. 강낭콩은 강낭콩을 만들고 죽었다. 아니, 다시 태어났다고
하는 게 맞겠다. (86~87면)

이야기는 어린이들이 강낭콩을 키우는 과정을 실감 나게 그
리는 한편 강낭콩이 자라는 동안 벌어지는 세 친구의 관계 변
화를 다룬다. 준영과 기훈은 아주 어릴 때부터 친한 친구 사이

었다. 준영의 엄마 아빠는 준영이 어릴 때 이혼을 했지만 아직 마음의 정리가 되지 않았던 준영의 엄마는 준영에게 아빠가 외국 출장을 갔다고 말해 왔다. 준영 엄마는 기훈의 엄마에게만 가족의 비밀을 털어놓았는데, 결국 기훈을 통해 준영에게까지 이 사실이 전해진다. 준영 엄마는 기훈 엄마와 절교를 하고, 어른들의 절교가 어린이들의 관계까지 단절시킨 것이다.

이렇듯 어색한 사이로 지내다 같은 반이 된 준영과 기훈이 우정을 회복하기까지의 과정이 강낭콩을 키우는 이야기와 함께 펼쳐진다. 같은 반 회장인 여자 친구 지우를 사이에 두고 준영과 기훈이 티격태격하는 장면도 흥미진진하다. 과연 지우는 누구를 더 좋아할까? 나아가 누군가를 좋아하는 마음은 어떻게 싹트고, 친구들과 싸우고 화해하며 서로를 이해하는 마음은 어떻게 자라는 걸까? 강낭콩이 자라듯 어린이 인물들도 한 뼘씩 성장해 간다.

봄과 여름을 지나며 초록이 된 풀과 나무 들은 가을이 되면 또 다른 빛깔로 옷을 갈아입을 것이다. 나무들은 계절이 바뀌면 소리 없이 새잎을 만들고 꽃을 피우고 열매를 맺으며 제 할 일을 하는, 강한 생명력을 가지고 있다. 하지만 또한 누군가가 조심스레 옆에서 돌보아 줄 때 더욱 아름답게 자란다. 때론 진 딧물에게 공격당하는 위기가 닥치지만 끝내 열매를 맺는다.

이 동화를 읽으니 강낭콩과 준영이, 식물과 어린이가 어딘지 닮았다는 생각이 든다. 어린이들이 스스로 잘 클 수 있다는 믿음을 안고 옆에서 조심히 돌보아 주는 어른이 되어야겠다.

초등학교 1학년 생활의 모든 것

이신영 동화집 『1학년은 처음이야』

이신영 작가의 첫 동화집 『1학년은 처음이야』(창비 2024)의 제목에는 두 가지 키워드가 들어 있다. '1학년'과 '처음'이다. 초등학교 입학을 앞둔 어린이가 설렘과 호기심을 품고 학교 생활을 기대한다고 생각하기 쉽지만, 어쩌면 그것은 어린이가 아닌 양육자가 느끼는 감정일지도 모른다. 어린이들은 새롭게 펼쳐질 미래에 대해 두려움을 느낄 수도 있다.

『1학년은 처음이야』는 초등 1학년 어린이가 입학한 뒤 학교에 적응하기까지의 과정을 담은 책이다. 최근에는 대부분의 어린이들이 유아 때부터 어린이집이나 유치원에 다녀 기관 생활을 하는 시기가 앞당겨졌지만, 그럼에도 초등학교는 어린이집이나 유치원과는 많이 다르다. 1학년 어린이에게 초등학교는 가정을 떠나 처음으로 공식적인 사회생활을 시작하는 곳이다.

이 책에는 다섯 편의 동화가 담겨 있는데, 동화들의 수록 순서가 절묘하다. 한 편씩 살펴보자. 첫 번째 동화「오늘부터 1학년」의 주인공은 오늘 초등학교에 입학하는 송이다. 송이는 입학식을 치른 후 교실로 이동하다가 실수로 다른 반에 가서 앉아 있게 된다. 송이의 눈으로 보기에 초등학교 교실은 모두 비슷비슷하다. 교실 앞문 위에 학년과 반이 쓰여 있지만 아이의 눈에는 익숙하지 않다. 선생님들의 모습도 마찬가지다. 머리 모양도 옷차림도 비슷해서 입학식에서 잠시 본 자신의 담임 선생님이 누군지 기억하기 어렵다. 더구나 송이가 들어간 교실의 선생님 역시 오늘 학교에 처음 출근한 초임 교사다. 아이도 교사도 허둥지둥하는 입학식 풍경을 통해 낯선 곳에서 새롭게 출발하고 적응해야 하는 이들의 마음을 그린 이야기다.

이제 입학했으니 매일같이 학교에 다녀야 한다. 그다음 수록작「고마워, 눈물!」은 학교에 갈 일만 생각하면 눈물이 나는 동이가 등굣길에 동물을 만나는 이야기다. 흥미롭게도 많은 동화에서 어린이 인물들은 등굣길에 동물을 만난다. 앞에서 언급한 그림책『지각대장 존』에서 존은 악어를 만나고,「학교에 간 사자」(필리파 피어스 지음, 『학교에 간 사자』, 논장 1999; 개정판 2010)에서 주인공 베티 스몰은 사자를 만난다. 그런데 어른들이 흔히 생각하는 것처럼 어린이가 등굣길에 동물을 만나는 사건은 '거짓말'에 불과할까? 사실 어린이가 집을 나서서 교문에 들어설 때까지 걷는 길은 그리 단순하지 않다. 등굣길에는 어린이의 눈을 사로잡는 다양한 사람, 동물, 식물, 사물이 존재한다. 어떤 동물은 함께 놀자고 유혹하고, 어떤 경우에는 학교 가기 싫어하는 마음이 동물을 불러내기도 한다. 어른보다 키가 작은 어린이는 그만큼 땅과 가까워 어른이 보지 못하는 작고 꼬물거리는 생명들을 잘 찾아낸다.

교실에 앉아 있는 것이 낯설고 두려워 눈물이 나는 동이의 앞에는 그만큼 더 다양한 동물이 나타난다. 동이가 만난 동물들은 동이에게 물이 필요하다며 물을 찾아 달라고 부탁하고, 동이는 자신의 흘러넘치는 눈물을 나누어 준다. 아직 학교생활이 익숙하지 않은 아이의 심정을 판타지로 표현한 장면이다.

> 날마다 혼자 학교에 가는 것도 슬펐고, 새로운 걸 배우는 것도 슬펐고, 잘 모르는 아이들과 친구가 되어야 하는 것도 슬펐어요. 급식을 다 먹어야 하는 것도, 또박또박 글씨를 쓰는 것도 힘들었어요. 그런 생각을 하니까 눈물이 더 많이 나왔어요. 동이는 연못이 넘치도록 계속 눈물을 흘렸어요. (36~37면)

1학년 어린이의 어휘로는 자신의 상태를 '슬픔'과 '눈물'이라는 단어로 전달할 수밖에 없는데, 그것은 학교 제도와 사회화라는 관문을 통과하는 어린이의 복잡한 심경이나 마찬가지다. 수업 시간에 40분 동안 꼼짝하지 않고 앉아 있어야 하고, 친구들과 떠들어도 되는 시간과 그렇지 않은 시간을 구별해야 하며, 모르는 아이와 친구가 되어야 하고 마음에 들지 않는 급식도 먹어야 한다.

그뿐만이 아니다. 때로는 친구들과 비교를 당하기도 한다. 세 번째 수록작 「느린 아이」의 주인공은 남보다 뭐든지 늦게 하는 천이다. 천이는 교실에서 다른 급우와 공부하며 자신이 남보다 조금 느리다는 것을 깨닫는다. 학교에서는 무엇이든 경쟁을 시키고 비교를 한다. 어떤 아이는 과제를 빠르게 척척 해치우지만 어떤 아이는 속도가 느리다. 그림 그리는 것도, 걷는 것도, 말하는 것도 느린 천이는 무엇 하나를 익히는 데도 시간이 한참 걸린다. 그런 천이 앞에 「토끼와 거북이」에 나오는 거북이가 자기의 할아버지라고 주장하는 거북이가 나타난다. 천이는 느려도 괜찮다는 거북이의 따뜻한 위로와 담임 선생님의 응원에 힘을 얻는다.

초등학교 1학년이 겪는 가장 어려운 일은 공부를 잘해야 한다는 압박일 것이다. 네 번째 이야기 「받아쓰기왕」의 주인공 훈이는 받아쓰기가 힘들다. 초등학교 1학년에게 가장 힘든 공부는 아마도 첫 번째가 수학 공부, 두 번째는 받아쓰기가 아닐까? 어린이들은 한글을 깨우치는 것만도 어려운데 맞춤법을 익혀 받아쓰기까지 해야 한다. 훈이는 우연히 책 속에 있는 세종대왕과 대화를 나누게 되는데, 세종대왕에게 하소연과 불평을 늘어놓고 그 나름의 해결책을 들은 뒤 차츰 받아쓰기에 익숙해진다.

마지막 작품 「심부름하는 날」의 주인공은 진이다. 선생님은 진이에게 반 아이들의 현장 체험 학습 신청서 뭉치를 주며 교무실에 놓고 오라는 심부름을 시킨다. 진이는 평소 주머니에 넣고 다니며 든든하게 여기는 토끼 인형과 함께 교무실로 향하는데, 토끼 인형이 진짜 토끼로 변해 학교의 이곳저곳을 뛰어다니는 바람에 복도에서 길을 헤매게 된다. 우여곡절 끝에 무사히 심부름을 마친 진이는 그제야 웃으며 다음 심부름은 무엇일지 기대하게 된다.

이처럼 『1학년은 처음이야』 속 감정의 흐름은 첫 번째 동화 속 송이가 입학하는 날 느꼈던 '걱정'에서 출발해, 마지막 동화 속 진이가 웃으며 느끼는 '기쁨'으로 마무리된다. 이렇게 조금씩 성장하는 다섯 명의 어린이 뒤에는 배려 깊은 담임 선생님 다섯 명이 든든히 서 있다. 선생님들은 아이의 마음을 헤아려 주고 진심 어린 응원을 보내면서 아이들과 손을 잡고 함께 걸어간다. 오늘도 씩씩하게 학교로 향하는 초등학교 1학년들과 그들을 지켜보는 선생님들, 그리고 양육자들에게 힘찬 박수를 보낸다.

4학년 어린이가 만난 세상에서 가장 깊은 고민은?

이은홍 동화 『달리기를 잘하는 법』

2024년 하반기에는 다양한 주제의 신작 동화를 여러 권 만났다. 어린이들에게 벌어진 슬픈 사건을 섬세하게 그려 책장을 덮고도 여운이 오래 남았던 『햇살 나라』(이반디 지음, 위즈덤하우스)부터 특별한 동물 캐릭터인 '달코끼리'를 등장시켜 인간이 동물을 대하는 잘못된 시선을 날카롭게 풍자한 『달코끼리』(김태호 지음, 위즈덤하우스), 어린이들이 사는 마을에서 일어난 산불 사건에서 시작하여 기후 위기의 문제까지 다룬 『왜왜왜 동아리』(진형민 지음, 창비), 로봇을 주인공으로 삼아 인간과 로봇의 관계를 조명한 『아일랜드』(김지완 지음, 문학과지성사)까지, 어린이들에게 다양한 사회적 담론을 제공하면서 어른들이 자초한 사회 문제에 경종을 울리는 이야기가 많았다.

동화 『달리기를 잘하는 법』(딸기책방 2024)은 위 작품들과는 다소 다른 방식으로 이야기를 전개한다. 이 동화는 시사만화가로 활동을 시작하여 어린이와 청소년을 위한 만화를 그려 온 이은홍 만화가의 첫 동화다. 복고적 느낌을 살린 표지를 보면 알 수 있듯이, 이오덕의 문집에서 시작하여 임길택의 시, 탁동철의 동화까지, 어린이책을 오래 읽어 온 어른 독자라면 바로 떠올릴 수 있는 농촌에 사는 아이들의 이야기의 계보를 잇는 작품이다.

주인공은 월봉산 아래 마을인 덕천면에 사는 초등학교 4학년 민호다. 민호네 학교는 전교생이 54명으로 매년 봄이면 모든 학생이 청군과 백군으로 나뉘어 운동회를 여는데, 그중 하이라이트는 학년별 대표가 참여하는 이어달리기다. 그런데 민호가 있는 4학년은 전체 학생이 네 명뿐이라서 모두 이어달리기 학년 대표가 될 수밖에 없는 상황이 벌어진다.

문제는 우리의 주인공 강민호가 달리기를 매우 못하고 싫어한다는 것. 민호가 달리기를 못하는 이유는 먹는 것을 좋아해서 체중이 적지 않게 나가기 때문이다. 이 이야기는 앞서 언급한 동화들처럼 어린이 주인공 앞에 놓인 사건이 기후 위기나 동물에 대한 인간의 시선, 로봇과 인간의 관계에 관한 것은 아니다. 민호에게 닥친 세상에서 가장 중대한 문제는 전교생과 마을 사람들 앞에서 뒤뚱거리며 달려야 하는 일이다.

서두에 소개한 동화 중에는 사회 문제를 해결하려는 과정에서 이야기가 부자연스러워지거나 사건의 규모가 커지는 경우도 있다. 가령 주인공의 부모가 그 지역의 시장인 경우가 두 편이나 되는데, 해당 주제를 해결하기 위한 최선의 선택이었을 것이다. 그에 비하면 『달리기를 잘하는 법』에 등장하는 어른들은 소박하게 살아가는 평범한 동네 주민이다. 달리기 연습을 함께해 민호의 자신감을 키워 주려는 엄마, 축지법을 알려 주겠다고 장난치는 진철이 형, 민호에게 산행을 제안하는 산 잘 타는 개구리 삼촌, 어떤 아이가 달리기를 하다 넘어지자 같이 뛰던 아이들이 그 애를 일으켜 함께 결승점까지 갔다는 감동적인 뉴스를 예로 들며 "너도 넘어져! 몇 걸음 뛰다 툭! 어때?"(103면)라고 기막힌 조언해 주는 세탁소 할아버지, 그리고 달리기를 잘하게 해 준다며 특별한 호흡법을 전수해 주는 떡볶이 가게 아주머니까지. 이들은 민호에게 위로 혹은 상처를 주며 자연스럽게 이야기에 녹아든다.

드디어 열린 운동회. 어린이와 젊은이가 줄어 예전만은 못하지만 그럼에도 여전히 온 동네의 마을 잔치가 시작된다. 달리기 실력이 늘지 않은 민호는 자신이 뛸 때 사람들이 웃지만 않았으면 좋겠다고 생각하며 출발선에 선다. 그런데 출발하자 마자 상대편인 친구 상준이가 넘어진다. 민호가 놀라 상준을 향해 뛰어가려 하자 상준이 괜찮다고 웃으며 벌떡 일어선다. 안심한 민호는 신이 나 온몸을 흔드는데, 곧바로 웃음소리가 운동장을 뒤덮는다.

“호호호! 개다리춤을 왜 춰?”
상준이가 휙 앞서 달리며 소리쳤어.
“빨리 뛰어~!”
민호는 기분이 이상했어. 사람들 웃음소리가 하나도 기분 나쁘지 않았어. 오히려 신나는 느낌이었어. 뚱뚱하다고 놀리는 웃음이 아니라 정말 재밌어서 웃는 웃음! 민호는 허공을 향해 배턴을 쥔 손을 번쩍 뻗었어. 몸을 빙글 돌려 달려 나가며 오른발을 쭉 내밀었어. (139면)

민호의 ‘달리기 잘하는 법’은 경쟁에서 1등을 하거나 실력을 향상시키기 위해 맹렬히 연습하는 방식이 아니었다. 민호에게는 남들과 비교하는 것이 아니라 스스로 신나게 뛰며 즐기는 것이 가장 잘 달리는 비결이었다. 동화는 우리에게 주어진 과제를 타인과의 승부 문제에서 자기 내면의 문제로 돌려

놓는다. 또한 어린이의 고민에서 시작해 결국 그 해결을 어른에게 맡기는 동화와 견주어 볼 때 어린이가 끝까지 갈등과 직면하고 주체적으로 문제를 해결하는 점도 돋보인다.

이 동화를 읽으며 일본 작가 다시마 세이조田島征三의 그림책 『뛰어라 메뚜기』(보림 1996)가 떠올랐다. 작품 속 메뚜기도 처음에는 자신의 날갯짓을 부끄러워한다. 나비와 새 들은 메뚜기를 놀리지만 결국 메뚜기는 자신만의 날개로 나는 것이 얼마나 멋진 일인지 깨닫는다. 이 책에는 '예쁜' 그림책이 대세이던 시절, 거친 붓 터치로 자연을 담아내고자 한 다시마 세이조의 예술관과 철학이 담겨 있다. 동화나 그림책은 어려운 담론도 이야기 속에 녹여 어린이들도 읽을 수 있도록 쉽게 풀어내야 하는 장르다. 결국 쉽게 쓰인 듯 자연스러운 이야기일수록 알고 보면 오랜 사유의 결과물이다.

어린이도 사회의 구성원이므로 다양한 사회적 담론을 서사에 녹여 전달해 주는 것은 중요하다. 그러나 이러한 담론이 이야기보다 앞설 때 이야기는 자연스러움을 잃기도 한다. 우리 동화가 우리나라 구석구석에 사는 어린이들의 진짜 고민이 무엇인지 다시 한번 들여다봐야 할 시점이다.

마을에 찾아온 새로운 주민

박선화 동화 『로봇 택시 기사 무디』

로봇이 등장하는 재미있는 저학년 동화가 있다는 소식을 듣고 반가운 마음으로 책을 구하여 읽어 보았다. 로봇이 등장할 경우 대부분 고학년을 위한 SF였기에, 저학년 SF는 어떤지 궁금했기 때문이다.

그 작품은 바로 『로봇 택시 기사 무디』(마루비 2025)다. 그런데 읽어 보니 이 작품은 SF동화이지만 동시에 '의인동화'였다. 그렇다면 동물이 아닌 로봇이 의인화된 것일까? 그렇지 않다. 이 동화에는 인간, 동물, 로봇이 모두 등장하는데, 이중에서 의인화된 인물은 동물이다. 로봇은 인간의 말을 사용하고 인간의 모습을 닮은 '휴머노이드'이지만 로봇의 정체성을 가진 채 인간과 동물 사이에서 새로운 존재로 자리매김한다.

이야기는 로봇 무디가 시골 마을에 있는 '로봇 택시 회사'를 방문하면서 시작된다. 이 회사의 이름은 로봇처럼 정확하게 운전을 한다는 뜻에서 붙여졌지만 무디는 이 회사에 자신이 필요할 거라고 착각하고 찾아간다. 택시 회사 사장은 로봇 무디가 좋은 운전기사가 될 수 있을지 알아보기 위해 그를 인턴 기사로 채용한다. 1퍼센트의 감성 지수를 지녀서 반려동물로 병아리 두 마리를 키우기도 하는 로봇 무디는 다양한 능력을 발휘하여 초보 운전기사로서 맹활약을 시작한다.

무디는 엄마 집을 다녀가는 까치 기자 까돌이를 첫 손님으로 태우고, 까돌이가 엄마의 집에 두고 온 노트북을 무사히 전달해 준다. 병문안 가는 강아지를 태워 목적지까지 무사히 데려다주고, 노루 손님을 태우러 가던 중 배탈이 나서 급하게 동승한 다람쥐의 문제를 해결해 주기도 한다. 또 나무늘보인 늘봉이와 늘병이 형제를 태우고 가면서 늘봉이의 고민을 들어 준다.

로봇 무디가 순조롭게 운행을 이어 가자 사장님과 이웃 주민들은 모여서 무디의 정식 채용을 의논한다. 그런데 갑자기 무디의 운전에 불만을 성토하는 다른 동물들이 등장한다. 강아지 승객이 있는데도 무턱대고 택시에 탑승했던 우락부락한 늑대는 무디의 운전이 형편없었다고 고함친다. 무디의 택시 뒤에서 도로를 달리던 코뿔소 화물 트럭 운전기사도 무디가 자신의 길을 막고도 뻔뻔하게 사과를 하지 않았다며 비난한다. 무디의 채용에 위기가 닥친다.

그때 멧돼지 가족이 등장하여 무디를 칭찬한다. 자신들이 길을 건너는 동안 위험하게 과속 운전을 하는 코뿔소의 트럭을 무디가 막아 주었다는 것이다. 늑대가 탑승했을 때 같이 있던 강아지도 늑대가 택시에서 얼마나 무례하게 행동했는지 밝힌다. 늑대는 이빨을 드러내고 털을 곤두세우며 위협하지만 강아지는 떨면서도 물러서지 않고 사실을 이야기한다. 마지막으로 까치 까돌이의 엄마가 나타나 무디가 까돌이에게 큰 도움을 주었다고 말한다. 결과적으로 무디는 무사히 취업에 성공한다.

이 이야기는 로봇이란 어떤 존재인지를 자연스럽게 전달한다. 가령 무디는 나무늘보 늘봉이의 질문에 다음과 같이 대답한다.

"감사합니다, 무디. 누구나 놀릴 거리가 있다는 거죠?"
늘봉이가 눈을 동그랗게 뜨고 물었어요.
"물론입니다. 저는 로봇답지 않다고 놀림받았습니다. 그래서 이곳으로 왔습니다. 그런데 저는 로봇이라고 놀림받기도 합니다. 로봇의 몸은 단단합니다. 원래 그렇습니다. 그런데 피도 눈물도 없는 로봇이라고 놀립니다. 로봇이 눈물을 흘리면 녹이 습니다. 로봇이 피를 흘리면 이상한 일이지요.”

“맞아요. 상상만 해도 무섭네요. 그래서 어떻게 하셨어요?”

“놀림은 제 데이터에 아무 영향을 끼치지 않습니다. 그들이 잘 못 알고 있는 것이지 내 잘못이 아니니까요.” (73~74면)

무디가 늘봉이와 나누는 대화는 종종 인간과 다르다고 폄하되지만 뛰어난 정보 처리 기술로 다양한 상황을 해결하는 로봇의 방식을 잘 보여 준다. 로봇은 까돌이에게 물건을 정확히 배달하기 위해 거리와 동선을 계산하고, 멧돼지들의 안전을 위해 위급한 도로 상황을 예측하며, 택시 승객의 신체적·정신적 어려움을 해소할 방법을 찾는다. 로봇은 인간의 심부름꾼이거나 도구이기 전에 신속하고 합리적이며 사회적 매너까지 내재화된 존재다.

이 작품에서 또 하나 주목할 점은 이들이 사는 마을이다. 의인동화에서 동물들이 사는 마을은 인간이 사는 세계와 유사하지만 보다 단순화되어 메시지를 명료하게 전달한다. 동화의 배경인 별마루 기차역이 있는 작은 마을은 다양한 구성원이 모인 공동체로 항상 평화롭지는 않다. 늑대처럼 무례하거나 코뿔소처럼 거친 구성원도 있다. 그러나 비이성적인 행동을 지적하는 강아지나 멧돼지가 있기에 마을은 질서 있게 유지된다. 즉 의인동화는 다양한 군상이 모여 시끄럽지만 그 안에서 해답을 찾아가는 인간의 방식을 그대로 비춘다. 그런데 우리 사회에 AI 기술이 등장한 것처럼, 이 동화 속 마을에도 로봇이라는 새로운 주민이 추가되었다. 이 존재는 합리적이고 이성적으로 상황을 해결하는 모습을 보여 준다. 인간은 이제 새로운 이웃을 보면서 자신들의 모습을 성찰할 수 있을 것이다.

『로봇 택시 기사 무디』를 읽으면서 어린이 독자들은 동화 읽는 재미를 느끼는 동시에 우리 공동체가 갖추어야 할 새로운 윤리 의식 혹은 새로운 기술의 의미를 자연스럽게 배울 수 있다. 요즘 나오는 다양한 로봇 이야기를 읽으며 로봇이 가진 지적 능력, 상황 대처 능력, 사회적 매너, 나아가 감정에 휩쓸리지 않는 평정심을 보니 로봇을 닮고 싶은 마음이 점점 커진다.

3부

각자 사정이 있다

암흑은 세상을 제대로 보는 눈

한윤섭 장편동화 『너의 운명은』

도심을 떠나 지리산에 잠시 머물다 왔다. 숙소가 피아골 계곡에 있어 저녁에는 물소리를 들었다. 아픈 역사가 담긴 피아골, 세상은 시끄럽지만 자연은 말이 없고 계곡물만 변함없이 흐른다. 한윤섭의 『너의 운명은』(푸른숲주니어 2020)은 바로 지리산 계곡의 물소리를 닮은 동화다.

책의 제목은 '너의 운명은 어떠할 것이다.'라는 예언이 생략된 문장 혹은 '너의 운명은?'과 같은 의문문으로 읽힌다. 두 문장 모두 인물의 미래를 암시한다는 공통점이 있는데, 그렇게 읽기에는 '운명'이라는 단어가 살짝 걸린다. 운명의 사전적 정의는 '인간에게 주어진 피할 수 없는 결정'이다. 주인공의 의

사와 상관없이 미래가 결정되어 있다니, 주체적으로 살아야 할 어린이 독자를 위한 단어로는 어쩐지 썩 어울리지 않는 듯싶어서다.

동화작가이자 극작가, 연극 연출가인 한윤섭은 이미 『서찰을 전하는 아이』(푸른숲주니어 2011)로 추리와 역사를 결합한 새로운 방식의 동화를 선보인 바 있다. 희곡작가의 작품답게 『너의 운명은』 역시 짜임새 있는 구성이 돋보이는데, 주인공이 내일을 향해 걷는 길과 그의 아버지의 비밀스런 과거가 맞물려 전개되다가 두 사건이 데칼코마니처럼 겹치며 마무리된다. 얽힘과 풀림의 미학이 살아 있다고 할까?

이야기의 시간적 배경은 1910년이다. 아버지 없이 어머니와 둘이 사는 소년 수길은 장터에 갔다가 일본에 나라를 빼앗겨 통곡하는 선비를 보게 된다. 다 큰 어른인 선비가 엉엉 우는 모습에 충격을 받은 수길은 그날 '암흑'이라는 단어를 새롭게 배운다. 갑자기 모든 것이 암흑처럼 보인 수길은 어둠에서 빠져 나오기로 결심한다. 작품에서 '암흑'은 일제 강점기를 뜻하기도 하지만 수길이 세상이 어떤 곳인지를 깨달은 첫 순간을 의미하기도 한다. 수길은 "암흑은 세상을 제대로 보는 눈"(161면)이라는 것을 알게 된다. 어두운 세상의 이치를 알아야 빛을 향해 나아갈 수 있기 때문이다.

수길은 암흑에서 벗어나기 위해서는 가난에서 탈출해 부자가 되어야 한다고 생각한다. 그러기 위해서는 묫자리를 잘 써야 한다는 이야기를 듣지만, 아버지의 무덤조차 알 수 없는 처지다. 가난한 팔자를 고치고 싶어 지게를 지고, 글을 배우는데 그 일들이 연결되어 팔자를 바꾼다. 수길이 팔자를 고치려 한 모든 행동은 자신의 운명을 찾아가는 과정이다. 마치 옛이야기처럼 진행되는 각 대목의 모퉁이마다 조연들이 출연해 주인공의 성장을 돕는다. 안 부자, 칼갈이 노인, 김 초시가 이정표처럼 슬쩍 가리켜 주는 방향으로 수길이 걷다 보면 그 길은 결국 자신의 아버지와 연결되어 있다.

지게를 지고 글을 배워 마침내 부자가 되었다는 해피 엔딩으로 끝날 듯하던 이야기는 동네 최고 부자인 안 부자 할아버지가 죽고 수길의 아버지의 사연이 밝혀지면서 반전을 맞이한다. 요컨대 『너의 운명은』은 아버지의 비밀을 밝히는 여정이 전개된다는 점에서 일종의 '아버지 찾기 서사'다. 많은 문학에서 아버지 찾기는 곧 아들의 정체성 찾기다. 아들은 아버지를 찾으며 그가 남긴 보이지 않는 유산과 가치를 발견한다. 마침내 눈에 보이는 부가 아니라 대의를 꿈꾸게 된 소년과 그 시간을 앞서 통과했던 아버지의 서사가 맞물린다. 묫자리를 잘 써서 부자가 되려던 세속적인 행복과 점점 멀어지는 수길의 모습이 더욱 비장한 아름다움을 자아낸다.*

작품에서 가장 흥미로운 인물은 수길의 어머니다. 남편이 걸어간 길을 보았기에 아들이 그 길을 걸을까 두려워하지만 직접적으로 속내를 드러내 보이지 않는다. 남편이 책을 읽고 세상을 깨우치고 의병이 되고 비극적 죽음을 맞는 모습을 가장 가까이에서 지켜본 목격자이기에 수길에게 아버지의 죽음의 비밀을 알려 주지 않은 것이다. 그럼에도 그는 수길이 책을 한 권씩 뗄 때마다 떡을 만들고, 의병이 되기 위해 만주로 떠나는 아침에는 따뜻한 밥상을 차린다. 아들이 자신의 운명을 더듬더듬 찾아 나가도록 도우며, 부자(父子)의 우연하면서도 필연한 운명을 지켜보는 그는 마치 우리의 산천, 지리산의 모습 같다.

나는 이 동화의 메시지가 나라를 구하는 위대한 이야기에만 적용되는 것은 아니라고 생각한다. 자신의 길을 찾으려고 한 사람들, 그 길 위에서 열심히 산 사람들은 모두 마지막까지 자신의 일을 놓지 않는다. 그 일로 몸이 힘들어도 길을 걸을 때 비로소 암흑이 걷힌다는 것을 알기 때문이다. 이때 만나는 '아버지'도 반드시 육친일 필요는 없다. 자신의 길을 찾다가 만나게 되는 스승, 선배, 친구 혹은 실제 한 번도 만나지 못했지만

* 오세란 『기묘하고 아름다운 청소년문학의 세계』, 사계절 2021, 239면 참조.

책이나 역사를 통해 알게 된 앞선 존재들이 모두 '아버지'가
될 수 있다.

그러고 보면 '인간에게 주어진 피할 수 없는 결정'이라는 뜻
의 운명이라는 단어는 묘하다. 운명을 불가항력적인 힘으로
읽을 수도 있지만 주체가 되어 결단하는 도전으로 읽을 수도
있으니 말이다. 운명을 수동 행위가 아닌 능동태로 인식할 때
전근대적인 삶의 태도에서 벗어난 주체적이고 근대적인 자아
가 탄생한다. 어쩌면 오늘날의 어린이 독자에게는 '운명'이라
는 단어가 '꿈'이라는 단어와도 비슷하게 느껴지지 않을까?

얼마 전 만난 지리산은 2020년대를 통과하며 살고 있는 한
인간을 말없이 지켜보고 있었다. 계곡의 물소리를 들으니 마
음이 편해지는 동시에 단단해졌다. 『너의 운명은』은 흐르는
강물을 보며 우리가 어디에서 왔고 어디로 갈 것인지 생각하
며 읽기에 딱 좋은 이야기다. 그리고 세상이 어떤 곳인지, 자
신은 어떤 사람이 되어야 할지 궁금해하기 시작하는 어린이
독자에게 좋은 동화다. 역사동화 읽기의 첫 출발선으로 삼기
에 적절한 책이다.

SF동화가 던지는 질문들

이지은 외 동화집 『고조를 찾아서』

좋은 문학은 좋은 질문을 던진다. 문학에서 그 질문은 직설적 방식이 아닌 은유로 표현되며 SF에서는 과학적 은유로 드러난다. 제6회 한낙원과학소설상 수상작품집 『고조를 찾아서』(사계절 2020)에 실린 다섯 편의 동화에도 과학적 사실과 인문학적 성찰이 응축된 멋진 질문이 담겨 있다. 한국 과학소설의 개척자 한낙원 선생을 기리기 위해 제정된 한낙원과학소설상은 제1회 수상작품집 『안녕, 베타』(최영희 외 지음, 사계절 2015)부터 제11회 『아가미에 손을 넣으면』(김나은 외 지음, 사계절 2025)까지 이르는 동안 신인들의 인상적인 도전을 보여 주었다.

『고조를 찾아서』에 실린 작품들은 모두 동화 장르라는 점과 더불어 형식은 SF이지만 과학적 상상력보다 만화적 상상력과 판타지에 기반했다는 공통점이 있다. 시간 여행, 외계 생명체, 우주여행이라는 설정은 그야말로 설정일 뿐이다. 이러한 경향에 대해서는 앞으로 진지한 토론이 필요하다. 어쨌든 이런 점을 포함해 아동청소년 SF, 특히 신인 작가들의 작품은 언제나 눈여겨볼 가치가 있다.

수상작 「고조를 찾아서」(이지은)는 시간 여행을 소재로 한 작품이다. 초등학교 5학년 윤서는 우연히 자신의 고조할아버지가 친일파라는 사실을 알게 되고 시간 여행 중에 위험을 무릅쓰고 이를 막으려 한다. 그런데 이 작품의 주제는 친일이나 독립운동 같은 역사 문제도, 시간 여행이라는 익숙한 설정도 아니다. 작가는 주인공에게 과거를 바꾸는 선택지를 주지만 주인공이 깨달은 것은 시간의 연속성이다.

작가는 시간의 연속성이라는 조건하에서 독자에게 '나라는 존재는 누구인가?'라는 질문을 던진다. 인간은 특정한 시공간의 좌표 위에 서 있기에 '나'라는 정체성을 갖게 되지만 그것 때문에 '나'의 시간을 무한한 시간의 연속성에서 분리하기도 한다. 그러나 시간은 '나'의 조상부터 미래의 '나'의 자손까지 이어진다. 또 열 살, 스무 살, 나아가 중년과 노년이 된 '나'가 모여 '나'가 만들어진다. 다만 우리는 그런 '나'들을 기억이나 상상으로만 만날 뿐 모두 한자리에 실재할 수는 없다. 이 작품은 나의 유전자를 '시간 텐트'라는 상상의 공간에 모아 놓는다. 나는 가끔 내가 존재하는 경계선 바깥의 시간을 떠올리면 잠시 아득해진다. 단순한 설정이나 어린이 독자도 생각해 볼 만한 화두다.

이지은의 또 다른 단편 「아아마」는 '외모란 무엇인가?'라는 좀 더 직접적인 질문을 던진다. 외모에 자신이 없던 주인공이 아이돌 같은 외모로 만들어 주는 '디포머블 마스크'를 사서 쓴 후 벌어지는 일주일간의 이야기다. 이 질문은 우리를 '외모는 중요하지 않다.'를 넘어서는 답을 고민하게 만든다. 디포머블 마스크라는 기계에 의지한 아이의 자신감이 튼튼할 수 없음은 분명하다.

이필원의 「구름 사이로 비치는」은 인간과 동물의 관계를 성찰한 작품으로, 지구 소년 윤재가 우연히 외계 동물인 붉은날개사슴을 돌보는 이야기다. 에셰르 행성에서 포획된 동물 붉은날개사슴은 처음에는 연구 목적 혹은 멸종 위기종의 보전 차원에서 지구로 보내졌으나 점점 전시, 공연, 사업에 이용되고 밀거래로 유통된다.

윤재가 붉은날개사슴에게 붙인 '꾸꾸' '뿌뿌'라는 이름과 연구소에서 붙인 'W-30' 'W-31'이라는 이름은 생명에 접근하는 인간의 두 가지 태도를 대조한다. 이 작품이 동물 윤리에 관해 던지는 질문은 낯설지 않고, 윤재와 붉은날개사슴이 교감을 나누는 장면은 인간과 동물의 우정을 다룬 동화들의 그것과 멀지 않지만 외계에 외계인뿐 아니라 외계 동물도 존재할 거라는 상상만으로도 우리는 잠시 즐겁다.

이지아의 「우주의 우편배달부 지모도」는 우주를 배경으로 한다. 우주로 봉사 활동을 떠난 '나'는 외계인들이 전자 메일 대신 아날로그 우편 시스템인 '편지'를 사용했음을 알게 된다. 이들이 편리함과 효율성이 우선인 시대에 불편한 통신 매체인 편지를 사용한 이유 중 하나는 편지가 별을 닮았기 때문이다. 작품은 별의 소멸 뒤에도 빛이 남는 것, 그리고 아들의 사망을 접한 한 아버지가 아들이 생전에 쓴 편지를 받은 사연을 연결한다. 이 작품이 던지는 질문은 '존재의 존재 방식'이다. 존재는 가시적 시야 밖으로 사라져도 우리에게 여전히 존재할 수 있다. 우리가 사랑했던 이들이 남긴 추억, 웃음, 이야기는 그들이 사라진 뒤에도 여전히 우리에게 도착하는 편지가 아닐까?

윤정의 「시험은 어려워」는 두 가지 과학적 상상을 모티프로 한다. 주인공 주노는 호기심 때문에 '사이트를 열지 마시오.'라는 휴대폰의 경고를 무시하고 '지옥문'을 열게 된다. 그 후

집을 나선 주노는 결국 교통사고로 최후를 맞지만, 눈을 뜨니 다시 자신의 방에 있다. 동일한 상황이 반복되는 '타임 루프'(time loop)에 걸린 것이다. 주노는 타임 루프에서 빠져나올 방법을 찾지만 이 타임 루프는 학교의 도덕 시험이 가상 현실로 구현된 것이었다. 마지막 반전이 독자를 놀라움에 빠트린다. 이 작품에서 작가는 현대인의 삶의 모양에 관해 묻는다. 현대인의 일상은 타임 루프와 유사하며 가상 현실은 우리에게 닥친 새로운 리얼리티다.

이 책에 실린 작품들이 완벽한 문학적 성취를 이루었다고 말하기는 어렵다. 허술한 점도 곳곳에 보인다. 그럼에도 이렇게 한 편 한 편을 되새기며 어떤 질문을 던지는지 검토해 보니 손에 잡히는 게 있다. SF가 우리에게 던지는 질문은 '너'와 '나', 그리고 우리가 사는 우주는 우리가 생각하는 것보다 훨씬 깊고 크다는 경이로움에서 출발한다는 사실이다. 그리고 SF는 그 해답을 언제나 감동적으로 제시해 준다.

의인화를 넘어선 의인동화

『긴긴밤』(문학동네 2021)은 제21회 문학동네어린이문학상 대상 수상작이다. 문학동네어린이문학상은 아동문학 분야의 대표적인 공모전 중 하나로 아름답고 진지한 동화를 여러 편 발굴해 왔다. 당선작들은 뛰어난 기존 동화의 완결성을 성실하게 잇거나 기존 동화를 뛰어넘는 참신성이 돋보이거나, 둘 중 하나인 경우가 많다. 『긴긴밤』은 굳이 분류하자면 후자라고 생각한다.

이 작품은 동물이 주인공이기에 의인동화 장르에 포함되지만 의인동화라고 간단히 요약하기에는 아쉬움이 남는다. 작가 루리는 그림책 『그들은 결국 브레멘에 가지 못했다』(비룡소

2020)로 제26회 황금도깨비상을 수상하기도 했다. 『긴긴밤』과 비교하면 그림책 쪽이 의인화가 더 많이 되어 있지만 두 작품 모두에서 작가가 지향하는 메시지와 연대의 방향을 엿볼 수 있다.

기존 의인동화들은 다람쥐나 너구리 같은 동물을 등장시켜 동물 캐릭터를 인간, 그중에서도 주로 어린이로 형상화해 왔다. 그 과정에서 동물이 가진 저마다의 특징은 사라지며 이야기는 동물의 목소리를 빌려 어린이 독자에게 어떠한 메시지를 전달한다. 가령 많은 동화에 등장하는 곰 아저씨, 다람쥐 남매, 까마귀 할머니 등은 각 동물이 지닌 개별적인 종의 차이는 무시되고, 서로 다른 종끼리 자연스레 이야기를 나누며 인간처럼 생활한다.

그러나 최근 동물이 등장하는 동화들은 이러한 의인화의 한계를 고민하기 시작했고, 의인화되지 않은 채 동물이 등장하는 경우도 늘었다. 이런 고민은 생태주의나 포스트휴머니즘의 영향 때문이기도 하다. 근대 사회에서 동물은 인간에 의해 '의인화' 방식으로 타자화되어 왔는데, 인간 중심의 시선으로 동물을 바라보는 방식이 점차 불편해지기 시작했기 때문이다. 『긴긴밤』 역시 의인동화이면서도 인간 중심의 의인화에 대한 의심의 메시지를 살며시 전달한다.

주인공인 코뿔소 노든은 우연히 어린 시절을 코끼리들과 함께 보냈다. 코끼리 사이에서 살면서 노든은 자신을 코끼리라고 생각했다. 그러다 자신이 코뿔소임을 알게 된 후 정체성을 찾기 위해 길을 떠났고, 아내 코뿔소를 만나 가정을 꾸렸다. 그러나 가족을 사냥꾼의 총에 잃고 동물원에 갇히게 되었고, 그곳에서 수컷 펭귄 커플을 만난 노든은 그들이 죽으며 남긴 아기 펭귄과 가족이 된다. 코뿔소가 코끼리, 아기 펭귄과 동거하는 기묘한 모습은 종의 차이를 드러내기도, 그 경계를 넘어서기도 한다.

코뿔소, 코끼리, 펭귄 등의 동물이 종의 차이에도 불구하고 서로 대화를 나누며 어울려 산다는 점에서 이들은 분명 의인화되어 있다. 동물이 종의 경계를 넘어 우정과 사랑을 나누고 연대하는 것은 이 동화가 가진 의인동화적 특징이다. 그러나 자신의 이름이 필요하다는 아기 펭귄의 말에 "날 믿어. 이름을 가져서 좋을 거 하나도 없어. 나도 이름이 없었을 때가 훨씬 행복했어. 게다가 코뿔소가 키운 펭귄인데, 내가 너를 찾아내지 못할 리가 없지. 이름이 없어도 네 냄새, 말투, 걸음걸이만으로도 너를 충분히 알 수 있으니까 걱정 마."(99면)라고 답하는 노든의 말은 인간의 입장에서 동물을 규정했던 사건들을 돌아보게 한다. 이름은 단지 이름일 뿐이 아니며 이름, 즉 꼬리표가 붙는 순간 존재는 이름을 붙인 자에 의해 규정된다.

인간 역시 마찬가지다. 노든의 말을 들으며 동물을 대하는 인간중심주의와 더불어 우리는 우리에게 붙은 인간, 여성, 기타 등등의 정체성이 '나'를 가두는 감옥이 될 수 있음을 성찰하게 된다. 코끼리들이 노든에게 "훌륭한 코끼리가 되었으니, 이제 훌륭한 코뿔소가 되"(16면)어라고 한다든지, 노든이 펭귄에게 "너는 이미 훌륭한 코뿔소야. 그러니 이제 훌륭한 펭귄이 되는 일만 남았"(115면)다고 하는 장면은 모두 경계를 넘어선 자리를 지향하는 대목이다. 이렇듯 이 동화는 의인동화의 형식을 빌려 타자로 인해 규정된 자신의 경계를 넘어 존재 자체로 살아가자는 메시지를 전달한다.

나아가 이 동화는 여러 생명이 연결된 지구의 시간과 공간을 돌아볼 수 있도록 한다. 이 동화의 서술자 '나'는 코뿔소 노든이 아니라 노든이 키운 어린 펭귄이다. 동화는 코뿔소 노든의 어린 시절에서 시작하는데 이 이야기는 사실 노든이 아기 펭귄에게 들려준 것이다. 아기 펭귄이 자신이 들은 이야기를 독자에게 전달해 주고 있다는 것은 작품 중반에야 밝혀진다. 이러한 독특한 서술 방식은 아기 펭귄이 태어나기 전부터의 수많은 '긴긴밤'들이 이어져 '나'가 존재하게 되었다는 사실을 독자에게 효과적으로 전한다. '나'는 단지 '나'가 아니라 누군가의 기억과 사랑과 슬픔과 죽음의 결정체다. 우리는 지구상에 존재했던 다양한 생명체들이 멋지게 살았던 결과로 이 자리에 서 있는 것이다.

한 가지 아쉬운 점은 작품에 깊이 있는 철학을 담아내다 보니 잠언과 같은 문장이 곳곳에 보인다는 점이다. 그 때문에 문장의 쉽고 어려움을 떠나 서술이 관조적인 분위기가 되면서 어린이 독자가 살고 있는 생생한 삶의 현장과는 조금 거리가 있게 느껴진다. 어린이 독자는 이 동화를 어떻게 읽을지 궁금하다. 최근 이와 유사한 서술의 동화가 종종 보이는데 이 점에 관해서는 앞으로 독자들의 평가가 필요하다고 생각한다.

문학의 장에서는 장르 규칙을 섬세하게 지킬 때 더욱 미학성이 돋보이는 작품이 있는가 하면 장르 규칙을 넘어서면서 새로운 시대의 철학을 제시하는 작품도 있다. 앞으로도 고착된 장르의 경계를 교란시키며 전진하는 아동문학이 많이 출간되기를 기대해 본다.

괴물로 살아도 괜찮아

이재문 장편동화 『몬스터 차일드』

아동문학에서 '괴물'은 은근히 인기 있는 캐릭터다. 왜일까? 어린이들이 자신이 아닌 존재가 되어 보는 변신을 자유롭게 꿈꿀 수 있기 때문이 아닐까? 어린이는 동물이나 인형과 같은 비인간과 거리낌 없이 대화를 나누며 그에 따라 자신의 신체도 자유자재로 변신할 수 있다고 상상한다. 아동문학에서 어린이 인물들은 끊임없이 변신을 꿈꾼다. 그중 하나가 괴물로의 변신이다.

모리스 샌닥Maurice Sendak의 그림책 『괴물들이 사는 나라』(시공주니어 2002)는 주인공 맥스가 핼러윈 데이(Halloween Day)에 장난을 치다 엄마에게 "괴물딱지 같은 녀석"이라는 말을 듣고 자신의 방에 갇혀 괴물로 변신하는 이야기다. 맥스는 상상을 통해 괴물들이 사는 나라에 가서 괴물들의 왕이 되어 괴물 소동을 실컷 즐기다가 엄마가 만들어 주는 따뜻한 식사가 떠오르자 괴물 나라를 떠나 자신의 방으로 무사히 돌아온다. 이 그림책은 어린이가 가진 내면의 욕망을 탁월하게 드러낸 작품으로 평가받았으며 이후 아동문학에서 그려진 어린이의 판타지 세계에 커다란 영향을 미쳤다. 이처럼 어린이들은 어떠한 모습이라도 꿈꿀 수 있다. 그게 괴물이라도 말이다.

그런데 결코 괴물 되기를 꿈꾸지 않았던 아이의 이야기가 있다. 제1회 사계절어린이문학상 대상을 받은 『몬스터 차일드』(사계절 2021) 이야기다. 이 동화의 주인공인 하늬와 동생 산들은 '몬스터 차일드 증후군'(Monster Child Syndrome, MCS)이라는 가상의 질병을 앓고 있다. 이 증상은 갑작스럽게 찾아와 이들을 괴롭힌다. 하늬는 "괴물이 되지 않을 것이다. 꼭 나을 것이다. 정상적인 아이, 평범한 아이, 그게 작지만 큰 내 소원이다."(20면)라며 괴물로 바뀌는 자신의 모습을 받아들이지 못한다.

이 작품에서 '괴물 되기'는 일종의 은유다. 괴물이 상징하는 것은 "우리가 어두운 구석으로 내몰고 외면하고 없는 것으로 치부하고 싶어 한 모든 존재들, 장애인, 가난한 사람들, 특별한 정체성을 지닌 사람들"*이다. 괴물이 된 하늬의 모습은 마치 우리 사회가 인정하지 않는 소수 정체성 중 무언가를 짊어진 희생양처럼 느껴지기도 한다. 특히 여기에는 '어린이'라는 정체성까지 포함된다. 왜냐하면 몬스터 차일드 증후군은 어린아이일 때 증상이 발현되고, 병명에도 '어린이'(Child)가 명시되어 있으며 작품 속에 등장하는 MCS 환자는 모두 어린이이기 때문이다. 현대 사회에서 어린이는 성인에 비해 미숙하고 부족한 존재로 취급받는다.

하늬가 몬스터 차일드로 변하는 사건을 대하는 하늬의 엄마와 훈련소 소장의 태도는 대조적이다. 엄마는 '정상'에 집착한다. "이번에는 들키지 않을 것이다. 아니, 들켜서는 안 된다. 어떻게든 덮고 숨기고 감춰야 한다."(15면)라는 것이 엄마의 생각이다. 엄마는 하늬의 증상을 정상에서 벗어난 것으로 판단하여 병원 치료로 육체가 회복되거나 최소한 증상이 발현하지 않기를 원한다. 반면 훈련소 소장은 괴물을 인간에게 존재할 수 있는 또 하나의 자아로 인식하여 그 모습 그대로를 인정해야 한다고 주장한다. 그리고 하늬에게 있는 그대로의 자신을 받아들이는 새로운 훈련 방식을 제안한다.

* 김민령 「어느 날, 털북숭이 괴물이 되었다」, 『몬스터 차일드』, 사계절 2021, 206면.

엄마 몰래 훈련소 소장의 말을 따른 하늬는 훈련 중에 내면에서 울리는 소리를 듣고 괴물인 자신을 받아들인다. 주인공 하늬는 공교롭게도 우리에게 잘 알려진 애니메이션 「달려라 하니」(1988)의 주인공과 이름이 비슷한데, 어려운 환경 속에서도 씩씩하게 달리기를 하던 애니메이션 주인공처럼 동화의 하늬 역시 용감하게 자신을 받아들이고 새롭게 확장된 자아를 찾는다.

'내가 널 지켜 줄게.' 어떤 목소리가 들려왔다. 소장님 목소리는 아니었다. 내 또래 여자아이의 목소리……, 신기하게도, 그때부터 몸에 힘이 돌기 시작했다. 명치에서부터 손마디로 전해지는 고통, 가슴이 심하게 조여 왔지만 전보다는 견딜 만했다. 심장이 요동치는 가운데, 발을 힘차게 굴렀더니 몸이 수면을 향해 떠올랐다. 숨 쉬기도 편해졌다. (107~108면)

원하지 않던 괴물로의 변신은 새로운 '나'를 찾는 계기가 된다. 하늬가 괴물이 된 것은 예기치 못한 운명이었으나 괴물로 살아갈 미래는 그의 의지다. 정상성이라는 고정 관념에 갇혔을 때는 남들과 다른 자신의 모습이 두려웠지만 정상성이 얼마나 협소한 틀인지 깨닫는 순간 하늬는 그 경계를 넘어선다.

『괴물들이 사는 나라』의 맥스는 괴물이 되었다가 다시 사람으로 되돌아오지만 하늬의 몸은 이제 괴물과 공존해야 한다. 하지만 하늬는 두려워하지 않는다. 괴물이 된다는 것은 자기 자신이 알고 있던 것보다 훨씬 다양하고 놀라운 존재가 되는 것임을 깨달았기 때문이다.

사실 괴물이 된 후 갈등을 겪고 자신을 새롭게 각성하는 플롯은 자연스럽기보다는 조금 교훈적이라는 느낌도 든다. 아마 이 동화에서 작가가 전하려는 메시지가 분명하기 때문일 것이다. 그것은 정상성의 틀을 허물고 자유를 찾는 탈중심의 상상력이 우리 사회에 절실히 필요하기 때문이기도 하다.

정상이라는 규범에서 조금 벗어난 모습으로 경계를 넘어 나아가는 우리 사회의 다양한 하늬들을 응원한다.

변하지 않는 것과 변하는 것

박규연 장편동화 『베프콘을 위하여』

방영 당시 인기몰이를 한 드라마 「이상한 변호사 우영우」(2022)는 자폐 스펙트럼 장애를 가진 변호사 우영우가 주인공으로서 극을 이끌었다. 이 드라마를 보며 아동문학을 하는 사람으로서 조금 부러운 점이 있었다. 동화에 종종 등장하면서도 바뀌지 않던 장애에 관한 인식이 드라마 속 한 장면으로 방송되었고, 시청자들의 호응을 얻었기 때문이다. 동화는 다양한 약자의 인권을 민감하게 짚는 장르지만 그 인권을 누구의 시각에서 어떻게 바라보아야 할지 생각할 필요가 있다. 인권의 역사적·사회적 맥락을 세심히 살펴야 한다는 뜻이다.

어린이의 인권 하면 소파 방정환을 떠올릴 이들이 많을 것이다. 2022년은 소파 선생이 1922년 5월 1일을 어린이날로 선포한 지 100년이 되는 해였다. 그는 당시 어린이날을 축하하는 마음은 방정환의 판타지동화 「사월 그믐날 밤」(1924; 『사월 그믐날 밤』, 우리교육 2003)에 아름답게 묘사되어 있다. 2022년이 어린이날 제정 100주기라면 2023년은 「어린이」 잡지의 창간 100주기였고 이를 축하하는 행사도 다양하게 열렸다.

어린이 인권을 위해 애쓴 인권운동가이자 한국 동화의 개척자인 방정환을 기리는 의미에서 방정환 문화재단에서는 매년 '다시 새롭게 쓰는 방정환 문학 공모전'을 열고 있다. 방정환의 작품을 오마주(hommage)하되 현대 어린이들의 정서와 감성에 맞춰 새롭게 쓴 동화를 뽑는 공모로, 여기에서는 제4회 수상작 『베프콘을 위하여』(밝은미래 2022)를 소개하려고 한다. 동화가 인권을 어떻게 담아내야 하는지를 잘 살펴볼 수 있는 작품이다.

기존의 문학을 오마주하는 동시에 새로운 이야기를 쓰는 것은 쉬운 일이 아니다. 백 년 전 출간된 동화에서 무엇을 계승하고 어떤 차이를 만들어야 할지는 참으로 어려운 숙제다. 그런데 일단 이 작품은 방정환 문학 다시 쓰기를 떠나서 읽더라도 매우 재미있다. 주인공은 동네 슈퍼인 '빅마트' 아들 진성이다. 진성은 엄마가 병원에 입원한 후 슈퍼를 운영하는 아빠를 돕는다. 진성은 맛있는 아이스크림 ‘베프콘’을 좋아한다. 아이스크림 회사에서는 베프콘의 뚜껑 안쪽에 ‘행운 딱지’를 감춰 두고 당첨 이벤트를 진행하고 있는데, 행운 딱지를 얻으면 친구와 둘이 ‘꿈의 페스티벌’에 갈 수 있다. 진성이 페스티벌에 같이 가고 싶은 친구는 명후다. 이 작품에서는 유머 넘치는 초등학생 인물들을 만날 수 있고, 주인공뿐 아니라 감초 역할을 맡은 조연들을 보는 것도 즐겁다.

한편 이 책은 방정환이 우리에게 물려준 어린이 인권에 대한 메시지가 담겨 있다. 백 년 전 아이들에게도, 오늘날의 아이들에게도 저마다의 사연이 있다. 백 년 전 어린이들이 「만년 샤쓰」(방정환, 『만년 샤쓰』, 보물창고 2011)의 주인공 창남처럼 절대적 빈곤에 시달렸다면 오늘날의 어린이들에게는 어떤 어려움이 있을까? 『베프콘을 위하여』에 나오는 진성의 친구 명후는 엄마의 지나친 교육열 때문에 탈모가 생겼다. 이 동화는 양육자들의 과보호에 시들어 가는 어린이들의 삶을 보여 준다. 백 년 전 어린이나 지금의 어린이나 어려움의 양상은 달라도 자신들의 권리를 제대로 보호받지 못한다는 공통점이 있다.

그런데 이 작품은 이 문제를 어떻게 풀어야 할지의 지점에서 작품의 모티프가 된 방정환의 동화 「동무를 위하여」(1927; 한국방정환재단 엮음, 『정본 방정환 전집 2; 아동소설·소설·평론』, 2019

창비)를 훌륭하게 넘어선다. 「동무를 위하여」에도 사이좋은 두 친구가 나온다. 주인공 명환은 가난하고 어려운 친구 칠성이네 반찬 가게가 잘되기를 바라는 마음으로 전단지를 만들어 마을 사람들에게 알린다. 어려운 친구를 위한 주인공의 선행은 당시 어린이에 대한 방정환의 측은지심을 대변하는 것이었지만, 사실 칠성의 마음을 고려하기보다 명환의 일방적인 선행에 머무는 측면이 있다. 『베프콘을 위하여』에도 명후가 슈퍼 일을 하는 진성을 돕는 장면이 나온다. 그러나 반대로 진성이가 학업에 지친 명후를 위해 명후 엄마에게 편지를 쓰는 장면도 나온다.

저는 그런 제 친구 명후가 날마다 행복하고 즐거웠으면 좋겠습니다. 학원 다니고, 시험 보고, 공부하느라 기운이 다 빠져서 축 처져 있는 모습을 보면 마음이 아픕니다. 아무리 공부가 중요하다고 해도 사람이 살아가는 데 가장 중요한 건 행복이 아닐까요? (132면)

백 년 전 방정환의 동화가 가난한 아이를 돌보아야 한다는 인권 의식을 '선행'으로 풀어내고 있는 데 견주어 『베프콘을 위하여』의 진성이가 명후 엄마에게 쓴 편지를 읽으면, 어린이 인물들이 서로의 어려운 사정을 바라봐 주며 함께 성장한다는 것을 알 수 있다. 서로의 위치가 언제나 동등할 수는 없다. 한 친구가 조금 잘살거나 다른 친구가 조금 기울 수도 있다. 그러나 사람 사이의 관계는 일방적이지 않다. 우정은 가진 자에 의해 주도되는 시혜적·일방적인 관계로는 지속될 수 없다. 평등한 상호 관계를 맺는 것이 우정의 기본이고 인권의 토대다. 인권은 우리가 변함없이 지켜야 할 소중한 가치이지만 어떻게 나눌지는 변화하는 사회의 모습을 반영해야 한다.

앞서 언급했던 드라마에서 내가 부러웠던 장면은 어느 비장애자가 우영우를 향해 "파이팅!"을 외치는 대목이었다. 얼핏 보면 우영우를 응원하는 듯 보이지만 사실은 장애인을 항상 응원받는 존재로 여기는 고정 관념을 지적하는 장면이다. 드라마는 장애인을 향한 기존의 일방적 시선을 보여 주어 시청자에게 인권 문제를 어떻게 풀어야 할지 그 변화의 필요성을 설득해 낸다. 이제 동화도 어린이의 인권을 담을 때 변하지 않는 인권의 가치와 더불어 변화하는 시선을 함께 고민하면 좋겠다.

우리는 결코 길들여지지 않는다

동화는 인간 이외에 세상에 존재하는 다양한 생명체와 무생물, 즉 '비인간'을 등장시키는 것이 자유롭고 자연스러운 장르다. 개나 고양이 같은 동물부터 마을을 지키는 느티나무, 바위나 강 같은 자연이 주인공이 되어 자신들의 사연을 들려준다. 최근 동화에서 가장 인기 있는 비인간 캐릭터는 뭐니 뭐니 해도 고양이다.

『책 읽는 고양이 서꽁치』(문학과지성사 2022)의 주인공도 고양이다. 이 책은 제목부터 흥미롭다. '고양이'와 '책'은 작가와 출판사가 선호하는 동화 소재인데, 이러한 소재가 하나도 아니고 두 개나 한꺼번에 제목에 등장한다. 우선 고양이의 인기가 최근 수년간 하늘을 찔렀기에 동화에도 여러 고양이들이 등장할 수밖에 없었다. 인간 주위에 사는 길고양이, 어린이와 함께 사는 집고양이, 의인동화 속 고양이까지 고양이는 주인공이나 조연으로 두루 등장하며 어린이 독자들의 친구가 되어왔다. 그런가 하면 '책'이나 '도서관'은 어린이 독자보다는 어린이에게 책을 전해 주고 싶은 어른들이 선호하는 소재다. '책 먹는 여우'가 나오는 동화가 있는가 하면(프란치스카 비어만 지음, '책 먹는 여우' 시리즈, 김영사 2001~) '도서관에 간 사자'(미셸 누드슨 글, 케빈 호크스 그림, 『도서관에 간 사자』 웅진주니어 2007) '자신의 집을 도서관으로 만든 할머니'(사라 스튜어트 글, 데이비드 스몰 그림, 『도서관』 시공주니어 1998)가 등장하는 그림책까지, 어린이 곁에 책이 있기를 바라는 양육자들의 마음이 소재에 담겨 있다.

'고양이'와 '책'이라는 소재의 인기 때문에, 이 글감으로 동화를 쓸 경우 대단히 잘 쓰지 않으면 변별력 있는 작품으로 탄생하기 어렵다. 『책 읽는 고양이 서꿍치』 역시 고양이와 책이 동시에 등장한다는 점에서 그런 어려움에 노출되어 있지만 용감한 고양이의 모험이 매우 생생하게 그려져 있어 적지 않은 분량임에도 처음부터 끝까지 단숨에 읽을 수 있다.

글을 읽을 수 있는 고양이 32대손으로 태어난 엄마 고양이 서명월의 큰아들 서꽁치가 글 읽는 능력을 이어받아 벌어지는 이야기다. 작품에서 고양이의 책 읽는 능력은 특별하지만 동시에 위험한 능력이기도 한데, 그 이유는 서서히 밝혀진다.

이 동화의 매력은 무엇보다도 자존심 있는 고양이의 특성을 잘 살려 썼다는 점이다. 엄마 고양이 서명월과 서꽁치 다섯 남매는 처음에는 인간들의 집에 살았지만, 어느 날 갑자기 집을 나선다. 표면적인 이유는 같이 살던 아주머니가 이들에게 시끄러우니 집을 나가라고 실언을 했기 때문이다. 도도한 고양이의 자존심은 아주머니의 '갑질'을 용납하지 않는다. 집고양이가 스스로 집을 나서는 것은 더 이상 길들여지지 않겠다는 의지다. 길들여짐을 거부하고 집을 나선 당당한 고양이, 더구나 책을 읽을 수 있는 고양이들의 앞에는 위험한 여정이 놓여 있다.

"인간이랑 사는 게 꼭 좋은 것만은 아니야.
홧김에 나왔지만 돌아가지 않는 건 그래서야.
너희를 들판에서 키워 보려는 마음이 불쑥 들었거든.
인간에게 길들면 우리 능력이 많이 사라져.
그래도 난 한때 들판에서 살았잖니?"(…)(34면)

엄마 고양이는 인간에게 길들면 고양이의 능력이 사라진다고 말하는데, 이때 능력은 바로 글자를 알고 책을 읽는 능력이다. 그런데 여기서 고양이 꽁치의 책 읽는 능력을 찬찬히 들여다볼 필요가 있다. 일단 이 능력은 이야기의 전개를 도와주며 서사의 전환점을 만들어 준다. 꽁치가 로버트 루이스 스티븐슨Robert Louis Stevenson의 소설 『보물섬』을 읽으며 더 넓은 세상을 꿈꾸고, 『100만 번 산 고양이』(사노 요코 지음, 비룡소 2002)를 읽으며 그림책 속 고양이를 닮은 암고양이 '흰눈'을 만나 사랑을 나누는 장면처럼, 책 읽는 능력은 서사의 변곡점을 만들어 주며 주인공 꽁치가 자신의 삶을 찾아 나갈 수 있도록 한다.

또한 꽁치가 책을 읽는 것은 어떤 면에서는 고양이가 가진 '생각하는 능력'을 은유한다. '나는 생각한다. 고로 나는 존재한다.'라는 데카르트의 말은 최소한 이 작품에서는 고양이에게도 해당된다. 우리는 인간을 가장 뛰어난 고등 동물이라고 생각하여 인간의 갇힌 시선으로 동물을 본다. 그러나 인간이 지구상에서 가장 우월하다는 생각은 인간의 자의적인 판단이다. 고양이가 생각하는 방식이 인간의 방식과 다를지언정 고양이도 나름의 생각이 있다. 엄마 고양이 서명월은 아들 꽁치에게 글자를 가르치며 책 읽는 능력이 위험을 불러올지라도 도전을 멈추지 말라고 당부한다.

마지막으로 꽁치가 책을 읽는 것은 곧 책이 있는 장소에 머문다는 것, 인간에게 길들여지지는 않지만 인간 주위에 머문다는 의미다. 꽁치가 만나는 사람들은 다양하다. 고양이를 이해하고 도와주려는 선한 사람도 있지만 꽁치의 책 읽는 능력을 이용해 돈을 벌려 하는 사람도 있다. 사람들은 꽁치의 이름마저도 '깜장이' '흰양말' 등 자기 마음대로 부른다. 꽁치가 사람들이 붙인 다른 이름에 반응하지 않는 것 또한 끝까지 길들여지지 않으려는 마음으로 읽힌다. 고양이는 고양이만의 '묘생(猫生)'이 있다.

서꽁치는 독자에게 '내 이름을 마음대로 부르지 말고, 내 몸을 함부로 만지지 마세요.'라고 말하는 듯하다. 어떤 면에서 고양이를 대하는 인간의 자세는 어린이를 대하는 어른의 모습과 유사하다. 어른들이 자신보다 약자의 위치에 있다고 생각하는 어린이를 뜻대로 길들이려는 경우가 적지 않기 때문이다. 그러나 고양이도 어린이도 쉽게 길들여지지 않는다는 공통점이 있다. 생명체라면 모두 자신만의 작지만 큰 세계가 있기 때문이다.

동화가 세상에 존재하는 여러 생명체에게 말할 기회를 주는 것은 그들의 목소리를 빌려 인간이 하고 싶은 말을 하겠다는 뜻이 아니라, 반대로 그들이 무슨 이야기를 하는지 경청하겠

다는 뜻이다. 인간이 그들의 소리를 들으려고 노력할 때 그들
은 비로소 입을 열기 시작한다. 『책 읽는 고양이 서꿍치』의 작
가는 '우리는 결코 길들여지지 않는다.'라는 고양이의 말을 우
리에게 제대로 전해 주었다.

동화로 만나는 메타버스

유소정 장편동화 『그리고 펌킨맨이 나타났다』

우리 곁에 가상 현실, 증강 현실 등의 메타버스(metaverse) 환경이 가까이 다가왔다. 코로나19 이후 급속히 찾아온 디지털 환경은 우리 삶에 적지 않은 영향을 미치고 있다. 그러나 가만히 돌아보면 우리는 머리로는 디지털 환경을 환영하면서도 마음 깊은 곳에서는 이 새로운 공간을 경계하고 두려워하는 듯하다.

코로나19 이후에 가상 공간을 배경으로 삼은 동화가 꽤 출간되었다. 그간 우리 동화 중에 게임을 소재로 삼은 이야기는 적지 않았으나 가상 현실 혹은 증강 현실을 실제 삶의 한 축으로 설계한 서사는 코로나19 이후 특히 두드러졌다. 성인 위주의 담론에서는 메타버스 공간을 주로 자본과 경제의 측면에서 주목하며 환영하지만 동화에는 이 공간에 대한 무의식적 경계심이 드러난다는 것도 흥미로운 현상이다.

제25회 창비 '좋은 어린이책' 원고 공모 수상작이었던 『마지막 레벨 업』(윤영주 지음, 창비 2021)과 제10회 비룡소 스토리킹 수상작 『그리고 펌킨맨이 나타났다』(비룡소 2022)가 대표적이다. 두 작품 모두 공모전 수상작이라는 점에서 최근 선호되는 동화의 경향을 짐작할 수 있으며 가상 공간을 다소 비판적으로 바라본다는 것도 공통적이다. 그중 『그리고 펌킨맨이 나타났다』를 살펴보려 한다.

주인공 예지는 VR(Virtual Reality) 헬멧을 착용해야만 입장 가능한 '파이키키'라는 증강 현실 플랫폼의 사용자다. 그는 '루나'라는 닉네임으로 활동하고 있는데, 그곳에서 흑표범을 그린 후 코딩하여 '펫'(pet)으로 설정한다. 파이키키의 운영자 '헬멧 보이'는 흑표범을 보고 예지의 실력을 높이 사, 예지에게 '시타델'이라는 새로운 가상 현실을 만들어 함께 운영하자고 제안한다. 시타델을 만들기 위한 자본은 모두 헬멧 보이가 부담한다. 현실 세계에서 여러 문제에 시달리던 예지는 시타델에 몰입한다. 두 사람이 만든 시타델은 성공을 거두지만 헬멧 보이는 예지에게 과도한 요구를 하고, 결국 예지는 게임 속 다른 사용자들을 뒤쫓아 다니며 괴롭히는 괴상한 모양의 캐릭터, 펌킨맨을 만들게 된다.

이 작품은 현실 세계와 가상 세계를 비교하며 다음과 같은 특징을 보여 준다. 첫째, 가상 세계의 출발과 끝이 결국 현실 세계임을 말한다. 예지가 게임에 빠지게 된 것은 현실 세계의 문제들을 회피하기 위해서였다. 일단 엄마와 아빠가 불화한다는 것이 예지에게 닥친 큰 문제였다. 부모님의 이혼으로 새로운 환경에 적응해야 했던 예지는 다른 세계로 떠나고 싶었던 것이다. 더 중요한 문제는 그림 대회에서 예지가 그린 그림이 표절이었음이 밝혀지면서, 그림 그리기를 좋아하던 예지가 현실에서 더 이상 그림을 그릴 수 없게 된 사건이었다. 그런데 표절 문제는 예지가 몰입하는 게임 세계에서도 고스란히 재현된다. 예지가 플랫폼에서 초기에 그린 그림 역시 유명한 그림의 모작임이 밝혀지는 것이다. 현실에서 해결되지 못한 문제를 가상 공간이 풀어 줄 수 없으며 결국 비슷한 문제가 반복된다.

둘째, 운영자 헬멧 보이는 가상 공간을 철저한 자본의 공간으로 바라보는 자본가다. 최근 어린이를 위한 여러 디지털 플랫폼의 상업성을 떠올리게 하는 대목이다. 예지는 그곳에서 자신의 재능으로 직업과 돈을 얻는다. 현실에서는 상상하기 어려운 일이지만 가상 공간이기에 가능하다. 예지는 처음에는 이러한 상황을 기쁘게 받아들이지만, 점차 헬멧 보이에 의해 강요되는 부당한 일과 자신의 불합리한 노동 조건을 깨달으며 후회하게 된다. 게임 개발자나 운영자의 자본주의적 속성을 예리하게 지적하는 부분이다.

셋째, 작품 속에서 예지를 비롯하여 게임 세상에 과도하게 몰입한 사용자들은 결국 뇌에 문제를 일으켜 현실에서 건강을 잃거나 게임 공간에 갇히고 만다. 즉 가상 공간보다는 '현생(現生)'을 사는 것이 중요하며 가상 공간이 정신적·육체적으로 현실을 위협하거나 방해가 될 수도 있다는 것을 지적한다. 이러한 관점은 게임을 경계하던 기존 논리와 유사하다.

이제 조금 거리를 두고 이 세 가지 경계의 시선을 모아 보자. 우리 아이들이 앞으로 살아갈 세계는 어떤 식으로든 지금보다 가상 세계와 가까워질 것이다. 문화연구자 이융희는 메타버스 공간을 "현실을 반영하는 동시에 현실을 메타적으로 응시하도록 강요하는 디지털 평행공간"이라고 정의한다. "현실에 존재하지 않지만 동시에 존재하는 팬텀(phantom)적 존재를 감각하는 순간, '나'는 현실에 존재하지만 동시에 가상에도 존재하는 이중적 존재"가 되며, "이러한 순간엔 현실과 가상의 구분은 더 이상 의미가 없다."라는 것이다.* 동화의 주인공 예지 역시 파이키키라는 가상 공간에서 적극적이고 새로운 모습의 페르소나를 발견한다.

내러티브 경험 디자이너 권보연은 게임을 이해한다는 것은 놀이와 하나가 되는 몰입에 이르는 것만을 뜻하는 것이 아니라 놀이 세계에서 한 걸음 떨어져, 가상과 현실을 넘나들며 옳고 그름과 타협 가능성까지 따지는 구경꾼 역할을 포함한다고 말한다. 우리는 게임에서 다양한 시점과 캐릭터 역할을 설정하듯 놀이꾼과 구경꾼의 렌즈를 노련하고 편견 없이 바꿔 끼우는 연습을 한다는 것이다.** 그러니 가상 공간은 자신과 타인을 알아 나가는 새로운 장이라고 볼 수 있다.

현재 동화가 메타버스라는 공간에 대해 다소 경계의 시선을 보이는 것은 어린이들이 만날 가상 세계에 대한 어른들의 우려를 대변한다. 그러나 어린이들에게 메타버스는 이미 새로운 놀이와 경험 그리고 삶의 공간이다. 이제부터라도 이 공간을 이분법적 경계나 비판의 자세로 대하기보다는 올바른 이용을 위한 구체적인 대안에 관하여 진지하게 머리를 맞대고 논의할 필요가 있다.

---

* 이융희 「메타버스를 받아들이기 위한 정체성 형성」, 『기획회의』 536호(2021. 5. 18) 48면.

** 권보연 「메타버스와 매직서클 사이의 어린이들」, 『창비어린이』 2022년 여름호 41면 참조.

스스로를 돌보는 마음

속삭이는 이야기들이 있다. 나는 이런 동화나 청소년소설에 '속삭임의 서사'라는 이름을 붙여 두었다. '서사'란 시간의 흐름에 따라 사건을 서술한다는 의미이므로 '서사의 속삭임'은 서사학적으로 정확한 표현이 아니다. 그럼에도 서사를 '이야기'라는 의미로 풀어 본다면, 내가 속삭임의 서사라고 이름 붙인 작품에는 일상의 가벼운 대화로 어린이의 마음을 보여 주려는 시도가 나타난다.

동화에 속삭임을 담으려면 어린이들에게 흔히 아동문학에서 말하는 '동심'이 아닌 '내면'이 있음을 믿어야 한다. 어른들은 의외로 어린이에게 내면이 있다는 것을 잊고 산다. 어린이에게 내면이, 혹은 '귀'가 있음을 의식한다면 어린이 앞에서 어린이의 외모나 단점을 혹은 어린이가 들으면 상처를 받을 만한 어른들 사이의 갈등을 그렇게 쉽게 떠들 수 있을까? 어린이들은 항상 어른 곁에 있지만 없는 존재처럼 여겨진다. 어린이의 내면이 있음을 믿는 서사는 그 안에 상처와 비밀 그리고 외로움이 있다는 것도 알고 있다. 우리는 꺼내기 힘든 마음의 상처나 비밀을 이야기할 때 머뭇거리며 아주 작은 소리로 속삭인다. 작은 속삭임은 귀 기울여 듣는 사람에게만 들리고, 망설이는 작은 몸짓은 자세히 보는 사람에게만 보인다.

이런 속삭임을 담은 동화 『우리에게 펭귄이란』(위즈덤하우스 2022)을 소개해 보려고 한다. 이 동화에는 표제작 「우리에게 펭귄이란」을 포함하여 다섯 편의 이야기가 실려 있다. 초등학교 고학년을 위한 동화에서는 종종 성장하는 어린이의 복잡한 내면을 재현한다. 반면 저학년을 위한 동화에서는 어린이 독자가 인물의 내면을 전달받기 어렵다고 판단해서인지 어린이의 내면을 묘사하는 부분을 찾기 어렵다. 이 작품은 고학년 동화가 아님에도 어린 인물의 마음을 차분하게 서술하고 있다.

『우리에게 펭귄이란』 속 모든 단편에서 어린이 인물들은 어른들이 만들었다가 부순 가족의 틈바구니에서 아무런 이해나 양해도 받지 못한 채 서 있다. 어린이에게 가족 그리고 양육자들의 사랑은 식물이 자라는 데 필요한 햇빛, 물, 공기와 같이 절대적인 것이다. 『우리에게 펭귄이란』에 수록된 단편 속 어른들이 어린이를 사랑하지 않는 것은 아니지만, 그 사랑은 어쩐지 어린이들에게 전달되지 않는 듯 느껴진다.

「우리에게 펭귄이란」의 가족은 할아버지, 할머니, 이모, 외삼촌까지 같이 사는 대가족이지만 '아빠'가 빠져 있다. 「고양이를 안아 보자」에는 엄마가 새아빠와 결혼하면서 새롭게 누나와 동생이 된 호연과 호준이 등장한다. 「아람이의 편지」를 읽으면 엄마 아빠의 이혼으로 헤어져 살 수밖에 없는 상황에서 아빠와 함께 멀리서 사는 언니를 그리워하는 주인공을 만날 수 있다. 「달팽이가 간다」에는 혼자 아이를 키우며 바쁘게 사는 엄마 곁에서 혼자 자라는 아이 우주가 등장하고, 「네모에게」에서는 이른 결혼 이후 계속 할머니의 그늘 아래 사는 아빠와 독립적으로 사는 엄마 사이에서 일어나는 갈등을 고스란히 바라보며 자라야 하는 봄이의 그늘이 느껴진다. 어린이들은 어른들이 만들어 놓은 가족 내에서 갈등이 발생할 때 외로움을 고스란히 감내해야 한다.

이런 외로움이 특히 잘 드러난 단편이 「달팽이가 간다」이다. 1학년인 우주는 바쁜 엄마가 일찍 출근하여 혼자 학교에 가야 하고 교실에서도 친구들에 비해 뒤처지는 듯해 조바심이

난다. 그런 우주 앞에 나타난 달팽이는 우주의 마음을 대신한다. 이미 많은 동화에서 어린이 인물들이 자신과 마음을 나눌 존재를 불러냈듯, 천천히 느리게 움직이며 우주를 기다려 주는 달팽이 역시 우주가 불러낸 자신의 분신이 아닐까.

「달팽이가 간다」뿐 아니라 작품 속 어린이들은 동물에게 마음을 많이 내어 준다. 펭귄을 구하러 떠나거나 길고양이를 데려가 키우고 싶어 하고, 거북이에게 '네모'라고 이름 붙여 주며 돌봐 준다. 그 마음은 바로 자신을 돌보는 마음이다. 「달팽이가 간다」에서 달팽이와 이야기를 나누는 장면은 판타지 장르이지만, 생활동화인 「네모에게」에서 봄이가 거북이 네모에게 말을 건네는 장면과 감정의 뿌리는 동일하다. 인물들은 자신의 마음을 열 대상을 찾아내어 스스로를 보듬으며 성장한다.

또한 이들은 동물뿐 아니라 자신과 마음을 나눌 존재를 찾는다. 펭귄을 구하러 떠나는 동생의 비밀을 지켜 주는 누나, 고양이를 키우고 싶은 호준과 아빠와 헤어지기 전 키웠던 고양이와의 추억 때문에 다른 고양이를 키우기 싫었던 호연, 두 사람의 오해와 화해, 아람이 용기 내어 멀리 있는 언니에게 편지를 보낼 때 우체통이 있는 곳까지 손잡고 가 준 다정한 친구 규리, 집에서 컴퓨터 게임만 하는 철없는 아빠가 불만이던 봄이의 집에 놀러 와 봄이 아빠와 신나게 컴퓨터 게임을 하는 친구 시온. 이들은 모두 주인공들의 다정한 친구다. 혼자 알아서 커야 한다고 강요하는 할머니의 말과 달리 어린이들은 혼자 크지 않으며 자신의 마음을 읽어 주는 친구와 함께 자란다.

이 동화의 미덕은 이야기 속 갈등을 섣불리 행복으로 마무리하거나 어린이 독자에게 교훈을 강요하지 않는 점에 있다. 「네모에게」에서 봄이는 자신의 아빠와 잘 노는 친구 시온을 보며 "최고의 아빠가 있었는데 없어진 것보다 이런 우리 아빠라도 있는 게 그나마 나은 걸까?"(109면)라고 스스로에게 질문을 던진다. 이 말은 아빠가 있어 다행이라는 뜻이 결코 아니다. 봄이는 이 질문을 끊임없이 반복하며 자랄 것이다. 질문이 깊어지고 넓어지다 언젠가는 스스로 해답을 찾을 것이다.

『우리에게 펭귄이란』에는 어린이 인물이 떠올리는 생각, 친구들과 나누는 대화, 동물을 보며 건네는 말, 수첩에 서툰 글씨로 쓴 일기, 언니에게 보내는 편지, 그 편지가 무사히 닿도록 친구의 손을 잡고 우체통에 편지를 넣은 어린이의 몸짓 등 따뜻한 '속삭임'이 가득하다. 작가들이 옮겨 준 어린이들의 속삭임과 몸짓을 알아채는 어른들이 많아지기를 바란다.

슬픔을 배우는 법

정은주 장편동화 『기소영의 친구들』

어떤 슬픔은 개인을 넘어 그 시간을 겪은 사람들, 시대를 공유한 모든 이들의 집단 무의식이 된다. 가령 세월호 참사 같은 사건이 그렇다. 이 같은 사회적 비극은 사건의 당사자뿐 아니라 사건을 직간접적으로 접한 많은 이들의 마음에 새겨지고 기억에서 지워지지 않는다. 지난 몇 년 동안 문학에 종종 등장한 애도와 슬픔은 어쩌면 이런 시대 정서와 무관하지 않을 것이다.

제2회 사계절 어린이문학상 대상 수상작인 『기소영의 친구들』(사계절 2022)은 본문에는 직접적으로 등장하지 않지만 '작가의 말'에 세월호 참사 희생자들의 친구들이 보여 준 모습을 보며 탄생한 이야기임을 밝힌다. 어린이들도 뜻밖의 이별이 주는 슬픔과 애도, 승화의 과정을 삶과 문학을 통해 배울 필요가 있다. 이 작품은 친구와의 갑작스럽고 영원한 이별 후에 겪는 어린이들의 감정을 세심하면서도 무겁지 않게 담아내고 있다.

『기소영의 친구들』에서 '나', 채린은 6학년이고 학급의 반장이다. 채린은 어느 날 학급 친구 기소영이 가족과 함께 할아버지 댁에 다녀오다가 교통사고로 일가족 모두 사망했다는 소식을 듣는다. 그 소식을 듣고 채린은 눈물을 흘리거나 슬퍼하는 반응조차 보이지 못하며, 어떤 일이 벌어졌는지 실감이 나지 않는 멍한 상태로 며칠을 보낸다. 학급의 반장이기에 검은 리본으로 묶은 하얀 국화를 준비하고도 이 꽃을 소영의 책상 위에 어떻게 놓아야 할지, 시든 꽃을 언제, 어떻게 버려야 할지 몰라 노심초사한다.

학급에는 소영과 친했던 몇 명의 친구들이 있는데, 이들은 소영을 빼면 서로 서먹한 관계다. 6학년이 되어 전학을 온 연화는 사실 비밀스러운 가족사가 있다. 소영은 이전 학교에서 엄마 때문에 놀림을 받던 연화의 비밀을 지켜 준 좋은 친구였다. 연화는 채린에게 소영과 나누었던 비밀과 우정을 이야기해 준다. 또 다른 친구 나리는 소영의 소식을 접한 후 꿈에 소영이 아무 말 없이 가만히 서 있는 모습으로 자주 나타나 당황스럽다. 영진은 소영이 보살폈던 유기견 '브라우니'를 자신의 집 마당에서 자신의 개와 같이 키웠고, 이 사실을 알게 된 채린은 자신이 브라우니를 돌보아 주기로 한다. 호준은 소영과 어릴 때부터 성당에 같이 다니던 사이로, 소영을 남몰래 좋아했다. 호준은 소영을 추모하고 싶다는 친구들의 대화를 듣고 성당 미사에 이들을 데리고 간다. 이들은 소영이 사라진 자리에 모여 친구와의 갑작스러운 이별에 어떻게 대처해야 하는지를 스스로 찾아간다.

아이들이 어린이답게 '분신사바' 주문으로 소영을 부르는 장면은 언뜻 재미있고 유쾌하게까지 읽힌다. 그러나 이 장면에서 아이들은 비로소 소영과의 영원한 이별을 실감하고, 친구에게 전하고 싶던 말을 하며 울기 시작한다. 그제야 소영의 부재가 현실로 다가오기 시작한 것이다. 소영의 흔적은 교실에서 점점 지워져 가고, 채린과 친구들은 소영을 어떻게 추모할까 의논한다. 그들은 호준에게 성당에서 추모 미사를 할 수 있다는 정보를 듣고 '기소영 미카엘라'를 위한 추모 미사를 부탁하지만, 막상 참여한 미사에서 흡족한 마음이 들지 않는다. 결국 채린과 친구들은 졸업 앨범을 들고 소영의 남은 가족이 사는 경상남도 함양으로 여행을 가기로 한다. 그곳에 소영의 유골이 안치된 납골당이 있기 때문이다. 이들은 함양에 가서 소영의 조부모와 동생 소민을 만나 졸업 앨범과 학급 친구들

의 편지를 전달한다. 그리고 납골당에서 소영의 사진을 정면
으로 바라보며 마지막 인사를 나눈다.

서울로 돌아오는 버스 안, 아이들은 버스에서 풍기는 지독
한 방귀 냄새 때문에 방귀 냄새를 무기로 남자아이들을 공격
했던 소영을 떠올리며 추억에 잠긴다. 방귀는 다른 승객이 남
긴 흔적이지만, 어쩐지 친구들과 소영이 마치 잠시 한 공간에
있는 듯 느껴지기도 한다. 그리고 함양에 다녀온 뒤 채린은 소
영과 친구들이 모두 모여 숨바꼭질을 하며 노는 꿈을 꾼다.

잠시 후 소영이가 소리쳤다.

"못 찾겠다, 꾀꼬리."

모두가 그 말만을 기다렸다는 듯이 우르르 뛰어나갔다. 우리는
뭐가 그리 웃긴지 마주 보고 깔깔댔다. 그렇게 놀이를 마무리했다.

하늘은 어둑하고, 해는 저멀리 지평선에 걸쳐 있었다.

"난 이제 갈게. 잘 있어, 얘들아."

소영이가 인사를 하고 돌아섰다. 우리는 소영이가 가야 한다는
걸 알았다. 그래서 아무도 붙잡지 않았다. 소영이의 뒷모습은 아
스라한 노을 속으로 걸어 들어가는 것처럼 보였다. 우리는 소영이
가 보이지 않을 때까지 손을 흔들었다. 언젠가 다시 만나리란 걸
알기에 울지 않았다. (139면)

채린의 꿈에 등장한 소영의 인사는 채린이 소영의 죽음을 수용하고 객관화하고 있음을 보여 준다. 이 동화는 슬픔에 매몰되지 않고 애도 속에 담긴 웃음과 이들이 나누었던 즐거운 추억을 밝은 분위기로 보여 준다. 흥미로운 것은 제목에 '기소영'이라는 이름이 나오지만 이름의 주인은 회상 장면 외에는 등장하지 않는다. 즉 이 동화는 기소영에 관한 이야기가 아니라 정확하게 말하자면 '기소영의 친구들'에 관한 이야기로, 어린이들이 친구를 떠나보내는 동시에 그 친구를 영원히 기억하는 법에 관해 들려준다.

작가는 이 이야기를 세월호 참사를 기억하며 썼다고 밝혔고, 공교롭게도 이 책의 출간일인 2022년 10월 25일로부터 며칠 뒤인 10월 29일에 이태원에서 다시 한번 비극적인 사건이 벌어졌다. 우리 사회는 갑작스럽게 벌어진 참사로 인한 젊은 이들의 죽음과 그들을 애도하는 올바른 방법에 대해 생각할 수밖에 없게 되었다. 어린이들 역시 살아가는 동안 죽음이라는 사건의 예외자가 될 수 없으며 목격자가 되기도 한다. 그런 점에서 죽음과 애도에 제대로 접근하는 동화는 어린이들의 책장에 반드시 꽂혀 있어야 하지 않을까 싶다.

로봇, 어린이를 그리워하다

어윤정 장편동화 『리보와 앤: 아무도 오지 않는 도서관의 두 로봇』

몇 년 전, 지인이 부모님에게 로봇 청소기를 보낸 후 방문했더니 부모님이 로봇 청소기와 다정하게 대화를 나누더라는 흥미로운 이야기를 전해 들은 적이 있다. 시스템의 명령에 따른 것이지만 인간과 대화를 나누는 듯 보이거나 공간을 이동하는 로봇 청소기는 어딘지 인간과 소통이 가능한 존재처럼 느껴진다. 그것이 불과 몇 년 전 일인데 최근에는 식당이나 공공장소에서 로봇을 자주 볼 수 있으며 챗GPT 등의 인공 지능은 놀라울 정도로 발전을 거듭하고 있다.

현재 중년 이상의 세대는 인터넷이나 음성 인식 기기, 로봇을 성인이 된 후에야 접했다. 하지만 지금 태어나는 어린이는

'엄마'라는 단어보다 다국적 기술 기업인 아마존(Amazon)의 음성 인식 인공 지능 이름, '알렉사'를 먼저 배운다는 미국의 농담이 있을 정도로 지금의 어린아이들은 음성 인식 시스템이나 로봇, 가상 현실 등의 디지털 환경에 익숙하다. 현재를 살아가는 어린이들의 환경을 반영한 동화가 더욱 많이 필요한 이유다.

제23회 문학동네어린이문학상 대상 수상작인 『리보와 앤』(문학동네 2023)은 로봇을 주인공으로 삼은 동화다. 이전까지 동화에서 로봇은 주로 어린이의 양육이나 교육을 맡거나 살림을 담당하는 도우미로 많이 등장했다. 이런 로봇은 언뜻 친구로 보여도 결국 도구라는 한계 때문에 존재와 존재 간의 관계를 풀어내기는 역부족이었다. 한편 로봇을 인간처럼 만든 경우도 있었다. '의인화'와 '인간다움'이 버무려진 로봇 이야기는 마치 피노키오가 인간이 되기를 꿈꾸는 것처럼 '로봇의 인간화'를 최종 목표로 삼기에 어린이들이 로봇과의 대등한 관계를 성찰할 기회를 제공하지 못한다.

『리보와 앤』에서 주인공 로봇 리보는 도서관 로비에 상주하며 도서관 소개를 담당하는 홍보 로봇이다. 아마도 도서관을 뜻하는 영어 단어 '라이브러리'(library)와 로봇이 합쳐진 이름일 것이다. 리보는 "안녕하세요! 즐거움과 안전을 책임지는 여러분의 친구, 리보입니다. 분실물을 찾아가세요."(17면)라고 외치며 어린이들과 사진을 찍거나 간단한 대화도 나눈다.

그런데 어느 날 알 수 없는 이유로 도서관이 폐쇄된다. 휴관일이 지나도 도서관의 문은 열리지 않는다. 나중에 알고 보니 도서관은 모종의 바이러스 때문에 폐쇄된 것이었는데, 그러한 정보를 알 수 없었던 리보는 혼란을 겪는다. 전기로 메인 배터리를 충전해야 하는 리보는 충전 장치가 있는 공간의 문이 잠겨 충전을 할 수 없게 되고, 간신히 태양열로 보조 충전을 하며 버틴다. 도서관에는 리보 말고 또 다른 로봇이 있다. 2층 어린이 자료실에서 어린이들에게 책을 소개하고 읽어 주는 '초록색 지붕 집의 앤'이다. 리보와 앤은 도서관에 유일하게 남은 존재로 갑작스러운 상황을 이해하고 해결하려고 노력한다.

고군분투하는 리보에게 누군가가 찾아온다. 도서관 바깥에서 마스크를 쓰고 도서관의 유리문을 두드리며 손잡이를 잡아당겨 보는 어린이는 바로 동화의 첫 장면에 살짝 등장했던 아이, 유도현이다. 도현 덕분에 리보는 도서관이 폐쇄된 이유가 바로 '플루비아 바이러스' 확진자의 방문 때문이라는 사실을 알게 된다. 도현과 리보는 리보의 SNS 기능인 '픽톡'을 통해 대화를 나누기 시작한다. 리보의 내부 저장 장치에는 '감정 은행'이 있다. 인간이 만들어 내는 수천 개의 표정과 감정 목록을 저장하는 기능이다. 감정 은행을 통해 리보는 반가움, 놀람, 설렘, 걱정, 슬픔, 아쉬움 등의 기존 정보에 새로운 정보를 추가하고 학습하여 새로운 감정을 배운다. 리보는 도서관을 방문하여 자신을 다시 만나고 싶어 하는 도현의 마음을 새롭게 배워, 그 마음을 '그리움'으로 저장한다.

그러던 중 리보는 도서관이 폐쇄되었지만 전자 도서 대출 건수가 전월 대비 크게 증가했다는 놀라운 정보를 알게 된다. 사람들은 도서관 대신 집에서 전자책을 읽고 있었던 것이다. 리보와 앤은 인간과의 소통률이 떨어지면 작업률이 낮아지는 로봇이다. 작업률이 떨어지면 기능에 문제가 있다고 판단되어 시스템이 강제로 초기화될 수 있고, 시스템이 초기화되면 모든 기억이 소실된다. 리보는 도현과 가까워지기 위해 이런저런 방법을 시도하는데, 그 과정에서 특정 개인의 정보를 계속 열람하는 것으로 의심받아 작업이 강제로 종료된다. 단기간 내 동일인과 많은 메시지를 주고받는 것 역시 비정상적인 이용 패턴으로 감지되기 때문이다.

결국 리보의 시스템에 심각한 손상이 발생했다는 안내 문구가 뜨고 초기화가 진행된다. 픽톡이 삭제되어 도현과의 대화 기록이 삭제되었고, 음성 애플리케이션이 삭제되어 이야기를 나눌 수 없게 되었다. 또 카메라 애플리케이션이 꺼져 시각에 손상을 입었고, 결정적으로 데이터가 삭제되어 기억의 초기화가 시작된다. 유일하게 남아 있는 청각 장치로 도현의 발소리를 듣는 장면이 이 동화의 열린 결말이다.

뒤표지에 실린 심사평은 이 동화를 고립과 연결의 문제로 해석했다. 어린이에게 코로나19로 인한 고립과 격리가 얼마나 가혹했는지를 되새길 수 있다는 것이다. 그런데 더 중요한 점이 있다. 이 동화는 고립과 연결을 '인간과 로봇'의 관계로 확장한다. 특히 우리에게 가까이 다가온 디지털 존재들의 학습 시스템에 대해 생각해 볼 수 있다. 가령 '로봇은 감정을 배울 수 있으며 이 감정은 진화할 수 있을까?' '로봇이 배우는 감정은 인간의 감정과 어떻게 같고 다를까?'와 같은 질문들이다. 리보의 기능이 점차 마비되는 장면을 통해 '노화' '인간다움'에 관해 성찰할 수도 있다. 인간의 노화를 기능의 상실로 본다면 인간을 사물과 대등한 층위에 두고 이야기를 풀어 갈 수도 있지 않을까.

지금까지 SF로 여겨진 이야기들이 더 이상 SF가 아니게 될 수도 있다고 여겨지는 지금, 기존의 생각에 참신한 충격을 줄 수 있는 작품들을 더 많이 만나기를 바란다. 오늘날의 어린이들은 로봇과 한층 가까워진 세상을 살아갈 것이기 때문이다.

소리 내어 너를 지키렴

박성희 동화집 『친애하고 존경하는』

현장 실습을 나갔던 특성화 고등학교 학생에게 발생한 비극적 사건을 다룬 영화 「다음 소희」(2023)를 보았다. 실적이라는 이름의 경쟁을 앞세워 학교와 기업 그리고 교육청이 책임을 미루는 동안 어린 학생의 삶은 무너져 간다. 그 모습을 보며 화가 나고 슬프기도 했다. 영화의 주인공 소희도 초등학생일 때가 있었을 텐데, 그의 어린 시절은 어땠을까. 즐겁고 행복한 일이 많았을까, 아니면 초등학생 때도 어른들이 만들어 놓은 여러 상황 때문에 힘든 시간이 더 많았을까.

어린이 시절은 행복하지만은 않으며, 대부분 불행은 어른들이 만들어 놓은 상황 때문에 발생한다. 이러한 진실 앞에서 어린이들은 자신을 방어하며 스스로 힘을 키워 나가야 한다. 동화집 『친애하고 존경하는』(위즈덤하우스 2023) 속 다섯 편의 작품에 바로 이러한 진지하고 무거운 이야기가 담겨 있다. 이 동화집의 미덕은 세상은 결코 아름답지만은 않다는 것, 즉 동화에서 언급하기 쉽지 않은 메시지를 흔들림 없는 '돌직구'로 전하고 있다는 점이다. 동시에 그 사건을 직시하는 어린이들을 건강한 방식으로 보여 준다.

'친애하고 존경하는'은 바로 표제작의 제목이자 이 작품의 첫 문단에서 가져온 표현이다. 마치 교장 선생님이 쓸 법한 이 어른스러운 어휘를 주인공 어린이 민우가 쓰고 있다. 민우는 자신에게 장학금을 준 어른들에게 고맙다는 편지를 쓰는 중이다. 민우네 집은 가난하지만 불행하지는 않음에도 장학금 수혜를 위해 부모님은 가난을 증명해야 했고, 가난하기에 불행할 것이라는 시선까지 받게 된다. 장학금을 받기 위해 제출한 열두 장의 서류는 곧 가난의 증명이고, 장학금을 수여하는 행사에서 식탁에 오른 6만 5천 원짜리 맛없는 식사는 가진 자의 허영심이다. 민우는 "힘내라." "기죽지 말고 어깨 쫙 펴고 살아라." 하는 어른들의 말을 듣는 것도 낯설고 기분이 좋지 않다. 지금까지 한 번도 힘을 잃은 적도, 기죽어서 산 적도 없기 때문이다. 민우의 부모 역시 민우가 장학금을 받은 일이 고맙기는 해도 기쁘지는 않다. 이들이 장학금을 주는 사람 위주로 치른 행사에 동원되었기 때문일 것이다.

「끝까지 소리 내 읽었다」는 학교에서 담임 교사의 편애 때문에 억울한 상황에 놓인 어린이를 그렸다. 평소 책을 읽고 글 쓰는 것을 좋아하는 루아가 자신의 블로그에 올려놓은 독후감을 같은 반 친구 지민이가 베껴 쓰는 사건이 발생한다. 담임 교사는 그 독후감을 지민이 아닌 루아가 베낀 것이라고 믿어 버린다. 동화에서 교사는 종종 악역으로 등장하지만 일방적인 편애, 즉 학생을 공정하게 대하지 않는 행위는 자주 그려지지 않는데, 그 이유는 편애가 어린이들에게 매우 큰 상처이자 어른들 스스로의 치부이기 때문이다. 동화작가들도 동심을 어느 정도 지켜 주려는 마음이 있기에 청소년소설이 아닌 동화에서 어른들의 생생한 민낯은 잘 등장하지 않는다. 이 동화는 교사의 잘못을 가감 없이 보여 주지만 다행스럽게도 루아는 이 상황에 매몰되지 않는다. 루아는 평소에 쓰던 블로그에 댓글을 달아 준 친구들 덕분에 힘을 얻어 자신의 독후감을 끝까지 지키고 소리 내어 읽는다.

세 번째 작품 「공을 주웠다」는 아파트 윗집과 아랫집의 층간 소음 문제와 갈등을 다룬다. 사건은 윗집 부부가 층간 소음의 원인을 아파트의 부실 공사 탓으로 돌리며 자신들의 행동을 고치지 않는 것에서 시작한다. 그런데 이 동화의 반전은 뻔뻔하게 행동하는 윗집 부부로 인한 가장 큰 피해자가 바로 윗집 부부의 자녀라는 점이다. 폭력적이고 뻔뻔한 부모 아래 자란 아이는 이미 상처를 품은 아이가 되어 있었다. 이 작품은 폭력을 행하면 그 폭력이 결국 자신에게 돌아올 수밖에 없음을 들려준다.

네 번째 작품은 가장 심각한 이야기다. 「바세린 효과」에서 주인공 세은과 친구 가영은 학교 과학 시간에 실험을 진행하는 실험 교사를 좋아하게 된다. 하지만 실험 교사는 아이들의 마음을 이용하여 이들의 몸을 추행하고, 세은은 비밀을 털어놓지 못한다. 그러다 세은은 자신보다 어린 동생 세린이 가르쳐 준 방법을 떠올린다. "언니, 그럴 땐 소리를 질러. 사람들이 올 때까지 소리를 질러. 내 몸에 손대지 마! 내 소중한 몸에 손대지 마! 어린이집에서도 유치원에서도 배우잖아. 4학년이 뭐 그래. 내가 시키는 대로 해."(85~86면) 세은과 가영은 모두에게 들리게 소리를 질러 자신을 보호한다.

마지막 작품 「옥탑정형외과」는 앞의 작품들과 다소 결이 다르면서도 연결되는 지점이 있다. 주인공 연수는 할머니, 엄마 아빠와 함께 산다. 어느 날 연수는 손가락을 다치는데, 할머니가 연수를 데려간 곳은 병원이 아닌 옥상이다. 옥탑방에 사는 박 선생이 손가락을 치료해 줄 수 있다는 것이다. 연수의 할머니를 비롯한 동네 할머니들은 박 선생에게 운동을 배운다. 박 선생은 이들에게 운동을 가르쳐 주면서 건강 용품을 판다. 연수 엄마가 보기에 박 선생은 명백한 사기꾼이지만 연수의 눈에는 할머니를 재미있고 활기차게 만들어 준 사람이다. 이 세상에는 흑백으로, 선악으로 나눌 수 없는 애매한 경계가 있는데, 어린이들은 이런 세상을 맑은 눈으로 보며 좋은 쪽으로 믿는다. 그 결과 자칫 위험한 상황에 처하기도 한다.

이 동화집에는 어른들이 만든 사건에 휘말렸지만 스스로를 지켜 내는 어린이들의 모습이 담겨 있다. 세상에 나쁜 사람과 나쁜 사건이 없으면 얼마나 좋겠는가. 그러나 세상은 천국이 아니고 스노볼 속 마을처럼 두꺼운 유리 안에 안전하게 담겨 있지도 않다. 영화 「다음 소희」에서 청소년 소희가 만난 나쁜 세상은 오래전부터 땅속에 엉켜 있는 거대한 뿌리처럼 버티고 있었다. 어른들이 힘을 합쳐 잘못된 사회를 바꾸어야 한다. 동시에 동화를 읽는 어린이들에게 세상에 대해 생각할 기회를 주어야 한다. 그리고 무엇보다도 나쁜 일이 닥쳤을 때 참고 견디지 말고 소리 내어 자신을 지키라고 이야기해 주어야 한다.

그냥, 동네에서 만나는 우리 이웃

안미란 장편동화 『그냥 씨의 동물 직업 상담소』

카페에서 고양이 키우는 모습을 본 적이 있다. 카페 주인도 고양이 집사로 고양이를 잘 돌보는 듯했다. 동물을 좋아하는 손님이라면 고양이와 눈을 맞추거나 사진을 찍으며 카페에 머무는 시간이 한층 즐거우리라.

이제 고양이와 인간은 참 많이 가까워진 듯하다. 그런데 그건 인간의 생각이고, 과연 고양이도 그렇게 생각할까?

『그냥 씨의 동물 직업 상담소』(창비 2023)의 주인공은 그렇게 생각하지 않는 듯하다. 고양이 주인공 '그냥 씨'는 카페에서 돌봄을 받는 처지가 아니라 어엿한 카페 영업 담당이자 홍보 모델이라고 자신을 소개한다. 정성껏 외모를 가꾸고 햇볕 아래서 손님을 맞이하며 사진 찍기를 원하는 손님에게 모델도 되어 준다. 이 모든 역할이 그냥 씨의 '직업'이다. 이 동화에는 사람과 동물의 마음이 서로 다를 수 있음을 보여 주는 다섯 편의 이야기가 담겨 있다. 인간 세상에서 벌어지는 사건으로도, 동물 세계의 이야기로도 읽을 수 있다는 점이 흥미롭다.

그냥 씨는 낮에는 카페에서 일하지만 밤에는 동물 직업 상담사로 일한다. 이른바 '투잡'(two job)이다. 다양한 동물들이 도시에 정착할 수 있도록 돕는 것이 주요 임무다. 첫 번째 이야기에 등장하는 동물은 일본에서 온 흑곰 쿠마짱과 북극곰 폴라스키다. 그냥 씨의 소개로 폴라스키는 여러 직업을 전전하다 해산물을 보관하는 냉동 창고에서, 나무 타기를 좋아했던 쿠마짱은 아이러니하게도 나무를 베는 벌목장에서 일하게 된다. 이 이야기는 기후 위기로 자연에서 살기 힘든 동물의 이야기로 읽히는 동시에 이주 노동자의 사연으로도 읽을 수 있다.

두 번째 이야기에서는 비둘기 부부와 황조롱이 부부가 알맞은 거처를 마련해 달라며 그냥 씨를 찾아온다. 신혼집을 마련하여 알을 낳아야 하기 때문이다. 하지만 비둘기는 인간들로부터 유해종으로 분류되어 둥지를 마련하기 쉽지 않고, 그 모습은 마치 불안정한 거주지를 전전하는 서민들의 사연을 연상시킨다. 주로 높은 절벽에서 살던 황조롱이들도 생태계가 파괴되어 도시까지 이동해 왔지만, 역시 사람들의 눈에 띄는 것이 부담스럽다. 보호종으로 분류되어 있어 자유를 잃을 수도 있기 때문이다. 그냥 씨는 이런 사연을 듣고 두 부부가 무사히 아기 새를 키울 수 있도록 돕는다.

세 번째 이야기는 힘든 일을 하면서도 제대로 된 식사를 하지 못해 위장에 탈이 난 북극곰 폴라스키가 병원을 찾는 사건을 그렸다. 폴라스키는 몸이 아프지만 치료를 받기가 쉽지 않다. 도시에 있는 동물 병원은 주로 작은 반려동물만 치료하고 농어촌 보건소에는 소나 돼지, 닭과 같은 가축을 돌보는 수의사만 있다. 결국 폴라스키는 야생 동물 치료소까지 방문하게 되는데, 그곳에서는 날개가 부러진 독수리나 덫에 걸린 고라니같이 사고를 겪은 동물만 '산업 재해 처리'를 받을 수 있다며 치료를 거부당한다. 급기야 사람들은 폴라스키에게 은퇴하여 안락한 동물원에 가면 편히 살 수 있다고 조언한다. 결국 폴라스키는 약국에서 응급 처방을 받고 탈이 난 몸을 추스른다. 그냥 씨는 폴라스키의 안타까운 처지를 보며 폴라스키와 같은 동물들을 끝까지 돌봐 줘야겠다고 다짐한다.

사람인지 동물인지, 만약 동물이라면 그가 일을 하는지, 사랑받는지, 보호종인지, 유해종인지 이것저것 묻지 않는 곳을 찾을

거다. 묻지도 따지지도 않고 아프면 치료해 주는 그런 곳이 어딘
가에는 분명 있다. 있어야 한다. (74~75면)

네 번째 이야기는 인간들이 동물들에게 보이는 관심이 얼마
나 이기적인지 꼬집는다. 인간은 개와 같이 자신이 길들인 몇
몇 동물에게만 애정을 쏟는다. 동물은 인간의 눈에 들어야 무
사히 생존할 수 있다. 철저히 인간의 시선으로 지구상의 동물
을 관리하는 것이다. 가령 길고양이를 돌보는 경우도 마찬가
지다. 사람들은 길고양이에게 먹이를 주지만 그 먹이를 다른
동물도 먹을 수 있다는 것을 생각하지 못하다가 그런 장면을
목격하고 화를 내기도 한다.

그러나 도시에는 인간이 생각하는 것보다 훨씬 다양한 동물
들이 모이고 있으며 그들 역시 이 땅에서 살 권리가 있다. 무
엇보다 동물들이 도시로 모이는 이유는 그들이 살 수 있는 환
경이 변화했기 때문이다. 이 작품에 나오는 것처럼 도시에 멧
돼지가 출몰하면 인간들은 놀라서 쫓아내지만, 그것이 멧돼지
의 잘못은 아니지 않은가? 네 번째 이야기에 등장하는 너구리
엄마와 아기도 이런 사연을 가지고 있다. 너구리 엄마는 숲에
서 아기를 키우고 싶었지만 숲이 줄어들어 도시로 오게 되었
다. 그러나 인간은 자신들이 키우는 강아지들이 산책할 때 걸

림돌이 된다는 이유로 너구리들을 반기지 않는다.

마지막 이야기에는 가슴 아픈 사연이 등장하지만 다행히 아름다운 결말로 마무리된다. 엄마 너구리가 아기 너구리를 두고 사고로 죽음을 맞이한다. 사람과 마찬가지로 동물 역시 도시에서 종종 사고를 당한다. 혼자 남은 아기 너구리를 폴라스키와 쿠마짱이 돌봐 주기로 한다. 동물들은 그들만의 작은 연대를 이룬다. 아마도 서로 처지가 비슷하기 때문일 것이다.

이 동화는 인간이 직면한 노동, 거주, 의료와 돌봄, 산업 재해와 보험 적용, 인간의 이기주의 등 다양한 문제를 다룬다. 작가는 이 문제를 인간의 이야기로도, 동물의 삶으로도 읽어낼 수 있도록 겹쳐 놓았다. 그냥 씨 역시 고양이지만 사회적 약자를 돌보려고 노력하는 존재이기도 하다. 이 동화는 쉽지만은 않은, 진지한 문제를 자연스럽고 재미있게 풀어내어 독자들이 그들의 사연에 귀 기울일 수 있도록 만든다. 동물들도 우리가 사는 동네에서 자주 만날 수 있는 친근한 이웃이라고 말하면서 말이다. 이처럼 전달하기 어려운 주제를 술술 풀어내는 것이야말로 동화가 가진 또 하나의 힘이다.

행간의 비밀

윤슬빛 동화집 『갈림길』

어른들은 어려운 주제나 문장으로 이루어진 동화를 보면 어린이가 읽을 수 있을까 고민하곤 한다. 하지만 세상에 수많은 어린이가 있으니 독서에도 다양한 상황이 존재한다. 동화를 좋아하는 어린이가 있는가 하면 역사나 과학에 관심이 있는 어린이도 있고, 문해력이 낮은 어린이와 커서 작가가 될 정도로 문학적 감수성이 뛰어난 어린이도 있다. 세상에 다양한 어린이가 있는 만큼 다채로운 동화가 필요하다.

제14회 웅진주니어 문학상 단편 부문 대상 수상작인 『갈림길』(웅진주니어 2023)은 문학의 의미를 보여 주는 작품이다. 문학적 감수성을 가진 어린이가 읽으면 이 동화를 거쳐 문학의 숲에 깊이 들어서게 될 것이다. 열 살이 넘은 나이, 이제 인간과 세계를 조금씩 예민하게 관찰하기 시작하는 시기에 이 작품을 만나 세상을 보는 성찰의 계단을 한 칸 더 오를 수 있다.

이 작품은 세 편의 단편으로 이루어져 있으며 각각 갈등 상황에 직면한 어린이를 주인공으로 삼고 있다. 첫 번째 단편 「갈림길」의 주인공은 아빠와 단둘이 시골로 이사 온 아연이다. 학교에서 멀리 떨어진 곳에 살기에 하교 시간이 길지만 집 근처에 친구 유나가 살아 집까지 가는 길이 심심하지 않다. 다만 하굣길 동무인 유나와의 동행이 마냥 즐겁지만은 않다. 아연은 유나가 어떤 아이인지 아직 파악이 되지 않아 당황스럽고, 학교 친구에게 들은 좋지 않은 소문 때문에 조금 무섭기도 하다. 또 유나의 집을 방문하여 그의 부모를 본 이후 유나가 집에서 행복하지 않을 거라 짐작한다.

이 동화의 장점은 실제 유나가 어떤 아이이고 어떤 상황에 처해 있는지 직접 서술하지 않고 독자가 행간을 읽을 기회를 제공한다는 점이다. 독자가 생각하거나 판단해야 할 부분까지 인물들의 대화나 해설로 모두 풀어놓는 작품들이 있다. 언뜻 친절하게 느껴지지만 문학이 이야기를 일방적으로 들려주는 것이 아니라 독자를 초대하여 나누는 대화임을 간과한 것이다. 하지만 이 작품은 아연을 화자로 삼아 유나에 대한 정보를 들려주지만 유나가 실제 어떤 상황에 있는지는 독자가 추측해야 한다. 특히 유나가 왜 집을 떠나고 싶어 하는지는 성폭력과 관계된 것으로 암시되는데, 이 또한 실제 사건을 구체적으로 재현하지 않으며 독자들이 짐작하도록 단서를 제공할 뿐이다.

동화의 제목 '갈림길' 역시 마음의 갈등을 은유한 것이다. 아연은 자신과 유나의 집 사이의 갈림길에 서서 유나에게 한 발짝 다가설 것인지, 유나의 상황을 모른 체할 것인지 갈등한다. 좋은 은유는 독자에게 직관적 해석을 가능하게 하며 문학적 감수성을 높인다. 이러한 대목에서 어른들의 고민이 깊어지는데, 어린이들이 행간을 이해할 수 있을지 의심하기 때문이다. 그러나 앞서 언급했듯이 어린이 독자는 다양하다. 행간을 통해 독자에게 대화를 청하며 문학 경험을 쌓을 수 있도록 돕는 작품도 꼭 필요하다.

두 번째 단편 「긴 하루」 역시 하루 동안 버스 여행을 하며 길 위에 서 있는 두 소녀를 조명한다. 어느 날 미래는 학교에서 인기가 많은 솔이로부터 동네에서 제법 먼 곳에 있는 병원에 입원 중인 자기 아빠의 병문안을 가자는 부탁을 받는다. 솔이를 좋아하는 미래는 선뜻 따라 나서지만 병원이 인적이 드문 곳에 있어 여행길은 고생길이 된다. 급기야 미래는 솔이에게 왜 여행을 제안했냐며 불평을 쏟아 낸다.

"그러는 너는? 왜 하필 난데? 부탁할 사람이 나밖에 없다고 사정할 땐 언제고."

나는 따지듯 물어봤다. 실은 내내 궁금했다.

"그건!"

솔이가 대답을 하려다 말고 입술을 꾹 깨물었다. 바로 대답하기가 쉽지 않았는지, 뒤로 주춤 물러났다가 크게 숨을 한번 들이마셨다. 그러곤 곧 조그맣게 대답했다.

"네가 그랬잖아. 각자 사정이 있는 거라고."(65~66면)

솔이는 '각자 사정이 있다.'라는 말을 할 줄 아는 미래를 자신의 속사정을 이해해 줄 만한 친구로 여겨 여행의 동반자로 선택했다. 이 한 문장이 동화집 전체를 관통하는 핵심이다. 동화는 사람마다 각자 속사정의 모양과 빛깔은 다르지만 그것이 분명 존재함을, 그리고 그것이 무엇인지 굳이 알려고 들지 않는 품위와 예의에 관해 이야기한다. 우리 사회에 이런 조용하고 세심한 배려를 알지 못하는 어른이 얼마나 많은가!

세 번째 단편 「잠이 오지 않는 밤」은 공간적 배경을 길이 아닌 어느 작은 집으로 옮긴다. 주인공 은하의 엄마는 새아빠와 결혼 후 1년 만에 이혼 소송에 들어갔는데, 집을 나간 새아빠는 어느 날 자신의 딸 소라만 집 앞에 두고 사라진다. 지난 1년 간 소라를 작은딸로 여겨 돌보았던 은하의 엄마는 소라를 집에 데리고 들어오고, 어찌 된 일인지 알아보려 외출한다. 그렇게 은하와 소라 두 아이만 집에 남게 되는데, 은하는 소라의 마음을 풀어 보려 언니 노릇을 하지만 소라의 마음은 쉽게 열리지 않는다. 답답해하던 차에 옆집 중학생 언니 소진이 먹을 것을 들고 찾아온다. 동화는 소진, 은하, 소라 세 아이가 저녁 식사를 하며 서서히 친해지는 장면을 그린다. 속내를 이야기하지 않았지만 언니들의 무심한 듯 따뜻한 환대는 차갑게 얼어 있던 소라의 마음을 녹이고 온기를 불어넣는다.

이 동화는 각자의 사정을 짐작하는 문장 사이로 무언(無言)의 행간을 통해 타인을 이해하는 법을 전달하며, 그것을 어린이 독자와 나눌 수 있다고 믿는다. 좋은 문학은 문장이 아닌 행간으로 말하며, 독자는 행간에 귀 기울이며 타인의 마음을 헤아리는 비밀을 배운다. 우리는 언제 침묵하고 언제 어떻게 손 내밀어야 할지를 배워야 한다. 헤아림이라는 품위는 어릴 때부터 스며들어야 하는 것이다.

성공적인 리폼과 퓨전 이야기

성요셉 장편동화 『핼러윈 마을에 캐럴이 울리면』

어린이들은 산타 할아버지라는 존재를 몇 살까지 믿을까? 또 현대 사회에서 산타 할아버지는 어떤 의미일까? 예수 탄생을 기념하는 성탄절, 기독교의 성인 니콜라스 주교가 선물을 나눈 사연, 여기에 유럽 민간 설화까지 더해진 크리스마스 선물 풍습은 물건이 넘쳐 나는 현대보다 소박한 겨울을 나던 과거에 더욱 의미 있는 풍습이 아니었나 싶다. 귤 몇 알이나 과자 한두 봉지, 한 권의 노트나 연필 한 다스만 받아도 행복했던 시절을 보낸 이들에게 산타 할아버지는 더욱 반가운 인물 아니었을까?

제29회 비룡소 황금도깨비상 대상을 수상한 『핼러윈 마을에 캐럴이 울리면』(비룡소 2023)은 산타 할아버지와 크리스마스에 관한 기존의 이야기를 한국 현대 사회에 새롭게 옮겨 놓은 판타지다. 일단 이 동화는 '핼러윈 마을'과 '산타 마을'을 배경으로 그에 어울리는 다양한 캐릭터가 등장한다는 점에서 영화 「팀 버튼의 크리스마스 악몽」(1995)을 떠올리게 한다. 영화가 핼러윈 마을의 악당 '호박왕 잭'을 중심으로 이웃 마을의 크리스마스를 따라 하며 벌어지는 소동을 다룬다면, 이 동화는 산타 마을에 사는 소년 실버가 핼러윈 마을의 악당 잭오랜턴 기사에게 크리스마스의 의미를 빼앗긴 후 그것을 되찾아오기까지의 모험을 그린다.

이야기는 직업이 산타인 부모를 둔 '성실버'라는 소년의 시점에서 펼쳐진다. 산타의 일을 하는 것이 가업이기에 실버는 자신의 생일인 크리스마스에 아버지와 어머니가 집을 비우는 것이 늘 불만이다. 한편 하늘 위에 있는 산타 마을에 사는 실버는 종종 자전거와 지구본 시계를 사용하여 순간 이동으로 서울에 온다. 아이돌 가수가 되기 위해 오디션을 봐야 하기 때문이다. 그러던 어느 날 실버는 서울에 왔다가 자전거를 도난당하고, 새 자전거를 구하던 중 중고 거래 앱에서 자전거를 팔겠다는 사람을 만난다. 이 사람이 바로 핼러윈 마을의 대장인 잭오랜턴 기사다. 참고로 '잭오랜턴'(Jack-o'-lantern)은 핼러원을 상징하는 '호박 얼굴'을 뜻한다. 이 모든 사건은 잭오랜 턴이 실버의 집에 있던 캐럴이 담긴 카세트 테이프를 손에 넣기 위해 자전거를 훔치는 음모를 꾸민 것에서 출발한다.

소년 실버와 악당 잭오랜턴은 크리스마스의 의미를 차지하기 위해 선과 악의 대결을 벌인다. 지금까지 산타 마을이나 산타 할아버지가 등장하는 이야기는 많았으나 대부분 기존의 산타 이야기를 그대로 이어 왔다. 하지만 이 동화는 서양의 풍습이 담긴 이야기를 현대 판타지의 모양으로 새로 쓰고, 나아가 한국 어린이 독자가 친근하게 읽을 수 있도록 창조적으로 변용하였다.

이 작품이 가진 또 하나의 재미 요소는 흥미롭게 패러디된 인물들이다. 아이돌 가수를 꿈꾸는 실버와 산타 '할아버지'가 아닌 젊은 산타인 실버의 부모뿐 아니라 설화나 서양의 동화에 나오는 인물이 감쪽같이 패러디되어 이야기의 감초 역할을 해낸다. 가령 핼러윈 마을로 가는 배에서 만난 슬랜더맨 (Slender Man)이 대표적이다. 슬랜더맨은 옛 설화에서 유래한 인물이 아니라 미국의 현대 도시 전설에 등장하는 인물이다. 검은 양복을 입고 팔다리가 무척 긴 남성의 모습이며 특히 얼굴에 이목구비가 없어 괴이하다. 이 동화에서 슬랜더맨은 핼러윈 마을에 속하는 악역으로 등장하지만 실버와 동행하면서 의외로 순진한 모습을 보인다. 실버는 슬랜더맨에게 얼굴을 만들어 주고 폴이라는 이름도 지어 주며 자신의 조력자로 삼는다. 백설공주도 등장하는데, 놀랍게도 왕자와 결혼하지 않았으며 사이좋은 친구로 지내고 있다. 백설공주는 난쟁이들과 함께 지내는데 그중 요리사 난쟁이가 공주를 좋아하여 두 사람이 연인으로 발전할 가능성이 높다. 이렇듯 독자들에게 친숙한 캐릭터들이 출연하여 뜻밖의 매력을 발산한다.

따뜻한 성탄의 사랑을 상징하는 산타 마을과 악을 상징하는 핼러윈 마을은 무엇으로 승부를 겨룰까? 제목에서도 추리할 수 있듯이 바로 '캐럴', 즉 노래다. 핼러윈 마을에 사는 주민들이 실버에게서 훔친 카세트 테이프에 담긴 캐럴을 불러 그 곡들을 모두 녹음하는 순간 산타 마을은 사라진다. 실버는 캐럴을 잃어버린 것이 얼마나 큰 실수인지 깨닫고 그것을 만회하고자 부랴부랴 아이돌 가수 오디션장에서 만났던 황보리아를 찾아간다. 황보리아는 어릴 때 산타에게 실로폰을 선물로 받았는데 그 실로폰에는 실버가 불어넣은 생명의 기운이 담겨 있다. 실버는 황보리아가 작사·작곡한 새로운 크리스마스 캐럴을 노래하고 녹음하여 위기를 막아 낸다. 선과 악의 대결이 캐럴 뺏기라는 설정으로 펼쳐져 흥미롭고, 잃어버린 캐럴을 되찾는 것이 아니라 새로운 크리스마스 캐럴을 만들어 사람들이 가지고 있던 믿음과 따뜻함을 지킨다는 설정도 상징적이다. 좋은 노래에는 언제나 깊은 메시지가 담겨 있고 그것을 소리 내어 불러 세상을 지킨다는 은유도 예사롭지 않다. 옛 노래를 찾기 위해 애쓰는 것이 아니라 새로운 캐럴을 만들어 버리는 반전은 크리스마스 이야기를 새롭게 만든 이 동화의 의도와도 상통한다.

사람들은 사라질 뻔했던 며칠간의 크리스마스 악몽을 잊지 않았다. 그 짧은 기간에 늘어난 범죄, 추위와 가난으로 죽거나 병든 이들이 역대 최고로 많았음을 알고 경악을 금치 못했다. 이로 인해 사람들은 크리스마스 운동을 벌였다. 퇴색된 크리스마스의 의미가 다시 부활되어 각종 언론은 앞다퉈 주요 기사로 다뤘고, 더 많은 나라에서 크리스마스를 법정 공휴일로 지정했다. 또한 어떤 나라는 크리스마스법을 만들어 이웃을 사랑하는 마음을 기리게 하였다. (182면)

이야기는 크리스마스의 의미를 다시 찾자는 취지로 마무리된다. 이때 크리스마스의 의미는 추운 겨울 서로에게 손 내밀던 따뜻함의 가치일 것이다. 자세히 보면 동화 속 새로운 캐럴처럼 이야기는 새로워졌지만 그 안에 담긴 의미는 변함이 없

다. 보석을 담은 상자의 모양이 바뀌어도 그 안에 담긴 보석의
가치는 변함이 없듯, 이야기의 모양이 달라져도 그 안에 담긴
가치는 여전할 것이다. 이 동화는 옛것을 새롭게 만든, 성공적
인 리폼과 퓨전 이야기가 아닐까?

확장된 시공간, 증폭되는 감동

하신하 동화집 『우주의 속삭임』

최근 동화의 두드러지는 경향 중 하나는 SF 장르의 인기다. 동화의 판도를 가늠할 수 있는 지표가 되는 공모전 수상작을 보면 『우주로 가는 계단』(전수경 지음, 창비 2019) 이후 『마지막 레벨 업』, 『그리고 펌킨맨이 나타났다』, 『리보와 앤』 등 SF 작품이 대세인 것을 알 수 있다.

어린이들이 뛰어노는 놀이터가 실제 놀이터뿐 아니라 「로블록스」 「제페토」 같은 디지털 공간으로 확장, 이동한 것만 보아도 알 수 있듯, 어린이가 머무는 삶의 장소가 확장되며 변화한 삶을 반영한 이야기가 늘어났다. 또 챗GPT로 대표되는 인공 지능과의 소통을 눈에 보이도록 형상화한 로봇의 등장도 동화에 부쩍 늘었다. 물론 로봇 캐릭터는 만화, 영화, 동화에서 비교적 오랜 역사를 가지고 있지만 이전까지 로봇을 도구로 여기는 경우가 많았다면, 최근에는 인간과 비인간의 관계를 고민하는 담론으로 접근하고 있다. 미래 이야기로 여기던 사건들을 현실로 체감하는 현재, 동화의 주제와 내용은 급격히 변하고 있다.

제24회 문학동네어린이문학상 대상 수상작인 『우주의 속삭임』(문학동네 2024)도 SF동화집으로 다섯 편의 단편이 실려 있다. 공모전 수상작은 장편동화가 상대적으로 많은 편인데, 이번 작품집의 단편들은 저마다의 개성을 담아 우주라는 공간 및 로봇과 외계인으로 대표되는 비인간과 인간의 관계를 보여주면서 단편동화만의 매력을 선사한다.

「반짝이는 별먼지」는 50년 전 우주로 가는 복권에 당첨된 할머니의 마지막 사연을 어린이의 시점으로 지켜보는 동화다. 사람들에게 거의 잊힌 여행자의 집 '별먼지'에 어느 날 제로라는 인물이 찾아오고 곧이어 외계인이 방문한다. 할머니가 복권 당첨자임을 찾아낸 외계인들의 도움으로 할머니는 드디어 우주로 떠나게 된다. 그런데 독자들은 우주여행을 떠나게 된 할머니의 마음이 기쁘지만은 않다는 것을 느낀다. 이 여행은 주인공 어린이와 할머니가 이별을 하는 시간이기도 하다. 우주여행을 떠나는 할머니의 기쁨보다 두 사람의 이별의 슬픔이 먼저 다가오는 것은 그것이 곧 소멸이라는 사건을 암시하기 때문일 것이다. 별먼지라는 단어가 뜻하는 죽음의 은유를 인간이 지구에 머무는 시간과 우주로 회귀하는 시간의 상대성으로 교차하여 보여 주는 이야기다.

「달로 가는 길」은 그와 비슷한 주제이면서도 색다른 인물을 등장시킨다. 이 동화는 한 로봇이 자신이 인간 부모의 아들인 줄 알았으나 그들의 원래 아들인 진의 기억을 이어받은 안드로이드임을 깨닫는 이야기다. 이 동화에서 로봇 진은 아들의 역할을 수행하다가 노후화되어 결국 로봇 폐기장인 달의 뒷면으로 가게 된다. 평소 꿈꾸던 달 여행이 생의 마지막 여행이 된 로봇 진의 쓸쓸한 여정은 로봇과 인간의 도구적 관계를 보여 주는 동시에 「반짝이는 별먼지」에 나왔던 소멸에 대해 다시 한번 고민하게 한다. 인간과 비인간의 소멸의 차이는 무엇일까?

두 편의 이야기가 인간과 비인간을 번갈아 주인공으로 삼아 유한한 삶과 소멸의 의미를 우주적 차원으로 확산하여 보여 주었다면 또 다른 단편 「타보타의 아이들」과 「지나 3.0」은 우주라는 공간에서 시간의 무거움을 견디며 살아가는 존재에 관한 이야기다. 「타보타의 아이들」에서 주인공은 버려진 불모지 행성 타보타에 사는 로봇들이다. 이 행성은 본래 인간에 의해 일구어졌으나 위험을 감지한 인간이 떠난 후 로봇만 남아 관리하고 있다. 어느 날 로봇들은 홍 박사가 남기고 간 온실에서 식물 생명체가 태어난 것을 발견한다. 그것은 다름 아닌 이끼다. 로봇들이 이끼를 키우며 인간이 철수한 타보타 행성을 지키는 이야기는 우리에게 생명의 경외감과 인간이 아닌 기계들이 가진 책임감을 생각하게 해 준다.

「지나 3.0」에는 지구의 멸망으로 우주선을 타고 탈출하여 우주 난민이 된 가족이 등장한다. 가족 중 엄마와 동생은 시간의 무게를 체력적으로 감당하기 버거워 냉동 상태로 가족 곁에 머문다. 아빠는 나이가 들어 자신의 신체를 버리고 '마인드 업로딩'이라는 기술을 통해 컴퓨터와 합일되고, 주인공 지나 역시 아직 약한 신체를 사이보그화하여 살아가지만 곧 아빠처럼 컴퓨터로 들어가 '지나 3.0'으로 살아야 한다. 이러한 장면은 우리에게 '우리는 어디까지 인간인가.'라는 고민을 안기는 동시에 우주의 기나긴 시간과 확장된 공간으로 인해 증폭된 외로움까지 전달한다.

마지막 단편 「들어오지 마시오」는 SF이면서 가장 전통적인 동화의 주제를 담은 이야기다. 현우는 길고양이를 괴롭히는 학교 친구들로부터 고양이를 구한 후 친구들에게 괴롭힘을

당한다. 그러던 중 우연히 외계 종족 무아무아족을 만나 그들의 도움으로 친구들을 물리친다. 무아무아족의 특별한 에너지 덕분에 현우는 친구들이 자신이 두려워할 만큼 강한 상대가 아님을 깨닫는다. 이 이야기를 읽으며 필리파 피어스Philippa Pearce의 판타지 동화「학교에 간 사자」가 떠올랐다. 이 작품에서 작은 여자아이 베티 스몰이 학교에 사자를 데리고 가서 자신을 괴롭히던 아이를 물리쳤다면,「들어오지 마시오」에서 현우는 외계 종족의 도움으로 자신의 내면에 존재하는 힘과 용기를 발견한다.

『우주의 속삭임』은 SF만의 재미있는 상상력을 통해 인간 내면에 존재하는 다양한 감정, 삶에 대한 성찰을 조곤조곤 들려준다. 그와 함께 어딘지 슬픔의 정서도 읽힌다. 그 슬픔이 아름답게 느껴지는 것은 인간과 비인간 모두가 감당하는 유한한 삶과 그 삶의 무게를 담담하게 그리기 때문이다. 인간과 비인간 중 누구도 폄하하지 않고 둘의 깊은 관계를 성찰하는 이야기들을 읽고 떠오른 단어는 '품위'다. 좋은 동화는 어린이에게 '품위'가 무엇인지 알려 준다.

동화로 사랑을 배워요

로맨스는 어른뿐 아니라 어린이에게도 큰 관심사다. 하지만 사랑을 테마로 그린 동화는 의외로 많지 않다. 청소년이 된 뒤에야 사랑에 눈뜰 만하다고 생각해서인지 사랑의 다양한 색깔에 관해 이야기하는 청소년소설은 종종 있지만, 동화에서 사랑을 본격적으로 다룬 경우는 많지 않다. 은근히 어린이에게 사랑 이야기를 들려주기 꺼리는 어른 독자를 의식해서가 아닐까?

사랑을 주제로 한 고학년 동화 중 주목할 만한 작품은 『최악의 최애』(다산어린이 2024)다. 6학년 한 학급 어린이들이 돌아가며 다섯 빛깔 로맨스의 주인공으로 등장하는 이 동화집은 어린이들이 느끼는 사랑의 감정을 귀엽다는 식으로 대상화하지 않고 어린이 눈높이로 잘 담아냈다. 한 해의 시간 흐름에 따라 이어지는 연작 이야기를 따라가 보자.

첫 번째 단편 「무지와 미지」는 '모른다'는 뜻의 이름을 가진 남자 어린이 무지(無知)와 '아직 알 수 없다'는 뜻의 이름을 가진 여자 어린이 미지(未知)의 이야기다. 반에서 가장 키가 작은 무지는 어느 날 반에서 가장 키가 큰 여자아이 미지에게 고백을 받는다. 처음에는 거절했지만 웬일인지 고백을 받은 이후 미지가 좋아지기 시작한다. 6학년 어린이들은 신체 발달상 여자아이가 남자아이보다 키가 큰 경우가 종종 있다. 또한 여자와 남자에 관한 사회적 고정 관념에 노출되면서 편견이 내면화되는 시기이기도 하다. "거인과 꼬마네. 잘 어울리는데." "둘 사이에 사다리 놔 줘야겠다." "같이 다니면 누나 동생으로 보이는 거 아니야?" "맞아. 너 남자 망신시키지 마라."(18면)라는 친구들의 말이 그런 고정 관념을 보여 준다. 이런 잘못된 생각을 뒤로하고, 키 크고 씩씩한 미지에게 마음이 열리는 무지의 마음을 담았다.

두 번째 단편 「눈인사를 건넬 시간」은 '네가 좋다.'라며 자꾸 우편함에 선물을 넣고 전화를 하는 덕형 때문에 고민에 빠진 수민의 이야기다. 덕형에게 이끌림의 감정을 느끼지 못하는 수민은 자신과의 거리를 좁히려는 덕형이 부담스럽다. 수민은 우연히 만난 옆집 할머니에게 이 사실을 털어놓고, 할머니의 조언 덕분에 어렵지만 용기를 내어 덕형에게 자신의 감정을 잘 설명한다. 그리고 타인에게 싫은 말을 해야 할 때가 있음을 배운다.

세 번째 단편 「그리고 한 바퀴 더」는 육상부에 소속된 준구의 이야기다. 육상부지만 6학년이 될 때까지 달리기에서 1등을 해 본 적이 없는 준구는 좋아하는 것만 하며 살 수는 없다는 아버지의 말을 듣고 육상부를 접기로 한다. 그런데 공교롭게도 같은 반 여자아이 가온이 체육 대회에서 준구와 이인삼각 달리기를 하겠다며 다가온다. 가온은 준구에게 준구가 달리는 모습을 보면서 준구와 달리기에 동시에 관심이 생겼다고 말한다. 준구는 아버지가 했던 말, "언제까지나 좋아하는 것만 하고 살 순 없잖아."(91면)를 따라 말하지만 가온은 이렇게 반박한다. "우리 태어난 지 10년 조금 넘었을 뿐인데 지금 좋아하는 걸 해야지, 언제 하려고. 앞으로 살날이 창창한데, 뭘 벌써 포기하냐?"(91~92면) 이 말을 듣고 준구도 생각을 바꾸어 자신이 좋아하는 것을 선택하기로 한다.

네 번째 단편 「확신의 확률」은 중고 거래 애플리케이션을 이용해 강아지 사료를 무료로 나눔하는 명지의 이야기다. 명지는 강아지 사료를 무료로 나누기 위해 만난, 키가 크고 안경을 쓴 남자아이 택이에게 한눈에 반한다. 명지는 용기를 내어 메시지를 보내고 서로 채팅을 하다가 택이가 같은 학교 4반 학생이라는 것을 알게 된다. 학교에서도 만날 수 있다는 기쁨도 잠시, 택이는 키만 컸지 6학년이 아닌 5학년 4반이었고 더구나 명지의 같은 반 친구 미지의 동생이었다. 명지는 택이가 연하라는 사실에 잠시 고민하지만 택이의 결석 소식에 걱정하는 자신을 발견한다. 자신이 택이를 얼마나 좋아하는지 깨달은 것이다. 그리고 '내가 좋아하는 사람이 나를 좋아하는 기적에 가까운 확률'의 기쁨을 기꺼이 누리기로 한다.

마지막 단편 「최악의 최애」는 아이돌 그룹 멤버 춘기를 좋아하는 진아의 부탁으로 팬 사인회에 동행하는 대한의 이야기다. 어릴 때부터 친구 사이였던 진아를 짝사랑해 온 대한은 팬 사인회에 가서 장애인인 진아를 돕게 된다. 대한이 느끼는 아이돌 그룹 멤버에 대한 마음과 그 멤버를 좋아하는 진아의 마음을 엮은 제목이 바로 '최악의 최애'다. 진아를 생각하는 대한의 마음이 멋지고, 진아의 장애를 담백하게 서술한 방식도 돋보인다.

이 단편들의 공통점은 우리 사회에 만연한 고정 관념이 어린이들의 삶과 무관하지 않음을 보여 준다는 것이다. 우리 사회에는 분명 남녀 사이를 바라보는 일종의 고정 관념이 존재한다. 작품들은 어린이 또한 세태에 노출되는 나이임을 알려 주는 한편 그것을 거스르려는 어린이의 용기를 함께 보여 준다. 그렇게 『최악의 최애』는 바로 '네'가 좋아하는 것이 무엇인지 생각하고 그것에 따라 행동하라는 삶의 본질적 의미를 돌아보게 해 준다.

이쯤 되면 어린이들의 사랑 이야기는 단순한 로맨스물이 아니다. 어린이들은 사랑을 통해 사람을, 관계를, 사회를 배운다. 사랑은 기존 사회에서 형성된 여러 생각을 재고할 수 있는 기회이며 사람과 사람 간의 관계에서 어떻게 행동하고 대해야 할지 익히는 시간이기도 하다. 우리는 흔히 책으로 무언가를 배우는 것을 희화화하지만, 동화를 읽으며 사랑을 포함해 사람을 대하는 다양한 상황을 미리 배우는 것은 앞으로 살아갈 세상을 준비하는 절호의 기회가 아닐까?

마법사를 믿습니까?

세상에서 일어나는 크고 작은 일들을 멋진 마법으로 해결해 주는 마법사들. '마법사'는 듣기만 해도 가슴 뛰는 단어다. 현실에서는 마법사를 만날 수 없지만 다행히 우리에겐 이야기의 세계가 있다. 마법사가 등장하는 판타지를 읽을 때면 마음부터 자유로워지고 즐거운 모험을 떠나는 기분이 든다.

'해리 포터' 신드롬이라는 세기적 사건 이후 마법과 마법사가 서양뿐 아니라 전세계에서 보편적인 이야기 모티프로 자리 잡았기에 한국 동화에서도 마법사를 충분히 흥미롭게 그려 낼 수 있다. 그중 김혜진은 '가느다란 마법사' 시리즈(사계절 2023~)를 통해 본격적인 판타지 세계를 창조하면서도 가볍고 발랄한 이야기로 우리에게 즐거움을 선사한다. 아래 소개할 마법사는 『가느다란 마법사와 진짜 못해 강아지』(2024)에 등장하는 가느다란 마법사다. '가느다란 마법사'는 '가느다란' 모습을 한 마법사일까, 아니면 '가느다'라는 이름을 가진 마법사일까. 이름만 들었을 뿐인데도 독자의 호기심이 발동한다.

'가느다란 마법사'는 시리즈의 첫 권 『가느다란 마법사와 아주 착한 타파하』(2023)에서 이미 자신의 존재를 알렸다. 작가는 '작가의 말' 「마법사를 믿습니까?」를 통해 '가나다라마바사'를 '가느다란 마법사'로 잘못 알아들으며 시작된 창작의 배경을 밝혔는데 참으로 동화작가다운 발상이다. 작품에 등장하는 마법의 책 '타파하'는 '아자차카타파하'를 '아주 착한 타파하'로 바꾸는 일종의 말놀이를 이끌어 낸다. 그러니까 이 동화를 유심히 읽어 보면 우리가 사용하는 '말'을 가지고 놀고 있음을 알 수 있다. 한국 어린이 독자가 모국어로 말놀이를 활용한 판타지를 읽으면 비슷한 테마라도 번역된 외국 판타지를 읽는 것과는 전혀 다른 즐거움을 느낄 수 있다.

큰 능력을 발휘하며 세상을 지배하려는 마법사도 있지만 작은 마을에서 우리의 이웃으로 사는 마법사도 있다. 이 작품에 등장하는 가느다란 마법사는 후자에 속한다. 가느다란 마법사는 가느다란 힘을 가지고 있다. 아주 가는 실이나 눈에 쉽게 보이지 않는 얇고 가느다란 것들로 마법을 부린다. 힘 있는 마법에 비하여 소소해 보이지만 그만큼 가깝게 느껴진다. 그는 이제 막 학교를 졸업한 초보 마법사로, 학교 도서관에서 탈출한 한 장의 종이이자 마법의 책인 ‘타파하’, 먼지 뭉치 ‘쓸모’와 함께 방앗간 위층에 살고 있다. 타파하는 종이에 하고 싶은 말을 써서 마법사나 사람들과 대화를 나눈다.

사건은 마법사가 동네 어린이들 이예, 허지, 유호, 김서를 만나며 본격적으로 펼쳐진다. 이들의 이름은 본래 세 글자지만 재미 삼아 서로의 이름을 마지막 한 글자씩 떼고 부르는 것이다. 마법사는 아이들이 이름을 부르는 방식이 ‘글자를 빼거나 더하는 마법’과 비슷하다며 반가워한다.

가느다란 마법사가 가장 잘하는 마법은 ‘못해’ 강아지를 다스리는 일인데, 이 강아지는 걱정이 많은 사람 앞에 나타난다. 강아지의 털에 걱정이 달라붙어 엉키면 강아지를 만난 사람은 더 이상 아무 일도 할 수 없게 된다. 이때 가느다란 마법사는 강아지의 엉킨 털을 정성껏 빗어 가느다란 털을 다듬어 준다. 그러는 동안 강아지의 털은 가지런해지고 사람들의 걱정도 강아지도 함께 사라진다. 걱정은 곧 사람들이 마음속으로 자신과 나누는 혼잣말이므로 역시 말과 연관이 있다.

어느 날 평소 학교에 대한 걱정이 많던 유호 앞에 못해 강아지가 나타나 유호가 등교하지 못하는 상황이 발생한다. 유호가 만난 강아지는 매우 크지만 마법사와 어린이들은 강아지의 털을 함께 가다듬어 걱정을 덜어 주기로 한다. 그런데 강아지는 알고 보니 진짜 못해 강아지가 아니라 가짜 못해 강아지로, 훨씬 무섭고 강력한 대상이었다. 마법사와 어린이들은 역할을 분담하여 사건을 해결하고자 하지만 사건은 더욱 커져만 간다. 그러다 결국 '설마'라는 단어로 만들어진 괴물을 만나게 된다. '설마'가 '사람 잡는 일'이 벌어진 것인데, 그 이유는 어린이들이 평소에 '설마'라는 말을 너무 많이 했기 때문이다.

"설마가 진짜 사람을 잡는 줄은 몰랐어요."

이예가 땀을 닦으며 말했다.

"보통 때는 안 잡는다. 평소엔 말을 잡고 있지. 안 이뤄지는 게 좋을 말들을 이뤄지지 않게 막아 준다. 그런데 너희는 그런 말을 너무 많이 했어. 그래서 설마가 못 버티게 된 거다. (…) 저기, 설마에게 붙은 딱딱한 조각들이 보이지? 그게 너희들이 한 말들이야."

(122~23면)

마법사와 어린이들은 괴상한 모습으로 나타난 '설마'에게 붙잡히지 않기 위해 그의 너덜너덜해진 구멍을 꿰매는 작전을 펼친다. 구멍을 꿰매려면 먼저 말로 엮은 긴 실이 필요하기에 어린이들은 끝말잇기를 해서 실을 만든다. 때로 잇기 어려운 단어를 말하는 바람에 자칫 말로 된 실이 끊어질 위기에 처하지만 마법의 책 타파하가 기지를 발휘해 자음과 모음의 모양과 위치를 돌려 새로운 단어로 만든다.

결론적으로 이 동화는 우리가 무의식적으로 사용하는 언어 습관 속에 얼마나 대단한 마법의 힘이 있는지를 교훈적이지 않은 흥미진진한 이야기 속에 자연스레 풀어놓는다. 우리가 오늘 생각 없이 말하는 문장이 어쩌면 내일의 삶에 영향을 주는 강력한 마법의 주문이 될 수도 있기에 말, 언어, 문장을 한 번 더 들여다보고 세심히 살펴 말해야 한다. 우리의 말이 미래가 될 수도 있음을 깨닫는 순간, 일상을 기적으로 만드는 언어의 마법사가 될 수 있다.

동화작가들이야말로 최고의 마법사다. 말이 가진 힘을 알고 다채로운 단어를 적재적소에 사용하여 이전에 없던 멋진 이야기를 창조하기 때문이다. 그리고 우리는 동화 마법사들 덕분에 집에서 안전하고 즐거운 모험을 떠날 수 있다. 동화 마법사들이 만든 이야기는 세상을 바꾸는 힘이 될 것이 분명하다.

호모 루덴스, 놀이하는 어린이들

강인송 장편동화 『알로하, 파!』

어린이의 특권 중 하나는 '놀이'다. 백여 년 전 방정환 선생이 '어린이'를 주목한 이래 아동문학 작가들은 어린이가 무엇인지 끊임없이 질문해 왔고, 그중에 나온 어린이에 관한 대표적 정의는 '놀이하는 어린이'다. 특히 1930년대 현덕이 쓴 단편동화집 『너하고 안 놀아』(창비 1995)를 비롯하여 이태준과 박태원의 동화, 윤석중과 윤복진의 동시를 읽어 보면 근대 초반 아동문학에서 어린이의 특징 중 하나로 놀이하는 어린이를 관찰하고 있음을 알 수 있다.

한 세기가 지난 지금, 어린이들은 여전히 잘 놀고 있을까? 어린이들에게 놀이는 단지 즐기기 위한 행위가 아니다. 어린이는 놀이를 하며 관계를 맺고, 갈등을 해결하는 법을 배우며 때로는 위로를 받기도 한다. 그래서 여전히 '노는 이야기'가 필요하다. 오늘날의 어린이는 어떻게 놀고 있으며, 또 어떻게 놀아야 할까?

강인송 장편동화 『알로하, 파!』(사계절 2024)에는 춤추며 노는 어린이가 등장한다. 춤은 요즘 어린이들이 가장 관심을 가지는 소재 중 하나다. 주인공 태양은 춤을 잘 추는 아이다. 태양은 언제나 완벽한 춤을 추기 위해 노력한다. 그러던 중 태양은 춤이 정확하기는 하지만 멋지지는 않으며, 춤추는 모습이 행복해 보이지 않는다는 말을 듣고 충격을 받아 춤추기를 중단한다. 이야기는 이렇게 출발한다.

춤 세계를 떠난 태양은 학교에서 친구 재재와 함께 있겠다는 단순한 생각으로 같은 동아리에 지원했는데, 그곳은 다름 아닌 훌라 댄스 동아리다. '후무후무누쿠누쿠아푸아아'라는 이상한 이름의 훌라 댄스 동아리에는 예전 회원들이 모두 탈퇴하여 동아리 팀장 리나만이 남아 있다. 작품은 태양이 우연히 가입한 훌라 댄스 동아리에서 활동하며 서서히 변화하는 과정을 그린다.

춤의 순서와 몸동작을 정확하게 익히려는 태양은 순서를 다 익히지 못하고 원을 반대로 돌면서도 웃고 즐거워하는 동아리

회원들을 이해하기 어렵다. 그럴 때마다 리나는 '알로하 정신'이라는 말을 꺼낸다. 알로하 정신은 조금 서툴러도 좋아하는 노래와 춤을 즐기고 서로의 부족함을 응원하며 배려하는 마음이다. 태양은 이러한 과정을 통해 춤을 다 함께 즐기는 법을 배운다. 완벽주의자 태양은 낙천주의자 태양, 친구들과 우정을 나누는 태양으로 성장한다.

이 작품의 제목 '알로하, 파!'에서 '파'는 하와이어로 '시작'을 뜻한다. 춤을 배우다 상처받은 태양은 훌라 댄스를 추기 시작하며 춤뿐만 아니라 생각과 마음까지 새롭게 다지게 된다.

리나가 고개를 끄덕였다.

"내 생각도 그래. 무조건 응원해 줄 거야. 널 좋아하니까."

맞다, 그걸 깜빡했다. 우리는 친구고, 좋아하는 사이다. 그러니까 무조건 서로를 응원할 수 있다. 앞으로도 그럴 거다. 애들 말을 들으니 확신이 섰다. 솔직하게 말할 용기, 그리고 이해받을 거란 믿음 말이다. (79면)

아이들은 훌라 댄스를 배우면서 자연과 인간을 엮어 서로를 살린다는 훌라 댄스의 의미를 알게 된다. 점점 훌라 댄스에 빠져든 태양, 리나, 재재는 자신들만의 훌라 페스티벌을 열기로 한다. 이들은 주체적으로, 무엇보다 즐겁게 페스티벌을 준비한다. 행사 장소를 물색하고 어른들에게 의사를 전달하고 프로그램을 기획하고 홍보 전단을 만드는 등 다양한 것을 배워 가는 과정에서 성장한다.

드디어 훌라 페스티벌 당일, 행사에서 가장 중요한 순서인 태양, 재재, 리나의 훌라 댄스 무대에서 스피커가 고장 나 음악이 나오지 않는 사고가 발생한다. 완벽주의자 태양의 입장에서 이는 완벽한 실패라고 할 수 있다. 그러나 이것이 정말 실패일까? 이 사건을 해결하며 태양은 더 값진 경험을 하게 된다.

이 작품의 또 다른 장점은 등장인물을 통해 고정 관념을 깨는 방식이다. 가령 태양은 할머니와 함께 산다. 그래서 '할머니와 사는 어린이'에 대해 조금 더 언급할 수도 있었을 텐데, 이 작품은 그저 다양한 가족 형태를 담백하게 보여 준다. 할머니 캐릭터 또한 손녀를 돌보는 힘든 모습보다는 요가와 차를 즐기는 멋진 모습으로 그린다. 또 재재는 남자 어린이다. 남자 어린이가 훌라 댄스를 즐기는 모습에 대해서도 몇 마디 더 할 수 있었을 텐데, 작가는 그렇게 하지 않는다. 소위 '정치적 올바름'에 대해 몇 마디 덧붙이는 대신 평범한 일상으로 그려 냄으로써 독자들에게 신뢰를 얻는다.

작품 속 등장인물들처럼 어린이는 놀면서 자라지만, 현실에서는 스스로 놀 줄 아는 어린이들을 만나기가 점점 어렵다. 키즈 카페나 놀이공원 등 만들어진 놀이 시설에서 놀아야 한다는 생각이 어쩌면 어린이들을 자발적으로 놀 수 없도록 만들어 버리는 게 아닐까? 놀이를 통해 주체적으로 성장하는 어린이들이 등장하는 동화를 더 자주 만나고 싶다.

책 읽는 여자, 요리하는 남자

채은하 장편동화 『이웃집 빙허각』

2024년 12월 10일 스웨덴 스톡홀름에서 열린 한강 작가의 노벨문학상 수상 연설에서 가장 기억에 남는 문장은 "과거가 현재를 도울 수 있는가? 죽은 자가 산 자를 구할 수 있는가?"라는 질문이었다. 이 문장을 들으면 역사가 무엇인지 다시 생각하게 된다. 한강의 물음은 5·18 광주민주화운동이나 제주 4·3 사건 같은 무거운 역사적 사건에 국한되지 않는다. 어린이 독자에게 과거의 이야기를 들려주는 동화 속 인물 중에도 우리를 조용히 돕는 이들이 있다.

『이웃집 빙허각』(창비 2024)은 『루호』(창비 2022)로 제26회 창비 '좋은 어린이책' 원고 공모 대상을 받은 채은하 작가의 역사 동화다. 이 작품은 조선 후기에 실존했던 여성 실학자인 '빙허각 이씨'의 사연을 담고 있다. 빙허각(憑虛閣), 즉 '어느 곳에도 기대지 않는다.'라는 뜻의 호를 가진 이 인물은 가정 살림에 관한 여러 지식을 모아 한글로 저술한 일종의 백과전서인 『규합총서』를 비롯해 다양한 글을 써서 '빙허각 전서'를 펴낸 인물이다.

역사동화에서 실존 인물을 그릴 때 동화작가는 고민에 빠진다. 실존 인물의 삶에서 후세에 알려진 업적은 주로 그가 성인이 된 후 이룬 것이기 때문에 어린이 독자의 눈높이를 고려한 문학적 변용이 필요하다. 또한 역사동화는 작가가 '과거'를 재료로 창작하는 문학이므로 시대와 인간에 대한 작가의 역사의식이 들어갈 수밖에 없다. 이처럼 역사동화는 생각보다 많은 것을 고려해야 하는 장르다.

이 작품은 어린이 독자가 빙허각의 삶에 더 가까이 다가갈 수 있도록 허구 인물인 덕주와 윤보를 등장시킨다. 여자아이인 덕주는 규수 수업을 받기를 기대하는 아버지에 의해 이웃집으로 보내진다. 그 이웃집에 사는 할머니가 바로 빙허각이다. 덕주의 아버지는 덕주가 얌전한 규수 수업을 받을 거라고 생각하지만 책을 읽는 것을 좋아하고 세상에 관심이 많은 덕주는 이웃집 할머니를 만나 비로소 자신이 꿈꾸던 삶에 한 발짝 접근한다.

덕주는 여성의 지혜를 모은 이야기를 쓰려고 한다는 할머니의 이야기를 듣는다. 그리고 세상에 오래 남을 글을 쓰려면 진서(眞書), 즉 한문으로 글을 써야 한다고 생각하던 할머니에게 여성과 백성이 쉽게 책을 읽을 수 있도록 한글로 쓰자고 제안한다. 할머니는 덕주의 모습에 빙그레 웃으며 덕주의 눈에 불이 담겨 있다고 말한다. 그 말은 의미심장하다. 눈에 불을 가졌던 사람은 다름 아닌 빙허각 자신이었기에 그는 덕주의 눈 속에 일렁이는 불을 볼 수 있었다.

여기서 눈 속에 일렁이는 불은 바로 욕망을 뜻한다. 조선 시대 여성은 지적 호기심이라는 욕망을 드러내기 쉽지 않았다. 중세부터 최근까지의 그림을 통해 독서의 역사를 이야기하는 책 『책 읽는 여자는 위험하다』(슈테판 볼만 지음, 웅진지식하우스 2006; 개정판 2012)의 제목이 말해 주듯 독서란 무지에서 벗어나 스스로 생각하는 힘을 발견하는 과정이다. 덕주는 빙허각이 책 쓰는 일을 돕기 시작하는데, 그때 쓴 책이 바로 『규합총서』다. 이 책은 주로 여성들의 영역이었던 식생활을 다루고 있으나, 그것을 여성 자신이 기록했다는 점에서 소중한 책일 뿐 아니라 가정 살림이나 식생활도 귀한 지식과 지혜임을 인식한 실학 사상에 기반한 저작이기도 하다. 이렇듯 이 동화는 실존 인물인 빙허각의 삶에 가까이 다가가고자 허구의 인물인 덕주를 창조하여, 두 사람을 자연스럽게 연결시킨다.

한편 과거 시험 공부를 위해 한양에서 온 소년 윤보는 돌아가신 어머니와 친분이 있던 빙허각에게 가끔 찾아와 속내를 털어놓고 위안을 얻는다. 윤보가 과거 공부보다 흥미로워하는 것은 바로 음식을 만드는 일이다. 윤보는 덕주, 빙허각과 함께 만두를 만들며 즐거워한다.

조선 시대에는 대부분 남성이 음식 만들기를 멀리해야 한다고 생각했기에, 윤보라는 인물은 남성 또한 성 역할 고정 관념에 갇힌 피해자가 될 수 있음을 보여 준다. 빙허각은 연암 박지원의 삶을 예로 들어 실학자인 남성들이 식생활에 많은 관심을 가지고 있었음을 이야기한다. 이 작품을 읽으며 남녀를 가두었던 성 역할 고정 관념에서 벗어나 자신이 원하는 길을 향하는 자유에 관해 성찰할 수 있다.

"아무래도 저 강물 때문에 그런가 봐요. 멀리까지 뻗은 강을 보면 나도 모르게 생각이 따라 흘러요. 세상은 넓고, 사람은 많고, 그 중의 절반은 여인일 텐데. 정말 그 많은 여인이 이리 똑같이 사나. 정말 모두가 고분고분 시키는 대로 사나 궁금해져요." (116면)

경직되고 고정된 성 역할은 우리 사회에 오래 이어져 왔지만 영원할 수는 없다. 현대 사회 들어 그러한 관념이 무너지면서 다양하고 행복한 개인의 삶이 당연한 세상이 되었다. '책 읽는 여자' '요리하는 남자'와 같은 표현이 진부하게 느껴지는 최근이지만, 그렇게 되기까지는 성 역할 고정 관념을 바꾸려 한 많은 이들이 있었다.

역사는 지식이나 딱딱한 숫자, 통계, 도표, 이미 박제된 이름이 아니라 살아 숨 쉬었던 사람들의 총체이며, 역사동화는 '과거가 현재를 돕고 죽은 자가 산 자를 구하는 모습'을 가장 잘 이해할 수 있는 장르다. 과거의 인물 중 누구를 호명할지, 그 호명된 인물을 어떤 시각에서 그려 낼지 결정하는 것이 바로 작가의 역사의식이다.

동화는 덕주가 '이추 선생'이라는 필명의 여성 소설가가 되었음을 암시하며 끝난다. 나는 덕주가 바로 『이웃집 빙허각』을 쓴 작가의 분신이 아닐까 싶었다. 즉 과거의 사람들이 작가를 도운 것이다. 그리고 이 동화를 읽은 어린이 또한 자신이 꿈꾸는 미래로 향하는 힘을 얻을 것이다. 과거가 현재를 만들었듯이 오늘의 우리도 내일의 누군가를 도울 수 있다. 그것을 가장 흥미진진하게 알려 주는 장르가 역사동화가 아닐까?

슬기로운 병원 생활

조우리 장편동화 『4×4의 세계』

나는 종종 어떤 상황을 가정하고 어린이와 어른이 각각 어떻게 다르게 행동할지 상상하곤 한다. 동화 평론을 쓰기 위해서는 어린이, 특히 지금을 사는 어린이의 시선과 감각을 계속 살펴야 하기 때문이다. 제29회 창비 '좋은 어린이책' 원고 공모 대상 수상작 『4×4의 세계』(창비 2025)는 이러한 고민을 발전시키기에 적절한 이야기로, 『오, 사랑』(사계절 2020), 『사과의 사생활』(위즈덤하우스 2023) 등의 청소년소설로 독자에게 성큼 다가섰던 조우리 작가가 새롭게 동화 장르에 도전한 작품이다. 『4×4의 세계』의 주요 공간은 병원이다. '4×4'(사 곱하기 사)는 침대에 오래 누워 지내는 주인공이 올려다보는 입원실 천장을 가리킨다. 병원 천장은 정사각형 패널로 이루어져 있는데, 주인공의 시야에서는 가로 네 개, 세로 네 개, 총 열여섯 개의 패널이 보인다.

어른들은 장기 입원 생활을 하는 어린이 환자를 보면 건강하게 학교에 다니는 어린이와 비교하며 안쓰럽다는 반응부터 보이고, 간병이나 경제적 상황 같은 현실 문제도 떠올릴 것이다. 당사자인 어린이는 어떨까. 주인공 제갈호는 부모님 대신 자신의 간병을 담당하는 할아버지에게 과도하게 미안해하지 않는다. 심부름도 떳떳하게 시키고 속으로 불만도 늘어놓는다. 할아버지에 대한 제갈호의 마음은 미안함보다는 고마움에 가깝다. 제갈호의 할아버지는 솔직하면서도 책임감과 유머를 동시에 갖춘 인물로 어린이가 마음 편히 돌봄을 받을 수 있도록 돕는다. 내가 동화에서 만난 멋진 어른 중 한 사람이다.

제갈호는 재활 치료를 해야 하는데, 이 또한 어른들의 시선으로는 힘들어 보이겠지만 제갈호의 마음은 다르다. 제갈호는 '로봇 치료'가 로봇이 해 주는 치료가 아니라 자신의 몸에 기계를 잔뜩 붙이고 허공에 매달려 다리를 움직이는 치료임을 알게 된다. 그리고 그러한 자신의 모습이 왠지 미래에서 온 사이보그처럼 보인다는 이유로 로봇 치료를 좋아하게 된다. 반면 '코끼리 자전거' 치료가 코끼리 모양의 재활 기구를 타는 치료인 줄 알고 좋아했다가 '코끼리'가 단지 재활 기구 회사의 이름이라는 사실을 알고 실망하기도 한다.

그러던 중 뜻밖의 사건이 발생한다. 어린이 병동 복도 한구석에 '꿈꾸는 도서관'이라는 이름의 작은 서가가 만들어진다. 심심한 제갈호는 책을 빌려 보다 동화 『클로디아의 비밀』(E. L. 코닉스버그 지음, 비룡소 2000)을 읽자마자 '최애' 책으로 정하는데, 우연히 책의 마지막 장에서 귀여운 강아지 그림을 발견한다. 누군가 자신이 읽은 책마다 강아지 그림으로 표시를 해 놓은 것이다. 제갈호가 그 페이지에 가로, 세로로 세 줄을 그어 4×4 패널 모양의 천장 그림을 그려 놓자, 강아지 그림의 주인은 '나 그거 뭔지 알아.'라며 포스트잇에 답장을 써서 책에 붙여 둔다. 가로라는 별명을 가진 제갈호는 강아지 그림을 그린 오새롬과 포스트잇으로 대화를 주고받게 되고, 오새롬에게 '세로'라는 별명도 붙여 준다. 가로와 세로, 즉 제갈호와 오새롬은 포스트잇으로 가로 세로 열여섯 칸의 빙고 판을 만들어 좋아하는 책부터 먹고 싶은 음식까지 써 넣으며 이야기를 나눈다. 병원에서 새 친구가 생긴 것이다. 이러한 시간을 거치며 제갈호의 '슬기로운 병원 생활'은 점점 흥미로워진다.

이 동화에는 어린이들이 건강해지길 바라며 어린이를 돕는 좋은 어른이 많이 나온다. 겉으로는 무뚝뚝해도 늦은 밤이면 잠든 환자의 병상에서 기도하는 제갈호의 주치의 선생님도 멋진 어른이다. 그는 어린이 환자를 자신의 소중한 파트너로 대하며 솔직하게 말해 준다.

"재활에 성공한다는 게 꼭 다시 걷는 것을 의미하는 건 아니야. 일상생활, 그러니까 네 자리로 돌아간다는 뜻이야. 네가 스스로 학교에 다니고 원하는 장소에 가고 네 몸을 어느 정도 네 힘으로 조절하고 통제할 수 있게 하는 게 재활의 핵심이야."

"그럼 이제 걷는 건 포기하는 건가요?"

"아직 그럴 단계는 아니야. 그렇지만 호야, 걷는 것보다 더 중요한 게 있어."

"그게 뭐예요?"

"살아가는 거야. 다시 살아가는 것. 너는 그걸 해내는 중이야."
(85~87면)

주치의 선생님의 말에서는 어린이를 진지하게 대하는 태도가 느껴진다. 어린이들은 이런 어른들 덕분에 자존감을 키우며 성장한다. 반면 어린이들의 마음을 다치게 하는 어른도 나온다. 그들은 어린이에게 '귀'와 '마음'이 있음을, 그리고 어린이의 마음속 상처는 어른의 그것보다 더 오래, 깊이 새겨진다는 것을 깨닫지 못하는 사람들이다.

제갈호와 오새롬의 우정은 어떻게 전개될까? 나는 동화를 읽는 동안 결말에 슬픈 일이 벌어질까 봐 마음을 졸였다. 제갈호에 비해 오새롬은 좀 더 심각한 상황이기 때문이다. 결국 제갈호는 퇴원하고, 오새롬의 병세는 예상할 수 없는 상태에서 이야기는 끝난다. 어쩌면 제갈호도 슬픈 미래를 예감할지 모르지만, 그러한 경험을 통과하며 제갈호는 세상을 다시 살아갈 것이다. 그리고 작품을 읽는 어린이도 나처럼 제갈호와 오새롬을 걱정하고 또 그들의 색다른 성장을 지켜볼 것이다.

세상사를 바라보는 어린이와 어른의 시선은 어떻게 다를까? 아는 것도, 경험한 것도 많은 어른들은 사건의 굽이굽이마다 걱정이 앞서 몸을 사린다. 그러나 어린이에게는 그가 속한 곳이 곧 삶의 전부다. 그래서 어린이들은 오늘 자신이 만난 세상에 마음과 에너지를 쏟아붓는다. 제갈호에게 '4×4의 세계'는 병원이라는 좁은 장소가 아니라 그가 마주한 온 우주였고, 힘든 투병 생활 속에서도 우정과 사랑, 기쁨과 추억을 얻었다. 어른인 나는 그런 어린이가 사는 법을 배우고 싶다.

$$4부$$

그리고 쓰고 말하는 대로

동시, 너는 누구니?

김개미 외 동시집 『미지의 아이』

동시 마을에 활기가 넘친다. 도발적인 어휘와 과감한 사유로 독자의 눈길을 사로잡는 시들이 최근 몇 년 동안 주목받고 있다. 『미지의 아이』(문학동네 2021)는 이러한 흐름 속에서 활발하게 활동하고 있는 다섯 명의 동시인이 함께 만들어 낸 작품집이다. 조금 성숙한 여자 어린이를 위한 시를 쓰고 싶었다는 정유경, 김개미, 임수현, 임복순, 송선미 작가의 동시에는 시인 저마다의 개성이 드러나면서, 최근 왜 동시가 빤하지 않아졌는지 그 연유를 밝힐 단서들이 포착된다.

동시집의 제목 '미지의 아이'를 키워드 삼아 각각의 시인이 발견한 어린이를 살펴보자. 먼저 정유경이 그리고자 하는 어린이는 '비밀이 많은 아이', 그래서 '신비로운 아이'다. 그간의 작품을 통해 어린이의 내면에 담긴 다양하고 미묘한 감정의 색깔을 그려 온 시인은 이번 동시에서 더욱 솔직한 내면을 보여 준다.

「진희가 머리를 자르고 온 날」에는 긴 머리를 짧게 자른 여자아이 진희를 보며 느끼는 어린이 화자의 심경이 "진희가 갑자기 머리를 자르고 와서 우리 반의 스타가 된 것 같아./그리고 어느 정도는 나의 스타도."(13면)라는 말로 표현된다. 진희를 바라보는 화자의 성별에 단서를 주지 않기에 독자들은 이 상황을 그야말로 퀴어(queer)하게 느끼게 된다. 오직 같은 반 친구에게 호감을 느끼는 순간만을 섬세하게 포착한 시다. 어린이들도 이처럼 단순하지 않고, 그래서 더욱 신비롭다.

김개미 시인은 몇 권의 동시집에서 어린이로 사는 것이 행복하지만은 않다고 이야기해 왔다. 김개미 시인의 미지의 아이는 어린이답다는 것은 무엇인지를 되묻는 것 같다. 사실 '어린이답다'는 말이야말로 동시의 세계에서 가장 경계해야 할 규범이다.

「아직 안 일어났어」에서 어린이 화자는 "나 아직 안 일어났어, 일어났는데 안 일어났어…… 말도 하고 눈도 떴지만 나 아직 안 일어났어."(26면)라고 랩처럼 중얼거린다. 이 시를 읽은 독자는 어린이든 어른이든 자신의 경험을 떠올리며 웃음을 지을 것이다. 그런데 조금 더 생각해 보면 어른은 일어났어도 누워 있을 자유가 있지만 어린이는 빨리 일어나라는 어른의 잔소리를 들어야 한다. 일어났지만 안 일어나고, 누워서 게으름을 누릴 자유는 좀처럼 허락되지 않는다. 이 시는 어린이의 신체가 어른에게 구속되어 있음을 넌지시 알려 준다.

「나란 할머니」는 어린이가 할머니가 되었을 때를 상상하는 시다. 어린이 화자는 할머니가 되어도 "친한 친구들과 키득거리며 맛있는 걸 먹으러 갈 거고, 새로 산 청바지를 입고 스니커즈를 신고 거울 앞에"(40면) 설 것이라고 말한다. 노인에 대한 고정 관념에서 벗어나도록 도울 뿐 아니라 할머니나 어린이에 대한 고정된 이미지를 의심하게 만든다. 나아가 어린이, 어른, 노년은 연대기 순으로 이어지는 것이 아니라 어쩌면 내면 공간에 옹기종기 모여 있다가 각자의 역할에 맞추어 나타나는 페르소나 같은 것일지도 모른다는 상상까지 펴게 만든다.

임수현 시인이 그리는 미지의 아이는 '내가 누구인지, 어디까지가 나인지' 아직 결정되지 않은 아이다. 시인은 동시집 해설에서 미지의 아이는 '미완성의 아이'라고 이야기하며 미결정성을 흥미로운 상태로 새롭게 주목한다. 어쩌면 '미완성'의 상태를 누리라고까지 말하는 듯하다.

「도마뱀은 도마뱀」에서 어디까지가 꼬리인지, 어디까지가 머리인지 불분명한 도마뱀을 보면서도 화자는 "난 어디까지 나인지 궁금하지 않아"(52면)라고 말한다. 나의 모습을 섣불리 규정짓거나 예상하기보다는 변화의 가능성을 품고 있는 현재에 더 큰 의미를 두는 듯하다.

임복순 시인이 그리는 미지의 아이 역시 알 듯 모를 듯한 아이다. 그러나 임수현 시인의 동시와는 달리 그의 시에는 '내가 누구인지 몹시 궁금해하는 아이', 즉 정체성을 만들어 나가는 아이가 나타난다.

'나'는 우진이가 내게 던진 "꿀 떨어지는 사람"(「꿀 떨어지는 소리」, 78면)이라는 소리를 되새기기도 하고 빵 속에 든 게 별로 없는데도 맛있는 빵을 먹으며 "속에 든 건 별로 없지만 친구에게 인기는 많은, 좀 멋지단 소리를 듣는"(「한 빵 먹이기」, 77면) '나'를 흐뭇해하기도 한다. 그렇게 '나'를 열심히 궁금해하다 보니 어느새 큰 감의 무게를 이기지 못하고 부러진 감나무의 가지를 보면서 "상처를 단단히 각오"(「그런 감」, 85면)하는 자신을 발견한다.

마지막으로 송선미 시인에 따르면 그의 미지의 아이는 '나'일 수도 '너'일 수도 동시에 우리일 수도 있다고 한다. 그런데 나는 그의 시에서 미지의 아이보다 '나'와 '너'와 '우리'를 만들어나가는 글쓰기 방식에 더 주목하고 싶다.

"난 지금 네가 궁금한 연필이니까 네 방문이 잠겨 있다면 그 방 옆에 내 방을 그려" 두겠다며 수다 나누듯 그림을 그려 나가고(「소곤소곤 집 그리기」, 100면), 하얀 종이에 내 얼굴을 그리며 조금씩 변화하는 순간을 포착하며(「내 얼굴 그림」), "단단하고 까만 씨앗 연두 손바닥"으로 자랄 수 있도록(「마주 보는 문장으로 풀어 주자」, 104면) 눈에 보이는 것들을 문장으로 풀어낸다. 동시 속 화자가 그리고, 쓰고, 말하는 대로 형태가 이루어져 간다. 어린이들의 삶도 그렇게 만들어질 것이고, 동시도 그렇게 완성되어 갈 것이다.

동시집 『미지의 아이』는 송선미 시인의 시 「누구, 미지의 소이」의 마지막 구절, "소이, 너는 누구니?"로(107면) 끝난다. 이는 어린이라는 존재를 탐구하는 시인들의 고민이 담긴 질문이다. 어린이를 편견의 구속에서 풀어내고, 어린이라는 시기 자체를 있는 그대로 삶에서 의미 있는 시간으로 재배치하려는 노력이 동시집 곳곳에서 엿보인다. 새삼 '동시, 너는 누구니?'라고 물으며 동시집을 뒤적이게 된다.

혼자 있는 동안 어린이들은 결코 혼자가 아니다

임수현 동시집 『코뿔소 모자 씌우기』

'심심함'과 '외로움'의 차이는 무엇일까? 국어사전을 찾아보니 '심심하다'에는 '할 일이 없어 지루하고 따분하다', '외롭다'에는 '혼자 있거나 의지할 대상이 없어 고독하고 쓸쓸한 상태에 있다'라는 풀이가 붙어 있다. 그러니까 심심한 것은 '할 일'이 없는 것이고 외로운 것은 '의지할 사람'이 없는 것이란다.

그렇다면 어린이들도 심심한 것이 아니라 외로울 때도 있을 것이다. 하지만 어린이들은 대체로 외롭다는 말보다 심심하다는 말을 더 많이 쓴다. 실제로 심심할 때가 많기 때문일 수도 있지만, 혹시 어린이들이 외로움이라는 감정을 심심하다는 단어로 대체해 사용하고 있는 것은 아닐까? 또한 그것은 어린이들은 외롭지 않을 것이라는 오해나 외로워서는 안 된다는 선입견 때문에 일어나는 현상이 아닐까.

여기, 외로운 아이들이 있다. 제27회 창비 '좋은 어린이책' 원고 공모 수상작인 임수현 동시집 『코뿔소 모자 씌우기』(창비 2023)에 등장하는 어린이들이다. 이 동시집을 읽으면 역시 외로움은 어린이들에게도 피할 수 없는 감정이며 나아가 어쩌면 꼭 필요한 마음이 아닐까 싶기도 하다. 외로움은 내면에 숨어 있는 또 다른 자아 혹은 타자를 만날 수 있는 기회이고 눈여겨보지 않던 존재를 돌아보는 시간이며 의미 있는 시공간을 찾아 나서는 모험을 선사하기 때문이다.

"엄마 기다리다 엎드려 잠든 머리맡에/텔레비전 켜 두고 혼자 잠든 할머니 곁에/추위에 떨고 있는 길고양이 위에"(「달빛이 풀려 나오는 밤」, 16면)라는 시처럼 어린이는 외로워지고 나서야 비로소 깊은 밤 달빛의 위로를 느끼고, 혼자 잠든 할머니와 추운 길 위의 고양이를 돌아볼 수 있게 된다.

이 동시집 속 어린이들은 외로움을 느끼는 다양한 존재를 만난다. "아마도 도깨비는/외로운 게 분명해/그러지 않고서야 밤새 노래를 부를 리 없잖아"(「이상하고 아름다운 도깨비 나라」, 24면)라고 도깨비가 밤새 노래를 부르는 이유를 외로움 때문이라 말하고, 산속에 혼자 노는 토끼는 하나도 안 심심하다고 우기지만 눈이 빨개진 채 누군가가 "너 울어?"라고 물어봐 주기를, 그러면 "노을을 너무 오래 봐서 그래"라고 말해 주기를 기다린다.

때로는 눈사람 아빠랑 눈싸움을 하며 놀다가 "돌아보니 아빠는 어느새 녹아 사라지고/등으로 쏟아지는 눈가루만이/풀풀 날리고 있"(「눈사람 아빠」, 83면)는 쓸쓸한 장면과 마주한다. "아주 깊은 산속 미끄럼틀이 혼자 있다고 생각해 봐/아무도 찾아오지 않아 미끄럼틀은 외로웠을까"(「미끄럼틀 기분」, 88면)라고 사물을 의인화하여 홀로 있는 풍경을 드러내기도 한다. 동시 속의 존재들은 곧 '나'의 친구 혹은 '나'의 마음이 되어 존재와 부재가 만들어 내는 감정의 파고를 넘나든다.

특히 이 동시집에서 자주 등장하는 것은 '나'의 외로움과 묘하게 겹치는 할머니들의 외로움이다.

애야, 세상에서 가장 긴 노래를 들려주마
길고 길어서 언제 끝날지 모르는
부르다가 잠이 드는 노래란다

수제비 반죽을 하면서도 부르고
빨래를 하면서도 부르고
마늘을 까면서도 부르는 노래란다

노래의 끝은 조금씩 달라

이렇게 저렇게 불러도 다 괜찮은 돌림 노래란다

(중략)

누구도 끝까지 들어 본 적 없고

누구도 끝까지 불러 본 적 없는

이 노래의 끝은 아무도 모르는 찔레꽃 노래란다

피고 지고

지면 피는

—「찔레꽃 할머니의 노래」전문 (28~29면)

할머니들이 있는 풍경과 어린이가 있는 풍경이 겹치는 것은 둘 다 바쁘게 살아가는 청장년 세대와 조금 떨어진 자리에 위치하며, 좁은 생활반경에서 산다는 공통점이 있기 때문이다. 『코뿔소 모자 씌우기』 속의 몇몇 시편은 유년과 노년의 시간이 멀리 떨어져 있는 듯 보이지만 의외로 가깝게 이어져 있음을 알려 준다.

또한 동시 속 어린이들은 '달빛이 풀려 나오는 밤'의 시간과 겨울나무가 꽝꽝 얼어 버린 '꽝꽝 호수', '캄캄한 밤에 불을 환하게 밝히고 껌벅껌벅 졸며 비행기 오기만을 기다리는 활주로가 있는 공항' '사과 한 알 가방에 넣고 떠날 수 있는 햇빛 가득한 해변'과 같은 시공간에 머문다. 무심히 지나쳤던 공간이 마음을 머금은 장소가 되어 차곡차곡 자신만의 이야기를 풀어낸다.

이제 외로움은 예외적이거나 특별하지 않은, 누구나 느끼는 보편적 감정이 된다. 이 동시집에는 유독 옛이야기와 오래된 노래에서 가져온 제목이나 모티프가 눈에 띈다. 「이상하고 아름다운 도깨비나라」 「넓고 넓은 바닷가에 오막살이 집 한 채」 「빙고라지요」, "누구라도 물어봐 주면 밤새워 옹달샘 있는 데를 알려"(「하나도 안 심심한 토끼」, 77면) 주겠다는 토끼 등 몇 세대를 넘어 구전되어 온 노래를 가져와 외로움이 얼마나 오래 우리 주위를 묵묵히 지켜 왔는지 알려 준다.

어린이들은 결코 약하지 않다. 그림책 『알도』(존 버닝햄 지음, 시공주니어 2017)의 주인공처럼 어린이들은 외로울 때면 보이지 않는 소중한 대상을 찾아 보듬으며 푸른 나무처럼 자라났다. 친구나 가족과 함께하는 시간은 즐겁지만 때론 혼자만의 시간도 필요하다. 홀로 있는 시간이 어린이를 단단하게 만들 것이다. 혼자 있는 동안 어린이들은 결코 혼자가 아니다.

무서워하는 아이가 무서운 아이를 만나 영원을 엿보다

김개미 동시집 『드라큘라의 시』

'초자연적인, 유령 같은'이라는 뜻을 가진 '언캐니'(uncanny)라는 영어 단어는 문학에서 독자에게 존재와 세상에 대한 낯설고 기이한 느낌을 전달하고 싶을 때 종종 사용된다. 우리는 밤길을 걷다가 무서운 것을 보았을 때 손으로 두 눈을 가리면서도 살며시 손가락 사이로 궁금한 것을 엿본다. 호기심은 무서움을 이긴다. 우리는 기이하고 낯선 것을 피하고 싶지만 그것은 매혹적인 향기로 우리를 유혹한다.

김개미 시인의 동시집 『드라큘라의 시』(천개의바람 2023)에 나오는 드라큘라도 대표적으로 '언캐니한' 존재일 것이다. 시인은 이 낯선 화자를 데려와 어린이 독자에게 어떤 이야기를 들려주고 싶었던 걸까? 여러 동시가 낯선 대상에 우리의 마음을 투사하려 시도했듯 드라큘라 또한 우리의 모습이 될 수 있다. 드라큘라, 좀비, 괴물, 외계인 등 최근 우리 문학에 자주 등장하는 존재들은 타자라는 공통점이 있다. 우리는 그것들을 두려워하며 가장 외부의 타자로 미뤄 두었고, 몇 년 전부터 우리의 친구이자 이웃으로 여기는 이야기로 탄생시켰으며, 최근에는 그 타자가 바로 나의 내부에 있다는, 다양한 마음 한쪽을 반영하는 담론으로 만들어 냈다. 『드라큘라의 시』 역시 그러한 흐름에 놓여 있다.

동시집은 총 4부로 구성되었는데, 각각의 동시도 좋지만 동시들의 배치가 절묘하다. 시인은 총 4부의 시편을 모아 '나'와 '너' 그리고 '우리'의 모습을 소환한다. 1부의 키워드는 '두려움'이다. 그 두려움은 "아무도 없는 방에/혼자 있고 싶은 누군가"(「들어가지 마」, 12면)가 있다고 상상하거나 화장실에 간 사이 "누가 몰래 와서" "네 글씨랑 똑같이"(「화장실에 가지 마」, 14면) 일기장에 글을 쓸지도 모른다고 생각하는 등 타자의 흔적을 예민하게 포착하는 것으로 나타난다. 때론 "다리보다 먼저 깨어/꿈속에서 도망쳐 나오는 내 다리"(「악몽」, 8면)를 보는 공포스러운 이미지를 가져오기도 하며 '내'가 무서워하는 존재가 바로 '나'라는 아이러니한 순간이 엿보이기도 한다. 1부의 시들은 낯설고 비가시화된 존재를 감지하는 순간들로 이루어져 있다.

2부의 키워드는 '외로움'이다. 화자는 자신이 만난 보이지 않는 존재를 온전히 그려 내고자 한다. '드라큘라'가 가진 정체성은 '외로움'이다. 너와 "다르지 않아"(38면)라고 말하며 "내 이름을 불러 줘요"(「노크」, 40면)라고 외치거나 "이 밤, 누가 나를 부르지?"(「누가 부르지?」, 42면)라며 대화를 청한다. 그러나 「해가 지고 하늘에 떠가는 구름을 보았다」라는 시의 전문, "또 나만 남았다"(57면)처럼 드라큘라라는 존재에게는 혼자 남을 수밖에 없는 운명의 속성이 깃들어 있다.

3부의 키워드는 '너와 나'이다. 이제 드라큘라의 존재는 곧 '내'가 된다. '나'는 '내' 안의 드라큘라를 응시하며 함께 '우리'로 살고자 한다. 그 친구는 「그리운 냄새」(60면)에서처럼 후각이나 「누군가 노래를 불러서」(64면)에서처럼 청각적 이미지로 다가오기도 한다. 「따뜻한 달걀을 쥐고 있으면」(70면)이란 제목의 시는 "달걀도 내 손을 잡고 있는 것 같다"라는 문장이 시의 전문이다. 달걀과 손을 잡고 따뜻한 온기를 느끼는 것처럼 이제 드라큘라는 '나'의 친구가 되고, 그 친구는 곧 '내' 안의 자아다.

여기까지 읽고 나는 4부를 읽기 전에 잠시 상상해 보았다.

‘내’ 안의 ‘너’와 ‘내’가 따뜻하게 만났다면 더 이상 무슨 이야기
가 필요할까? 그런데 동시집은 놀랍게도 4부에서 ‘내’ 안의 드
라큘라가 새로운 시선으로 세상을 바라보는 지점을 노래한다.

가만히 있는 것처럼 보이지만
일하고 있다

누가 광장을 지나
집으로 가는지

누가 교회 앞마당에서
장미를 꺾는지

누가 다리를 떨면서
친구를 기다리는지

그들이 점심에 먹은 요리와
후식으로 마신 차

그들의 걸음걸이와 표정

그들의 기분과 체온

무거운 커튼 뒤에서
죽은 것처럼 보이지만

난 집중하고 있다
바람을 분석하고 있다.

—「일하고 있어」 전문 (86면)

드라큘라가 되어 세상을 바라보는 것은 시인의 시선으로 세상을 보는 것이다. '내' 안에 낯선 존재를 받아들여 보이지 않는 바람과 사람들의 발걸음과 기분과 체온까지 분석하는 것. 드라큘라는 곧 시인이며 영원히 경계에 선 존재다. "너의 낮은 나의 밤, 너의 밤은 나의 낮"(「관 속의 잠」, 84면)이 되고 달이 뜨고 부엉이가 우는 밤을 사는 존재가 된다. 시인의 삶은 유한하나 그가 드라큘라의 페르소나를 입고 쓴 시는 영원하다. 덕분에 독자들도 영원의 세계를 엿보는 경이로움을 누린다. 드라큘라를 무서워하던 어린이들은 드라큘라라는 무서운 아이를 만난 뒤 볼 수 없던 세상을 본다.

'언캐니'는 낯선 것을 응시하려는 용기를 낸다면 더 많은

세계를 발견할 수 있음을 알려 주는 단어이기도 하다. 놀랍게
도 이 단어에는 '초자연적인 능력'이라는 뜻도 있는데, 이때의
'능력'이란 세상을 살며 다른 세상을 볼 수 있는 능력일 것이
다. 나도, 여러분도, 어린이들도 드라큘라가 될 수 있다는 상상
이야말로 이 동시집이 들려주는 놀라운 메시지일 것이다.

예민한 아이(I)가 부르는 노래

임희진 동시집 『삼각뿔 속의 잠』

자기 보고서 형식의 성격 심리 검사인 MBTI 검사의 신뢰성에 대해서는 의견이 분분하지만 외향적 성향과 내향적 성향을 나누는 'E'와' 'I'의 척도는 대체로 인정을 하는 듯싶다. 그리고 내 생각에 글을 쓰는 작가나 책을 좋아하는 독자 중에는 I 성향이 많을 것 같다. 글을 쓰거나 책을 읽는 시간, 즉 혼자 있는 시간을 견디고 즐길 수 있어야 하기 때문이다.

내성적인 어린이가 등장하는 동화나 동시는 적지 않은 편이다. 내성적 성향의 어린이가 친구에게 먼저 손 내밀어 관계 맺기를 배우는 이야기가 어린이에게 필요하기도 하지만, 어린이는 누구나 친구와 잘 놀고 명랑하다는 고정 관념이 해체되면서 '외로운 어린이'를 발견했기 때문이기도 하다. 특히 최근 동시에서 이러한 경향이 두드러진다. 『삼각뿔 속의 잠』(문학동네 2024)에 등장하는 어린이 역시 소심하고 말 없는 아이로, MBTI로 구분하자면 극히 I 성향이라고 할 수 있다.

이 동시집은 '잠'을 역삼각형 모양의 삼각뿔 아래쪽 모서리에 담긴 것으로 표현하는 표제작에서부터 아슬아슬한 잠을 청해야 하는 예민한 아이를 그린다. 특이한 이름이 불려 타인에게 주목받고 싶지 않은 아이, 부끄러움이 많은 아이, 자신이 서 있는 곳이 자기 자리가 맞는지 늘 살피는 아이가 등장한다. 「예민한 아이」에 나오는 "내 신경은 고성능 안테나라서/사람들 기분을 살피느라 늘 곤두서 있어"(26면)라는 말이 이러한 어린이의 모습을 잘 요약한다. 여러 시에 이러한 성격을 이해해야 공감 가능한 에피소드들이 담겨 있다.

내향적인 어린이들은 친구와 어울리기 어려워한다. 「무표정한 o」에서 아이는 생일 파티에 초대한 친구의 답신 문자를 보며 긍정의 신호인지, 마지못해 대답하는 것인지 고민한다. 「우린 아직 친구일까」에서는 새 학기가 되어 작년까지 친했던 친구를 쉬는 시간에 찾아가지만 벌써 새로 사귄 친구와 웃고 있는 모습을 보며 '친구의 유효 기간'에 대해 생각한다. 「아직 있어」에서는 교실에 남아 있는 전학 간 친구의 흔적을 보며 몸은 멀리 있지만 마음은 아직 함께하고 있다고 느낀다.

위처럼 타인과의 관계를 절묘하게 표현한 시가 「꼬마야 꼬마야」다. 우리 모두 알고 있듯 이 시의 제목은 여럿이 모여 줄넘기를 할 때 부르는 노래의 제목과 같다. 이 놀이의 성공 비결은 여럿이 줄을 돌리면 적당한 순간 한 사람씩 들어와서 줄을 넘다가 빠지는 '타이밍'이다. 오래전 유행어가 된 '낄끼빠빠' 역시 '낄 때 끼고 빠질 때 빠져라'의 줄임말로 타인과의 관계에서 살펴야 할 '눈치'를 뜻한다. 타이밍이나 눈치 같은 사회적 감각은 공동체 생활을 통해 길러지며 어린이 시절부터 조금씩 배워 나간다.

또옥 똑 누구십니까?
꼬마입니다
들어오세요

한 꼬마, 두 꼬마, 세 꼬마
리듬 타다 자연스럽게
줄 안으로 끼어들었어

하나 두울 세엣 네엣

뒤로 돌고, 땅도 짚고, 만세도 부르는데

갑자기 멈춰 버린 노래

다른 꼬마들은 말 안 해도 통하던데

눈빛으로도, 표정으로도

남은 노래는 한 줄뿐이야

꼬마야, 꼬마야, 잘 가거라

—「꼬마야 꼬마야」 전문 (66면)

친구들과 함께 놀 때 그들의 들어오라는 신호와 눈빛, 표정을 잘 읽어 내지 못하면 관계에서 소외될지 모른다는 걱정이 "꼬마야, 꼬마야, 잘 가거라"라는 마지막 문장에 담겨 있다.

역설적이게도 이러한 아이에게는 혼자 있는 시간이 꼭 필요하다. 고독한 시간을 보내며 자신의 마음을 읽고 세상과의 거리를 가늠하는 법을 배우기 때문이다. 또한 그 시간을 통해 타인과의 관계에서 받았거나 받을 수도 있는 상처를 치유할 수도 있다. 이들에게는 동시집에 등장하는 '밤'이라는 시간, '미로'나 '우물' 같은 공간이 필요하다. 시 속 화자는 미로에서 한쪽 벽에 손을 짚고 끝까지 걸어서 통과하겠다고 다짐하고,

'내' 안에 있는 다양한 '나'를 '퍼즐 조각'에 비유하여 '내'가 어떤 사람인지 배우며, 자기 내면을 깊은 우물에 비유하여 누군가가 다가와 주길 기대한다.

특히 「별 그리기」라는 시의 "다섯을 천천히 세면 큰 별이 되고/빨리 세면 작은 별이 되는 거야"(11면)라는 문장에 나오는 부사 '천천히'와 '빨리'에 조금 더 주목할 필요가 있다. '천천히' 혹은 '빨리'는 타인과의 관계에서 아직 익숙하지 않은 '타이밍'과 '리듬'을 자기만의 속도로 설정하고자 하는 자연스러운 의지의 표현이다.

지나친 예민함이 좋은 것은 아니다. 하지만 I 성향의 아이는 이 동시집을 읽으며 문학이 선사하는 위안을 받을 수 있다. 나아가 우리 모두 타인을 대할 때 어느 정도의 조심스러움, '똑똑' 노크하는 시간적 거리가 있어야 아름다운 관계를 유지할 수 있다. 타인을 고려하지 않고 모든 관계를 본인 위주로 주도하는 사람은 이러한 거리 감각을 생각하지 못한다. 어린이 시기에 배우는 타인과의 관계는 성인이 되어 예의의 문제로 연결된다. 타인에게 어떠한 속도와 밀도로 다가갈지 함께 생각해 보면 좋겠다.

동화 속 그림의 영역은 어디까지일까

이지수·이지아 동화 『참새의 신부가 되었습니다』

오래된 나무가 많은 동네에 살아서인지 아침이면 다양한 새들이 지저귀는 소리에 잠을 깬다. 주로 이른 아침과 초저녁에 많이 들리는 새소리는 참새나 멧비둘기, 까마귀 소리처럼 익숙한 경우도 있지만 알 수 없는 새소리도 적지 않아 어떤 새인지 궁금하기도 하고 나의 무지함이 부끄럽기도 하다. 가만히 들어 보면 같은 새가 내는 소리라도 항상 비슷하지는 않다. 평화롭게 지저귀는 소리도 들리지만 때로는 매우 높고 다급한 소리도 들려와 뭔가 중요한 의사를 전달하고 있다는 느낌을 받기도 한다. 새들의 소리를 알아들을 수 있으면 얼마나 좋을까?

새의 소리를 듣게 된 어린이의 이야기인 『참새의 신부가 되었습니다』(책읽는곰 2023)에는 그런 상상력이 담겨 있다. 주인공은 초등학교 5학년 문솔이다. 사연은 이렇다. 어느 날 문솔은 유리창에 부딪쳐 기절한 참새를 도와주었는데 도움을 받아 깨어난 참새왕국의 왕자 치르쿠쿠가 문솔에게 반해 왕국의 왕관까지 가져와 결혼반지로 선물하며 청혼을 한다. 그런데 이 사건 이후 문솔은 참새 왕자의 소리뿐 아니라 다양한 새소리를 알아듣게 된다. 새들의 소리를 듣는 것은 신기하고 재미있는 경험이지만, 새들이 자신들의 소리를 알아듣는 문솔에게 갖가지 부탁을 하면서 뜻하지 않은 사건이 벌어지기도 한다.

나는 결국 새들의 수다에 귀를 기울이고 있었지. 어딜 가나 같이 수다 떨 친구가 있어서 더는 외롭지 않았어.
직박구리들은 아침마다 아파트 놀이터에서 재잘재잘 반상회를 열었고,
찌르레기 형제들은 아침부터 티격태격 시끄러웠지.
나는 새들과 이야기 나누는 재미에 푹 빠져 쉬는 시간마다 창문에 붙어 있기 일쑤였어. (57~60면)

문솔은 어느새 자신의 친구가 인간으로 한정되지 않음을 깨

닫는다. 이 동화에 등장하는 참새, 제비, 직박구리, 찌르레기, 까마귀와 같은 다양한 새들을 포함하여 우리가 주변에서 만나는 동물과 나무와 꽃까지 모두 우리의 친구가 될 수 있다. 이들과 친구가 될 수 있다고 생각하니 어딘지 마음이 풍요로워지는 듯하다.

이 이야기를 읽으면 인간과 동물, 인간과 자연이 모두 친구였던 근대 이전의 세상, 그리고 그런 이야기를 담은 옛이야기들이 생각난다. 동물인 왕자가 여자 주인공에게 청혼을 한다는 점에서 이 이야기는 그림 형제가 수집한 서양 옛이야기 「개구리 왕자」를 닮았고, 왕자를 구해 주자 반지를 들고 찾아오는 장면에서는 한국 옛이야기 「흥부와 놀부」의 은혜 갚은 제비가 떠오르기도 한다. 사실 옛이야기만 떠올려도 인간과 자연 그리고 동물들은 매우 가깝게 지내던 사이임을 알 수 있다. 인간이 지구의 주인 행세를 하기 시작한 것은 근대에 들어선 이후다.

최근 신유물론이나 포스트휴머니즘 철학에서 비인간과 인간의 새로운 관계에 대해 활발하게 이야기하고 있다. 인간중심주의를 반성하는 담론이 살아나면서 인간과 자연의 관계를 돌아보게 된 것이다. 이러한 철학은 애니미즘적 상상력이나 의인화에 가볍게 주목하는가 하면 '식물 되기' '동물 되기' 같은 방법을 통해 인간과 자연의 교감을 넓히기도 한다. 최근에서야 일반문학과 SF를 중심으로 나타나는 이러한 경향과 견줄 때, 아동문학에서의 의인화나 자연·비인간과의 소통과 교감은 매우 일반적이며 오랜 시간 꾸준히 지속되어 왔다.

이 동화가 지닌 또 하나의 매력은 그림에 있다. 독자들은 책을 펼치는 순간 깜짝 놀랄 수밖에 없는데, 동화의 그림이 기존 삽화의 범위를 넘어 매우 적극적으로 이야기에 개입하고 있기 때문이다. 이 책을 만들 때 어린이의 즐거움을 가장 먼저 생각했다는 책 소개처럼, 책 속 그림들을 보면 독자에게 즐거움을 주려는 의지를 확실히 전달받을 수 있다.

글이 서사를 끌고 간다면 그림은 말풍선을 적극적으로 활용해 인물들의 대화를 표현한다. 문솔, 참새 왕자 치르쿠쿠, 그리고 다양한 새들과의 대화를 만화처럼 읽을 수 있다. 한 챕터가 끝날 때마다 앞뒤의 이야기를 요약하고 다음 챕터와 연결하는 네 컷 만화 또한 잠시 이야기에서 빠져나와 여유 있게 넘어가는 재미를 준다. 중간중간 숨은그림찾기나 미로 게임, 퀴즈 등을 실어 독자에게 책을 통해 즐길 수 있는 다양한 활동을 제안하기도 한다.

동화와 만화의 경계를 허문 책이 나온 것이 어제오늘 일은 아니다. 대표적인 동화로 강경수 작가의 '코드네임' 시리즈(시공주니어)가 있는데, 2017년 『코드네임 X』를 시작으로 2023년 열 번째 책인 『굿바이 코드네임』까지 출간되었다. 외국 동화인 '나무 집' 시리즈(앤디 그리피스 지음, 시공주니어 2015~24)도 이야기와 그림의 상관관계가 매우 높다. 동화 속에서 그림은 점점 적극적으로 이야기에 개입하는 추세다. 동화 속 그림의 영역은 어디까지인지, 이러한 경향은 앞으로 어떻게 발전해 나갈지 궁금하다.

『참새의 신부가 되었습니다』는 참새 왕자가 인간으로 변신하고 전학생이 되어 문술의 교실에 등장하며 끝난다. 청혼을 단호하게 거절한 문술 앞에 칠구라는 이름의 인간으로 변신하여 등장한 치르쿠쿠 왕자, 축구를 잘하는 같은 반 친구 우진, 그리고 우진을 좋아하는 문술. 이 셋의 삼각관계는 과연 어떻게 발전할까? 동화를 읽으며 줄거리를 생각해 보면, '참새의 신부'가 되었다는 제목은 실제의 스토리보다는 인간과 자연이 새로운 관계를 맺자는 은유나 다짐이 아닐까 싶다.

이 동화를 읽은 다음부터 아침에 들리는 새소리가 예사롭지 않게 들린다. 지금 원고를 쓰고 있는 방의 창밖에서도 새가 시끄럽게 지저귀고 있다. 저 새들이 무슨 말을 하는지, 새들이 둥지를 튼 메타세쿼이아 나무는 또 무슨 생각을 하는지, 그리고 화단에 핀 수국과 담벼락 너머로 가지를 뻗는 능소화의 마음은 어떤지도 궁금하다. 아마도 애니미즘적 상상력이 풍부한 어린이들에게 물어보면 단박에 알아맞히지 않을까?

아름답지만 외로운 홀로서기, 성장에 관하여

송미경·장선환 그림책 『안개 숲을 지날 때』

『안개 숲을 지날 때』(봄볕 2024)를 처음 읽었을 때 이 작품의 장르는 무엇인지 고민했다. 이 작품은 동화작가 송미경이 글을 쓰고 그림책 작가 장선환이 그림을 그린 그림책이고, 분량으로 따지면 그래픽노블에 가까우며, 청소년 인물이 주인공이라는 점에서 청소년 서사이기도 하다. 또한 그림이 무척 아름답고 글과 멋진 조화를 이루지만, 서사가 주는 힘이나 매력적인 동화의 분위기 때문에 스토리에 따로 주목하게 된다. 이번에는 이 작품의 서사만을 따라가 보려고 한다.

이야기는 늑대 부부에게 입양된 동생 설이를 만나기 위해 깃털 마을로 떠난 청소년 주인공이 기차에서 깜박 잠들어 종착역에서 내리며 시작된다. 깃털 마을로 가는 방법을 찾는 주인공 앞에 사슴이 나타나고, 안개 숲을 통과하면 목적지로 갈 수 있다며 앞장선다. 동생이 늑대 부부에게 입양된 설정이나 안개 숲의 가이드로 사슴이 등장하는 것처럼 이 작품은 자연스럽게 인간과 동물을 한자리에 모아 놓는다.

작품은 다음 장면에서 지난가을에 일어난 사건을 전한다. 이 동화에 왜 인간과 동물이 함께 등장하는지에 대한 답이기도 하다. 이야기에 따르면 지난가을 어른들이 갑자기 동물로 변한다. 기린으로 변한 앵커는 "어른 인간들도 각자 무얼 해야 할지 깨달았을 거예요. 그래서 떠난 거죠. 마치 연습한 적이라도 있는 듯이. 태연하게, 갑자기 쏟아진 소낙비를 맞을 때처럼."(38면)이라고 전한다. 인간이 동물로 변했다는 속보는 독자에게 디스토피아를 연상시키는 불길한 느낌으로 다가온다.

그러나 그런 불길함은 최근 SF나 판타지의 시선으로 이야기를 읽은 것에 불과하다. 주인공이 만난 사슴은 속담을 좋아하고 캐러멜색 목도리가 잘 어울리며 경중경중 뛰어다닌다. 주인공은 사슴과 안개 숲을 지나며 이곳저곳을 방문한다. 미야자와 겐지宮沢賢治의 동화 「주문이 많은 요리점」(1924)에서처럼 숲속에서 카페를 발견하지만, 그곳은 겐지의 동화에 나오는 가게처럼 으스스한 장소가 아니다. 주인공이 돼지가 운영

하는 카페에서 딸기잼을 바른 달콤한 빵과 따뜻한 차를 마시
고, 여우가 사는 동굴에서 포근한 잠을 청하는 장면은 서양 옛
이야기의 장면을 보는 듯 환상적이다. 송미경의 작품은 종종
일어날 수 없는 판타지를 매우 구체적인 묘사를 통해 우리 앞
에 술술 풀어놓는다. 마치 경계 너머의 세계를 일상에서 보는
묘한 느낌이다.

주인공은 힘을 얻어 깃털 마을을 향해 걷는다. 마지막으로
혼자 강을 건너기 위해 사슴과 이별을 나누는 순간, 사슴이 바
로 엄마였음을 깨닫는다. 어디선가 본 듯한 사슴의 눈, 사자성
어와 속담을 좋아하던 엄마의 습관, 경중경중 뛰어다니던 모
습, 엄마에게 잘 어울리던 캐러멜색 목도리까지. 사슴이 된 엄
마는 주인공이 안개 숲에 올 것을 알고 오래전부터 기다리고
있었다. 엄마는 돼지는 주인공의 이모였고 여우는 아빠였다는
비밀도 들려준다. 주인공은 홀로 강을 건너 늑대 가족과 함께
사는 동생을 만나지만 동생 설이는 이미 어린 늑대가 되어 늑
대 가족과 함께 야생으로 떠나는 길이다. 늑대 동생이 주인공
을 발견하고 뛰어오는 대목은 슬프면서도 아름다운 만남과 이
별의 장면이다.

이 작품을 다시 읽으면 작가가 사슴이 주인공의 엄마라는
단서를 처음부터 하나씩 제시해 놓았음을 알게 된다. 이것은

무슨 의미일까? 우리는 인간의 동물 변신 서사를 부정적으로 여기며 그들이 다시 인간이 되기를 바라는 경향이 있다. 인간의 시선에서 사람이 호랑이나 곰으로 변하는 게 불운처럼 느껴지기 때문이다. 그러나 이 이야기에서 '동물 되기'는 불행이 아닌 순리다. 우리는 태어나면서 누군가의 딸이나 아들이 되어 가족을 이루고 그들의 사랑을 받으며 자라지만 그 시간은 영원하지 않다. 우리 모두 누군가와 이별하여 언젠가는 혼자가 된다. 우리에게 혼자 있을 준비가 필요할 때가 바로 안개 숲으로 가야 하는 시간이다.

우리가 안개 숲을 지날 때 가만히 귀를 기울이면 비인간이 된 이들의 따뜻한 응원이 들릴 것이다. 사슴 엄마가 안개 숲에서 주인공을 인도해 주었듯이 아침의 새소리나 가을바람에도 보고 싶은 이의 영혼이 깃들어 있을 수 있다. 송미경의 작품에 등장하는 동물은 종종 인간이 머무는 협소한 공간을 넘어선 방향을 가리켜 준다. 그러니 인간이 동물이 되었다는 소식은 불길한 뉴스가 아니라 우리의 시야를 넓혀 줄 '굿 뉴스'다.

이 작품의 제목 '안개 숲을 지날 때'는 성장을 시공간으로 은유한 표현이다. 우리는 청소년기를 지나 어른이 되어도 종종 안개 숲을 지나 강을 건너야 하기에 성장은 인생 곳곳에 잠재해 있다. 또한 이야기는 주인공이 깊은 밤부터 새벽 사이 안개 숲을 지난 뒤, 안개가 걷힌 아침에 마무리된다. 안개 숲에 머무는 밤의 상징은 이 시간이 매우 특별한 때임을 나타낸다. 그것은 그리스 신화에서 이야기하듯 크로노스의 시간(물리적·객관적 시간) 중에 떨어져 나온 카이로스의 시간(질적 시간)으로, 영원에 귀속되는 순간의 시간이다.

문학은 보이는 사건을 통해 보이지 않는 것을 말한다. 안개 숲에 동행한 사슴 엄마는 우리 곁을 지켜 주는 보이지 않는 사랑이며 안개 숲은 우리가 통과하는 성장의 시공간이다. 그렇다면 어린이 독자에게는 너무 어려운 이야기가 아니냐고? 이 동화에 많은 은유를 담긴 것은 사실이다. 하지만 어린이 독자는 처음에는 서사만 어렴풋이 파악하다가 곧 인류에게 이어져 온 이야기 원형, 이야기 DNA(디엔에이)의 힘으로 그 의미를 깨닫는다. 그래서 '안개'도 '숲'도 '길'도 우리의 마음에서 벌어진 일임을 알게 된다. 다만 그 의미에 도달하려면 이야기를 천천히 소리 내어 여러 번 읽어야 한다. 이 작품은 좋은 이야기는 동화이든 그림책이든 분야와 상관없이 어린이뿐 아니라 누구에게나 의미 있는 문학임을 다시 한번 알려 준다. 이제 여러분만의 안개 숲으로 들어가 여러분만의 사슴을 만나 보자.

흔들려도 흔들리지 않는 법

김규아 만화『너와 나의 퍼즐』

　　아동문학은 사회에서 함께 사는 다양한 존재를 그린다. 하지만 그것을 재현하는 방식은 시대에 따라 조금씩 달라져 왔다. 가령 장애인 이야기라면 예전에는 장애인을 주인공으로 내세우기보다 주변 인물의 시선으로 보는 관찰자 시점의 동화가 많았다. 하지만 당사자성이 중요하게 부각되면서 장애인 당사자를 주인공으로 삼은 작품들이 부쩍 증가했다.

　　김규아 작가가 펴낸『너와 나의 퍼즐』(창비 2024)은 아동용 그래픽노블로, 장애를 소재로 한 동화들과 비교하면 이야기가 한 발 나아간 지점이 있어 주목할 필요가 있다. 이 작품은 2038년이라는 근미래를 배경으로 삼은 SF물로, 교통사고로 잃은 오른팔을 로봇 팔로 대치한 여성 어린이 은오의 이야기다. 이 작품의 시간적 배경을 미래로 만든 까닭은 분명하다. 10년쯤 흐른 훗날 우리 사회에서 장애와 포스트휴먼의 문제를 어떻게 바라볼지 미리 상상해 보자는 뜻이다.

미래를 배경으로 삼은 만큼 일단 어린이 독자들이 흥미로워할 만한 신기한 풍경이 펼쳐진다. 교실에 상주하며 어린이들의 몸과 마음을 돌보는 티봇이라는 로봇, 초등학생용으로 만들어진 휴대전화, 우편이나 배달을 담당하는 드론이 날아다니는 장면이나 꿀벌 대신 일하는 허니봇 등을 보는 재미가 쏠쏠하다. 어린이들이 어울려 노는 풍경도 조금은 색다르다. 은오가 단짝 친구 수아와 재미있게 노는 놀이터는 가상 공간인 '메리랜드'로, 기계를 착용하고 아바타가 되어 게임도 하고 아지트도 꾸미는 곳이다. 또한 이들이 방과 후에 들르는 '잼잼마켓'은 키오스크로 다양한 재료를 클릭하여 스스로 간식을 만들어 먹는 가게다.

가장 흥미로운 변화는 사람들이 살아가는 모습이다. 작품의 주인공 은오는 한쪽 팔을 로봇 장치로 바꾸었지만 즐겁게 학교생활을 하고, 친구들도 은오의 모습을 폄하하거나 시혜적인 태도를 보이지 않는다. 교통사고로 한쪽 팔을 잃었어도 로봇 팔을 착용하여 더욱 강한 신체를 가지게 된다는 설정에서 포스트휴먼의 관점이 읽힌다. 은오의 단짝인 수아와 그의 쌍둥이 동생 수빈의 할머니는 필리핀인으로, 수아와 수빈은 필리핀 4세대다. 이들 역시 학교에서 전혀 혐오의 대상이 되지 않는다. 문화적으로 여유를 즐기고 독립적으로 살아가며 은오를 양육하는 할머니도 인상적이다. 현재 우리 사회에서는 고정관념이나 편견으로 고통받는 계층이 자유롭게 사는 모습에서 작품 속 사회가 인권 감수성이 높은 곳임을 짐작할 수 있다.

이렇듯 즐겁던 교실에 새로운 인물 지빈이 등장하면서 먹구름이 드리워진다. 얼굴에 화상을 입었다며 종이봉투로 얼굴을 가리고 등교하는 지빈은 어찌 된 일인지 은오의 로봇 팔에 대해 무례한 발언을 서슴지 않는다. 은오와 수아를 이간질하여 은오가 상처를 받는 상황도 벌어진다. 사실 지빈이 얼굴을 노출하지 않은 이유는 화상 때문이 아니라 남들과 눈을 맞추며 대면하는 상황을 힘들어하는 심리적 문제 때문이었다. 이것은 엄마와의 관계에서 비롯된 것으로, 지빈이 은오에게 상처를 주는 행위는 자신의 상처와 무관하지 않다. 자신이 받은 상처의 화살을 타인에게 쏘아 누구도 행복하지 않기를 바라는 것이다. 지빈의 돌발 행동은 따뜻했던 교실을 술렁이게 만들고 친구들 사이에 점점 분열이 생기기 시작한다. 단지 한 사람이 돌을 던졌을 뿐인데 잔잔한 수면 아래 있던 혐오라는 괴물이 슬금슬금 수면 위로 올라와 풍랑을 일으킨다.

상처받은 은오를 지혜롭게 보듬어 주는 존재는 바로 할머니다. 퍼즐 맞추기가 취미인 할머니와 나눈 대화를 통해 은오는 "슬픈 순간도 힘든 순간도 결국 너의 삶을 완성하는 하나의 퍼즐이 되어 줄 거"(278면)라는 내면의 소리를 듣게 된다. 은오는 자신이 로봇 팔을 가졌기에 남들보다 운동을 잘할 수 있고, 로봇 팔이 없었다면 급우들에게 다른 취급을 받았을 거라는 지빈의 지적에 로봇 팔을 떼고 한 달간 지내 보기로 한다. 그 과정에서 은오는 로봇 팔의 존재와 상관없이 자신이 겪은 모든 경험이 소중한 시간임을 깨닫는다.

> 할머니 말씀처럼
>
> 나는 세상을 이루는 하나의 완벽한 퍼즐
>
> 이처럼 매 순간들은 내 삶을 이루는
>
> 완벽한 퍼즐 조각인 것 같다.
>
> 앞으로도 나에게 알맞은 퍼즐 조각이 올 것이다.
>
> 그러니까… 걱정하거나 두려워하지 말자. (279면)

담임 선생님 역시 아이들에게 3D 홀로그램으로 만든 혹등고래의 이미지를 보여 주며 평소에는 홀로 다니다가 특별한 시기에는 함께 모이는 혹등고래의 특성을 알려 준다. "혹등고래처럼 혼자 있게 됐을 땐 혼자서 씩씩하게 지내겠다고, 그러다가 다 같이 함께하게 될 날이 올 거라고"(391면)믿었던 경험도 들려준다. 은오는 자신이 홀로 서는 것이 친구와 함께하기 위한 단단한 초석임을 느낀다. 그리고 고립을 이겨 내고 수아와 화해한다. 나아가 은오와 친구들은 상처 난 지빈의 마음까지 넉넉히 보듬어 주고, 지빈은 자신의 내면을 들여다보며 마음을 추스른다. 교실은 건강한 생기를 되찾는다.

공동체에 갑작스러운 위기가 찾아왔지만 작품 속 어린이들은 스스로 위기를 극복하고 다시 건강한 교실을 만든다. 이들이 특별히 착한 어린이들이라서가 아니라 다양한 존재를 배려하고 폄하하지 말자는 건강한 인권 교육이 작품 속 사회에 뿌리내렸기 때문에 가능한 일이 아닐까? 배려가 기본인 사회는 잠시 흔들려도 곧 균형을 잡고 회복한다는 사실을 이 만화는 잘 보여 준다. 이는 한 사람, 한 사람이 혹등고래처럼 자유롭고 지혜로울 때 가능하다. 10년 뒤 우리 공동체가 행복하기를 바란다면 우리는 지금부터 서로를 대하는 자세를 고민해야 한다.

인권 감수성을 높이기 위해서는 어떻게 해야 할까. 교육은 생각을 변화시키지만 문학은 사람의 마음을 움직이고, 마음이

움직이면 행동이 바뀐다. 마음을 움직이는 다정한 이야기를
많이 만나고 싶다.

인간과 새가 마주 보며 엮는 '실뜨기'

조오 그림책 『점과 선과 새』

우리는 그림책을 읽으며 삶에 관한 근본적 질문부터 다양한 사회 문제까지 되짚어 볼 수 있다. 특히 환경이나 돌봄 문제 혹은 포스트휴먼 담론이 부각되며 그림책을 비롯해 동화, 청소년소설에 이러한 주제가 담긴 책이 많이 출간되고 있다. 그러나 메시지가 두드러지면 이야기의 완결성을 해치기도 한다. 그림책의 미학과 철학적 성찰이 조화를 이루는 작품이 주목받는 이유다.

『점과 선과 새』(창비 2024)를 펴낸 조오 작가의 전작 『나의 구석』(웅진주니어 2020)은 2023년 미국 「커커스 리뷰」 '올해의 그림책', 2024년 미국 아동청소년도서협의회 '우수 국제 도서'로

선정된 바 있다. 그동안 그림책 분야에서 동물이나 자연을 대하는 인간중심주의를 과감하게 고발하거나 아름다운 그림에 자연의 소중한 가치를 담아 전달하는 작품은 적지 않게 출간되었다. 이러한 최근 흐름을 반영하면서 『점과 선과 새』는 몇 가지 생태 담론을 좀 더 구체적으로 성찰한다.

책을 열면 속표지에 고층 건물이 즐비한 도심 풍경이 펼쳐지고, 새들이 하늘을 나는 모습이 보인다. 본문 첫 장면에서 까마귀와 참새가 신호등에 앉아 있다 또 만나자며 작별 인사를 나누는데, 신호등 옆 '비보호 좌회전' 신호의 '비보호'라는 글자가 불길하던 찰나 참새는 그만 하늘에서 떨어지고 만다. 고층 빌딩의 투명한 유리창에 부딪쳤기 때문이다. 까마귀는 참새를 집으로 데려와 돌보며 오래전부터 생각해 온 일을 떠올린다. 그것은 새들이 투명한 유리창으로 돌진하지 않도록 도시 곳곳의 유리창에 세로 5센티미터, 가로 10센티미터 미만의 점과 선을 그리는 작업이다. 그림책은 그다음 페이지부터 다양한 색과 패턴으로 채워지기 시작한다. 글자 없이 이어지는 몇 장의 페이지에 담긴 다채로운 점과 선에서 생명을 귀하게 여기는 따뜻함이 느껴진다.

국립생태원과 환경부가 발표한 자료*에 따르면 우리나라에서는 한 해 약 800만 마리의 야생 조류가 건물 유리창이나 투명 방음벽에 충돌해 죽는다고 한다. 2022년 '야생생물 보호 및 관리에 관한 법률' 즉, 야생생물법이 개정되었고, 2023년 6월부터 공공 기관의 유리창이나 방음벽에 '버드 세이버'(bird saver)를 만들어 조류의 피해를 줄여야 한다는 조항이 생겼다. 버드 세이버란 새들이 유리창 따위를 하늘로 인식하고 날다가 부딪히는 사고를 막기 위해 창에 붙이도록 만든 맹금류 모양의 스티커를 뜻한다. 이 작업으로 '비보호'되던 새들의 비행 영역이 비로소 '보호 공간'이 될 수 있다. 하지만 아직 우리 주변에서 새를 보호하는 투명한 유리창을 발견하기는 쉽지 않다.

조류를 포함한 야생 동물이 인간이 건설한 도로나 건물 때문에 희생되는 현실을 어떻게 보아야 할까? 「사이보그 선언」(1985)으로 잘 알려진 철학자 도나 해러웨이 Donna Jeanne Haraway는 인간과 동물의 관계를 '실뜨기'라는 단어**로 새롭게 정의했다. 실뜨기는 두 사람이 번갈아 손가락으로 실을 엮어 다양한 모양을 만들어 내는 놀이다. 이러한 주고받기의 관계가 이어지면서 실뜨기의 결과물도 이어진다. 어느 한 쪽이 사라지면 실뜨기를 하던 관계도, 결과물도 모두 사라진다.

* 「연간 800만 마리 '꽈당'… 투명 방음벽, '새 충돌 폐사' 여전」『농민신문』 2024.10.4.
** 도나 J. 해러웨이 『트러블과 함께하기』 마농지 2021 참조.

가만히 생각해 보면 본래 인간은 땅에서 사는 존재였고 하늘은 새들의 영역이었다. 근대 사회 이후 인간의 편의를 위해 급속도로 건설된, 하늘을 향해 뻗어 가는 고층 건물의 투명 유리창을 피해야 한다는 생체 리듬은 새들의 유전자에 각인되어 있지 않을 것이다. 그러므로 유리창에 점과 선의 패턴을 그리는 작업은 인간이 새를 걱정하는 시혜적 태도가 아니라 그들의 영역을 불가피하게 침범한 외부 존재의 미안함이 담긴 최소한의 예의가 되어야 한다.

나아가 이 그림책은 새들을 위해 점과 선으로 유리창을 채우는 작업이 인간이 조류를 향해 제시하는 새로운 실뜨기일 뿐 아니라 새들이 새로운 지구 환경을 인지하는 과정이라는 점도 보여 준다. 도나 해러웨이에 따르면 인간과 동물은 서로의 파트너로 생태계를 실뜨기한다. 즉, 새들 또한 유리창에 그려지는 점과 선에 적응하면서 기존에 유리창 충돌로 인해 벌어진 비극을 줄이는 동시에 새로운 생존 방식을 더하게 될 것이다.

그런데 이 작품에는 반전이 있다. 버드 세이버가 그려진 몇 페이지의 장면에 까마귀의 독백이 이어진다. "그랬다면 좋았을 텐데……." 독자는 유리창에 새를 보호하는 그림을 그리던 앞의 페이지들이 까마귀의 후회를 담은 상상이었음을 깨닫게 된다. 작품은 새들을 보호하는 상황과 그렇지 않은 경우를 한 자리에서 보여 주어 우리가 지금 무엇을 해야 할지를 자연스럽게 떠올리게 만든다. 이야기는 "그래도 혹시 몰라."라는 까마귀의 새로운 다짐과 함께 고층 건물에 하나둘 떠오르는 하얀 색깔의 점을 통해 우리가 앞으로 해야 할 일을 제시하는 장면으로 마무리된다.

또 하나의 흥미로운 대목은 작가 조오(鳥烏)의 이름을 한자로 풀면 '새와 까마귀'가 된다는 점이다. 어쩌면 작가는 화자로 등장하는 까마귀의 목소리를 빌려 새들과 소통하고 싶었는지도 모른다. 아동문학에서 자주 사용되는 의인화는 비인간을 인간으로 여기는 방식도 있으나 이 작품 속 까마귀처럼 인간이 비인간으로 나아가는 방향도 있다. 이 작품은 새들의 마음을 읽기 위해 인간이 새가 되는, 비인간-되기의 서술 방식으로 독자가 인간이라는 몸을 벗어나 상상하고 사유할 수 있도록 돕는다. 이 그림책을 읽으며 인간이 동물과 지구 행성을 공유하며 어떻게 새로운 관계를 맺어 가야 할지 그 윤리적 실천 방향을 함께 모색해 보면 좋겠다.

제브리나의 옷장과 세 개의 얼굴

백희나 그림책 『해피버쓰데이』

좋은 책은 책갈피 사이에 다채로운 의미가 스며 있어 폭넓은 해석을 낳는다. 『해피버쓰데이』(스토리보울 2024)도 이야기를 반복해서 읽으며 어린이 독자들이 다양한 생각을 발전시킬 수 있는 작품이다. 이 책의 주인공은 작가의 전작 『어제저녁』(스토리보울 2011; 개정판 2024)에 등장했던, 의인화한 얼룩말 '제브리나'다. 책장을 넘길 때마다 제브리나가 옷장에서 새롭고 멋진 옷을 꺼내 입는 장면을 보면 어린이도 어른도 어린 시절 인형 놀이를 하던 즐거움을 떠올릴 것이다. 그러나 이 작품에는 멋진 옷에 감탄하며 이야기를 끝까지 평화롭게 읽을 수만은 없는 묘한 구석이 있다.

백희나의 그림책에는 마음을 흔드는 장면이 많다. 가령 옛이야기를 모티프로 한 『연이와 버들 도령』(책읽는곰 2022; 개정판 스토리보울 2024)에서 내가 잊을 수 없는 대목은 나이 든 여자가 연이의 소중한 피난처였던 버들 도령이 사는 마을을 불태워 버린 후 연이가 그 폐허를 목격하는 장면이다. 연이의 동공은 그의 눈동자에 비친 폐허처럼 텅 비어 보인다. 『해피버쓰데이』와 『연이와 버들 도령』은 고전적인 성장 서사라는 공통점이 있는데 이번에는 『해피버쓰데이』에 담긴 뜻을 주목해 보자.

『해피버쓰데이』에서 제브리나의 성장은 '옷'과 '생일'이라는 두 가지 키워드를 통해 구체화된다. 특히 옷을 바꾸어 입는 장면 전환에서 제브리나가 가진 세 가지 얼굴이 드러난다. 이 작품에서 옷은 독자들의 즐거운 눈요깃거리이지만 동시에 페르소나를 상징하기도 한다. 이야기는 멀리 사는 막내 이모가 조용히 집에만 머물던 제브리나의 상황을 듣고 "얼루룩덜루룩탈탈"에 걸린 것 같다고 걱정하며 생일을 맞아 옷장을 선물로 보내주는 데에서 시작한다. 옷장에는 신기하게도 하루에 한 번만 입고 사라지는 옷이 준비되어 있다. 제브리나는 옷장에 걸린 새 옷을 입고 외출하며 즐거운 일상을 보낸다. 이러한 사회적 페르소나는 꼭 필요한 것으로, 인간은 누구나 사회적 가면이라는 얼굴을 보이며 사회와 관계를 맺는다. 하지만 이때의 페르소나는 제브리나가 받은 옷장 속 옷처럼 이미 만들어진 채 우리에게 주어진다. 주어진 역할에 급급할 때 우리는 자칫 자신이 무엇을 원하는지 잃어버릴 수 있다.

생일을 맞은 제브리나는 이웃과 함께 생일 파티를 열 계획을 세우고 기대를 안고 옷장을 연다. 하지만 뜻밖에도 생일날 아침 옷장이 텅 빈 것을 발견하고, 이제 더 이상 옷이 준비되지 않을 것이라는 걸 직감한다. 그에게 주어진 것은 생일 파티용 고깔모자 하나뿐이다. 텅 빈 옷장 앞에 망연히 서 있는 제브리나를 보면 『연이와 버들 도령』에서 버들 도령이 살던 마을이 폐허가 되었을 때 그것을 바라보던 연이를 떠올리게 된다.

사람들은 인생의 어느 순간 제브리나와 비슷한 상황을 겪는다. 어린이도 마찬가지다. 자의든 타의든 자신이 기대온 일상을 더 이상 반복하며 살 수 없는 순간이 갑자기 찾아온다. 그 앞에서 우리는 옷을 잃어버리고 알몸이 된 것처럼 당황한다. 문학과 인생에 기승전결이 있다면 이때가 바로 '전'인 셈이다. 제브리나에게 옷장이 생긴 것이 '기(起)', 마법의 옷을 입고 외출하는 시간이 '승(承)'이었다면 자신의 옷이 없어져 버린 장면이 바로 '전(轉)'이 된다.

왜 하필이면 '생일'일까? 생일은 탄생을 의미한다. 즉 존재는 주어진 생일이 아닌 내가 스스로 만든 생일이라는 반전을 통해 새롭게 태어나야 한다. 작품의 제목이기도 한 '해피 버쓰데이'(Happy Birthday)를 외치려면 자신만의 옷을 만들어야 한다. 제브리나는 생일 파티를 취소하고 외롭게 침대에 누워 잠을 청했다가 깨어나 거울을 본다. 그리고 머리에는 하나의 뿔을, 양쪽 어깨에는 두 날개를 가진 유니콘이 된 자신을 발견한다. 그 모습은 까맣고 하얀 두 개의 색깔을 지닌 얼룩말 제브리나의 새로운 페르소나로 제브리나가 만들어 낸 판타지일 것이다.

이것이 그의 두 번째 얼굴이다. 자신이 꿈꾸던 모습은 사회적 페르소나의 밑바닥에 감추어졌던 자신의 '그림자'로 제브리나의 무의식적인 욕망을 재현한다. 그 모습은 아름답기도 하고 때로는 뛰어난 예술적 영감으로 나타나기도 하지만 자신의 일부일 뿐 그 자체가 완전한 자신이라고 보기는 어렵다. 제브리나는 얼룩말과 유니콘, 낮과 밤, 일상과 꿈, 빛과 그림자, 비상과 추락이라는 여정을 통과하며 비로소 자신을 깊이 이해하게 된다.

유니콘이 되어 하늘을 날다 비를 맞고 추락한 뒤 제브리나는 따뜻한 물로 목욕을 하고 평소에 입던 낡고 편안한 옷을 찾아 입는다. 말없이 머리를 빗는 제브리나의 몸동작이 어딘지 평화로우면서도 성장한 듯 보인다. 물로 세례를 받은 듯 성스럽게 보이기도 하고, 전쟁을 끝낸 용사처럼 지쳐 보이기도 한다. 한여름 밤의 꿈과 같은 시간을 거쳐 온전한 '자기'를 찾았기 때문일 것이다. 이 장면이 제브리나 자신만이 알 수 있는 세 번째 얼굴이며 이 이야기의 진짜 반전이다. 우리가 '해피 버스데이!'라고 속삭이기 위해서는 무엇보다도 자신과 만나는 시간이 필요하다. 멋지거나 요란하지 않을지라도 그것이 나의 소중한 삶이다. '나는 누구이고, 무엇을 원하는가.'라는 질문은 어린 시절부터 스스로에게 종종 던져야 한다.

초등학교 교사 연수에서 이 그림책을 읽어 드린 적이 있다. 매일 아침 바쁘게 출근하는 선생님들은 그림책을 보며 아침마다 입어야 할 옷이 단정하게 마련된 마법의 옷장에 감탄하며 제브리나를 부러워했다. 정신없이 바쁠 때 이미 준비되어 있는 옷은 얼마나 편리한가! 그러나 바쁘게 살며 주어진 역할에 충실할수록 우리는 스스로를 놓치기 쉽다. 계절이 바뀔 때마다 마음의 옷장에 걸려 있는 우리의 옷, 우리의 얼굴을 정리해 보면 어떨까?

안녕과 안녕 사이의 시간 동안

문학에서 '별'은 다양하게 은유된다. 윤동주의 시 「별 헤는 밤」처럼 별을 보며 그리운 얼굴을 떠올리고 신화 속 영웅서사를 별자리로 재현하며 때로 인간과 별의 대비를 통해 인간이 서 있는 자리를 성찰하기도 한다. 안녕달의 그림책 『별에게』(창비 2025)에서 '별'은 어떤 의미일까? 작가가 그림책 출간 10년을 맞아 펴냈다는 이 이야기를 읽으며 작가의 필명인 '안녕'과 '달'이 가진 의미와 연결해 보는 것도 좋을 듯하다.

안녕달의 그림책에는 의인화된 인물이 자주 등장한다. 『당근 유치원』(창비 2020)의 토끼 어린이와 곰 선생님, 『당근 할머니』(창비 2024)의 토끼 할머니와 돼지 손자는 아동문학에서 자주 활용되는 의인화 방식으로 다양한 존재 간의 만남과 돌봄을 이야기한다. 『눈아이』(창비 2021)는 눈사람의 속성을 빌려 짧은 만남과 긴 이별 그리고 뜻밖의 반가운 재회를 보여 주었고, 『안녕』(창비 2018)에는 소시지 할아버지와 개의 슬프고도 아름다운 인연을 담았다. 이번 작품에서도 작가는 별을 하나의 생명체로 형상화한다.

이야기는 제주도를 배경으로, 초등학생 아이가 하굣길에 밤바다에 떨어진 별을 모아 바구니에 담아 온 할머니에게 별을 얻는 장면에서 출발한다. 어른들은 이 장면을 보며 어린 시절 학교 앞에서 팔던 노란 병아리를 떠올렸을 것이다. 오래전 용돈을 털어 산 그 병아리들은 아무리 정성껏 보살펴도 그리 오래 살지 못했다. 다행스럽게도 이 작품에서 별은 건강하게 자란다. 엄마와 아이는 아기별이 달빛을 받아야 잘 자란다는 이야기를 듣고 별을 무럭무럭 키우기 위해 밤마다 별과 함께 산책을 하며 정성을 다한다. 하늘을 올려다보라며 별과 다정하게 대화를 나누는 모습에서 우리는 모녀가 별과 한 가족이 되었음을 알게 된다.

별과 함께 자란 아이가 청소년이 되어 수학 시험을 망치고 친구들과 떡볶이 가게에서 수다를 떠는 동안에도, 그리고 청년이 되어 육지로 떠난 뒤에도 별은 언제나 아이를 기다리고 있다. 아이가 육지로 떠난 후 별을 돌보는 일은 오롯이 엄마의 몫으로 맡겨진다. 섬에 남은 엄마와 별은 둘만의 시간을 보낸다. 엄마가 낚시를 하거나 이웃과 귤을 따는 동안 별은 엄마 곁을 다정히 지킨다. 아이와 엄마와 별이 함께 보낸 시간이 차곡차곡 쌓여 간다.

어느 날 엄마는 육지에서 생활하는 딸에게 전화를 걸어 "집에 와 봐야 할 것 같"다는 소식을 전하고, 전화를 끊은 엄마는 별에게 속삭인다. "조금만 기다려. 누나가 올 거야."라고. 이제 별이 보름달만큼 커져 하늘로 올라갈 시간이 된 것이다. 모녀는 별에게 "안녕." "잘 가."라는 인사를 보내고 아기별은 커다란 별이 되어 하늘로 날아오른다. 모녀는 땅에서 하늘을 올려다보며 수많은 별 중에 자신들의 별을 발견하여 기뻐하고 별은 하늘에서 그들을 내려다보며 힘차게 반짝인다.

우연히 이들의 가족이 되었다가 하늘로 떠난 별을 보면서 우리는 자연스럽게 곁에 머물다 떠난 돌봄 및 반려의 존재들을 떠올리게 된다. 작품은 아동문학에서 주로 의인화되던 동물이 아닌 별을 등장시켜 따뜻한 빛깔로 독자들의 마음을 밝혀 주고, 직관적으로 별이 가진 상징도 전달한다. 우리에게 익숙한 플롯에 기대자면 '함께 살던 존재'가 하늘로 올라가는 장면은 슬픈 이별의 사건으로 해석될 수 있다. 하지만 이 작품에서는 그 대상이 '별'이기에, 별이 하늘에서 빛나는 장면을 통해 존재가 사라진 게 아니라 다른 공간으로 이동한 것으로 전달된다. 우리는 흔히 한 존재가 사라지면 본향(本鄕)으로 돌아갔다고 말하면서도 눈앞에서 사라지기에 내심 소멸된다고 생각한다. 그러나 이 작품에서 하늘에서 떨어졌던 별이 커다란 노란 별이 되어 하늘로 회귀하는 모습은 땅에 잠시 머물던 존재가 제자리로 돌아가는 풍경처럼 보이거나 혹은 이전보다 훨씬 귀한 존재로 거듭나 새로운 별자리가 된 것처럼 보인다.

마르틴 하이데거 Martin Heidegger 는 존재를 이해하기 위해서는 시간을 이해해야 한다고 하였다. 인간은 본질적으로 '시간적 존재'로 과거, 현재, 미래라는 시간의 연속을 지나며, 이 시간성을 통과하는 중에 존재의 의미가 산출된다. 그리고 존재의 의미는 '나'의 시간과 '너'의 시간이 만날 때 발생한다. 그림책에서 아이는 청소년, 청년으로 성장하고, 엄마는 젊은 여성이었다가 중년, 장년이 된다. 별 또한 아기별이었다가 보름달만큼 환한 큰 별로 자란다. 그들은 각자의 시간을 통과하는 어느 한 시기에 엄마와 딸, 딸과 엄마 그리고 별의 반려자로 관계를 맺는다. 우리의 시간이 엮일 때 우리의 정체성이 만들어진다. '안녕'이라는 우리말이 만날 때와 헤어질 때 모두 사용되듯이 우리는 만남에서 이별까지의 시간, 즉 '안녕'과 '안녕'

사이의 시간 동안 누군가와 기억을 쌓으며 자신을 만들고, 별이 그랬듯이 달이 보내는 따뜻한 기운을 받으며 성장한다.

저마다의 시간의 교차로에서 만난 우리는 언젠가는 이별하여 남은 이와 떠난 이가 된다. 이 작품의 제목 '별에게'는 남은 이가 멀리 있는 이에게 보내는 편지의 첫 소절처럼 다정하게 들리는데, 그것은 윤동주의 시 「별 헤는 밤」에서 화자가 별을 보며 그리운 이름을 부르던 장면을 연상시킨다. 안녕달의 작품에서 의인화가 모든 존재의 공존을 의미했다는 점을 떠올려 보자면 어쩌면 별은 일반 명사가 아니라 별이라는 고유 명사로 불리던 모든 생명의 이름 같기도 하다.

그러기에 안녕달의 작품에서 반복되는 이별의 스토리텔링에는 슬픔을 넘은 따뜻함이 만져진다. 함께했던 존재와의 이별은 슬프지만 그 이별의 단어를 풀어 보면 그 속에 슬픔뿐 아니라, 그리움과 사랑과 추억과 웃음이 모여 있음을 깨닫게 해 주기 때문이다. 또한 존재가 사라져도 그와 함께했던 기억이 남은 이를 지켜 준다는 성찰이 배어 있기 때문이다. 그것은 햇살이 묵묵히 머물다 지나간 자리에서 만져지는 따뜻함이다.

마법사를 믿습니까? 『기획회의』 611호 2024.7.5.

호모 루덴스, 놀이하는 어린이들 『기획회의』 615호 2024.9.5.

책 읽는 여자, 요리하는 남자 『기획회의』 624호 2025.1.20.

슬기로운 병원 생활 『기획회의』 629호 2025.4.5.

4부 그리고 쓰고 말하는 대로

동시, 너는 누구니? 『기획회의』 543호 2021.9.5.

혼자 있는 동안 어린이들은 결코 혼자가 아니다 『기획회의』 583호 2023.5.5.

무서워하는 아이가 무서운 아이를 만나 영원을 엿보다 『기획회의』 597호

　2023.12.5.

예민한 아이(I)가 부르는 노래 『기획회의』 626호 2025.2.20.

동화 속 그림의 영역은 어디까지일까 『기획회의』 587호 2023.7.5.

아름답지만 외로운 홀로서기, 성장에 관하여 『기획회의』 617호 2024.10.5.

흔들려도 흔들리지 않는 법 『기획회의』 619호 2024.11.5.

인간과 새가 마주 보며 엮는 '실뜨기' 『동네책방동네도서관』 158호 2025.1.1.

제브리나의 옷장과 세 개의 얼굴 『동네책방동네도서관』 160호 2025.3.1.

안녕과 안녕 사이의 시간 동안 『동네책방동네도서관』 162호 2025.5.1.

＊ 발표 당시의 제목과 달라진 경우도 있음을 밝혀 둔다.

길을 밝혀 준 책들

저학년 동화

권정생 글, 박경진 그림 『또야 너구리가 기운 바지를 입었어요』, 우리교육 2000.

길상효 글, 심보영 그림 『깊은 밤 필통 안에서』, 비룡소 2021.

김미애 글, 이미진 그림 『여덟 살에서 살아남기』, 바람의아이들 2022.

김유 글, 최미란 그림 『겁보 만보』, 책읽는곰 2015.

　　　　　　　　『무적 말숙』, 책읽는곰 2021.

　　　　　　　　『백점 백곰』, 책읽는곰 2023.

김원아 글, 이주희 그림 『나는 3학년 2반 7번 애벌레』, 창비 2016.

　　　　　　　　　『너와 나의 강낭콩』, 창비교육 2024.

김태호 글, 허지영 그림 『달코끼리』, 위즈덤하우스 2024.

박미경 글, 윤담요 그림 『떴다! 배달룡 선생님』, 창비 2022.

박선화 글, 김일주 그림 『로봇 택시 기사 무디』, 마루비 2025.

박용숙 글, 김종이 그림 『내일 만나』, 웅진주니어 2023.

오시은 글, 심통 그림『천삼이의 환생 작전』, 창비 2023.

유은실 글, 설은영 그림『나도 편식할 거야』, 사계절 2011.

유은실 글, 김유대 그림『나도 예민할 거야』, 사계절 2013.

『나는 망설일 거야』, 사계절 2022.

『나는 기억할 거야』, 사계절 2022.

『나는 따로 할 거야』, 사계절 2022.

이금이 글, 원현선 그림『밤티 마을 큰돌이네 집』, 대교출판 1994; 개정판 한지선 그림, 밤티 2024.

이금이 글, 한지선 그림『밤티 마을 마리네 집』, 밤티 2024.

이반디 글, 홍그림 그림『꼬마 너구리 요요 1, 2』, 창비 2018~21.

이신영 글, 조승연 그림『1학년은 처음이야』, 창비 2024.

이은정 글, 윤정주 그림『목기린 씨, 타세요!』, 창비 2014.

이은홍 글, 신혜원 그림『달리기를 잘하는 법』, 딸기책방 2024.

지안 글, 김성라 그림『오늘부터 배프! 베프!』, 문학동네 2021.

프란치스카 비어만 '책 먹는 여우' 시리즈, 김영사 2001~

필리파 피어스『학교에 간 사자』, 햇살과나무꾼 옮김, 논장 2002; 개정판 2010.

현덕 글, 송진헌 그림『너하고 안 놀아』, 원종찬 엮음, 창비 1995; 개정판 2010.

홍민정 글, 김무연 그림『낭만 강아지 봉봉 1~8』, 다산어린이 2022~

홍민정 글, 김재희 그림『고양이 해결사 깜냥 1~8』, 창비 2020~

황선미 글, 권사우 그림『나쁜 어린이 표』, 웅진주니어 1999; 개정판 산사 그림, 시공주니어 2024.

고학년 동화

강인송 글, 안난초 그림 『알로하, 파!』, 사계절 2024.

김나은 외 『아가미에 손을 넣으면』, 사계절 2025.

김다노 글, 남수현 그림 『최악의 최애』, 다산어린이 2024.

김지완 글, 경혜원 그림 『아일랜드』, 문학과지성사 2024.

김혜진 글, 모차 그림 『가느다란 마법사 ㉠: 가느다란 마법사와 아주 착한 타파하』

　　　　　　　　　　『가느다란 마법사 ㉡: 가느다란 마법사와 진짜 못해 강아지』

로버트 루이스 스티븐슨 글, 머빈 피크 그림 『보물섬』, 최용준 옮김, 열린책들

　　2010.

루리 『긴긴밤』, 문학동네 2021.

류재향 글, 김성라 그림 『우리에게 펭귄이란』, 위즈덤하우스 2022.

미야자와 겐지 글, 이가경 그림 『주문이 많은 요리점』, 민영 옮김, 우리교육 2000.

박규연 글, 김이조 그림 『베프콘을 위하여』, 밝은미래 2022.

박성희 글, 김소희 그림 『친애하고 존경하는』, 위즈덤하우스 2023.

방정환 글, 김경신 그림 『사월 그믐날 밤』, 염희경 엮음, 우리교육 2003.

방정환 글, 양상용 그림 『만년 샤쓰』, 보물창고 2011.

사카리아스 토펠리우스 글, 우고 폰타나 그림 『별의 눈동자』, 일신각편집부 옮김,

　　일신각 1984; 개정판 율리아 우스티노바 그림 『별의 눈』, 최선경 옮김, 보림

　　2009.

성요셉 글, 오이트 그림 『핼러윈 마을에 캐럴이 울리면』, 비룡소 2023.

손창섭 글, 김호민 그림 『싸우는 아이』, 우리교육 2001.

아스트리드 린드그렌 글, 일론 비클란드 그림 『난 뭐든지 할 수 있어』, 강일우
옮김, 창비 1999; 개정판 2015.

안미란 글, 유시연 그림 『그냥 씨의 동물 직업 상담소』, 창비 2023.

어윤정 글, 해마 그림 『리보와 앤: 아무도 오지 않는 도서관의 두 로봇』,
문학동네 2023.

유소정 글, 김상욱 그림 『그리고 펌킨맨이 나타났다』, 비룡소 2022.

유영소 글, 남수현 그림 『박하네 분짜』, 문학동네 2023.

윤슬빛 글, 양양 그림 『갈림길』, 웅진주니어 2023.

윤영주 글, 안성호 그림 『마지막 레벨 업』, 창비 2021.

이경혜 글, 이은경 그림 『책 읽는 고양이 서꿍치』, 문학과지성사 2022.

이반디 글, 모예진 그림 『햇살 나라』, 위즈덤하우스 2024.

이원수 『민들레의 노래』, 웅진출판, 1984; 개정판 양상용 그림 『민들레의 노래
1~2』, 사계절 2001.

이재문 글, 김지인 그림 『몬스터 차일드』, 2021.

이지은 외 글, 유경화 그림 『고조를 찾아서』, 사계절 2020.

이현 글, 오윤화 그림 『푸른 사자 와니니 1~8』, 창비 2015~

전수경 글, 소윤경 그림 『우주로 가는 계단』, 창비 2019.

정은주 글, 해랑 그림 『기소영의 친구들』, 사계절 2022.

조우리 글, 노인경 그림 『4×4의 세계』, 창비 2025.

진형민 글, 이윤희 그림 『왜왜왜 동아리』, 창비 2024.

채은하 글, 박재인 그림 『이웃집 빙허각』, 창비 2024.

채은하 글, 오승민 그림 『루호』, 창비 2022.

하신하 글, 안경미 그림 『우주의 속삭임』, 문학동네 2024.

한윤섭 글, 백대승 그림 『서찰을 전하는 아이』, 푸른숲주니어 2011.

　　　　　　　　『너의 운명은』, 푸른숲주니어 2020.

황선미 글, 김환영 그림 『마당을 나온 암탉』, 사계절 2000.

E. L. 코닉스버그 『클로디아의 비밀』, 햇살과나무꾼 옮김, 비룡소 2000.

동시집

김개미 글, 경자 그림 『드라큘라의 시』, 천개의바람 2023.

김개미 외 글, 히히 그림 『미지의 아이』, 문학동네 2021.

이오덕 엮음, 오윤 그림 『일하는 아이들』, 보리 2002; 개정판 양철북 2018.

임수현 글, 오윤화 그림 『코뿔소 모자 씌우기』, 창비 2023.

임희진 글, 나노 그림 『삼각뿔 속의 잠』, 문학동네 2024.

그림책·그래픽노블

강경수 '코드네임' 시리즈, 시공주니어 2017~23.

권정생 글, 정승각 그림 『강아지똥』, 길벗어린이 1996.

　　　　　　　　『오소리네 집 꽃밭』, 길벗어린이 1997.

　　　　　　　　『황소 아저씨』, 길벗어린이 2001.

김규아 『너와 나의 퍼즐』, 창비 2024.

다시마 세이조『뛰어라 메뚜기』, 정근 옮김, 보림 2000.

루리『그들은 결국 브레멘에 가지 못했다』, 비룡소 2020.

모리스 샌닥『괴물들이 사는 나라』, 강무홍 옮김, 시공주니어 2002.

미셸 누드슨 글, 케빈 호크스 그림『도서관에 간 사자』, 홍연미 옮김, 웅진주니어
2007.

박연철『망태 할아버지가 온다』, 시공주니어 2007.

백희나『어제저녁』, 스토리보울 2011; 개정판 2024.

　　　『연이와 버들 도령』, 책읽는곰 2022; 개정판 스토리보울 2024.

　　　『해피버쓰데이』, 스토리보울 2024.

브렌던 웬젤『모두의 고양이』, 비룡소 2025.

사노 요코『100만 번 산 고양이』, 김난주 옮김, 비룡소 2002.

사라 스튜어트 글, 데이비드 스몰 그림『도서관』, 지혜연 옮김, 시공주니어 1998.

송미경 글, 장선환 그림『안개 숲을 지날 때』, 봄볕 2024.

안녕달『안녕』, 창비 2018.

　　　『당근 유치원』, 창비 2020.

　　　『눈아이』, 창비 2021.

　　　『당근 할머니』, 창비 2024.

　　　『별에게』, 창비 2025.

앤디 그리피스 '나무 집' 시리즈, 시공주니어 2015~

이영경『아씨방 일곱 동무』, 비룡소 1998.

이지수 글, 이지아 그림『참새의 신부가 되었습니다』, 책읽는곰 2023.

조오 『나의 구석』, 웅진주니어 2020.

　　　『점과 선과 새』, 창비 2024.

존 버닝햄 『지각대장 존』, 박상희 옮김, 비룡소 1999.

　　　『알도』, 시공주니어 2017.

청소년소설

조우리 『오, 사랑』, 사계절 2020.

　　　『사과의 사생활』, 위즈덤하우스 2023.

유은실 『순례 주택』, 비룡소 2021.

최영희 외 『안녕, 베타』, 사계절 2015.

일반 단행본

고선경 『샤워젤과 소다수』, 문학동네 2023.

김소영 『어린이라는 세계』, 사계절 2020.

김유진 『구체적인 어린이』, 민음사 2024.

김지은 『어린이는 멀리 간다』, 창비 2025.

도나 J. 해러웨이 『트러블과 함께하기』, 마농지 2021.

로버트 풀검 『내가 정말 알아야 할 모든 것은 유치원에서 배웠다』, 공경희 옮김,
　　삼진기획 2004; 개정판 최정인 옮김, 알에이치코리아 2018.

한국방정환재단 엮음, 『정본 방정환 전집 2: 아동소설·소설·평론』, 창비 2019.

한국방정환재단 엮음, 『정본 방정환 전집 5: 산문 3 『별건곤』 2·기타·부록』, 창비

2019.

슈테판 볼만 『책 읽는 여자는 위험하다』, 웅진지식하우스 2006; 개정판 2012.

오세란 『기묘하고 아름다운 청소년문학의 세계』, 사계절 2021.

클레어 키건 『맡겨진 소녀』, 허진 옮김, 다산책방 2023.

잡지·논문

권보연 「메타버스와 매직서클 사이의 어린이들」, 『창비어린이』 2022년 여름호.

이융희 「메타버스를 받아들이기 위한 정체성 형성」, 『기획회의』 536호(2021.5.20).

황정아 「문학성과 커먼즈」, 『창작과 비평』 2018년 여름호.

신문 기사

「연간 800만 마리 '꽈당'… 투명 방음벽, '새 충돌 폐사' 여전」, 『농민신문』
2024.10.4.

읽기와 흔들기
어린이책을 읽는 어른을 위하여

초판 1쇄 발행 • 2025년 9월 12일

지은이 • 오세란
펴낸이 • 염종선
책임편집 • 김솔
조판 • 박지현
펴낸곳 • (주)창비
등록 • 1986년 8월 5일 제85호
주소 • 10881 경기도 파주시 회동길 184
전화 • 031-955-3333
팩스 • 영업 031-955-3399 편집 031-955-3400
홈페이지 • www.changbi.com
전자우편 • enfant@changbi.com